目 录

城与村

1

人与事

城与村

石狮景胜别墅记

一

与一个人相比，一座建筑的寿命或许要长久些；与一座建筑相比，一个传奇的寿命或许要更长久些。所以，一个人，建一座大房子，成就一段传奇，既是个体生命价值的体现，也是家族记忆绵长恒久的例证，如果再幸运些的话，还会成为一个地区的文化话题和文化景观，被历史珍藏并讲述下去。

走出景胜别墅，夕阳的金色余晖洒满大地，这座老别墅沐浴在金色光芒里：红墙更灿烂，圆石廊柱更突出，矗立楼顶的八角亭更富丽……呈现出一片恢宏、静穆的景象。恢宏是精美讲究所呈现出来的那种恢宏，静穆是历经风雨之后坐看夕阳时的那种静穆。这一刻，我有些感慨：这座老房子的主人离世已经五十多年，这座老房子也有六十多岁了，而关于主人和老房子的传奇却正年轻。

人去，楼并未空。

如今，住在这座精美大宅里的是高积雄一家，以及他的另外两家亲戚。高积雄，别墅主人高祖景的侄孙，近十几年来，这座别墅一直由他代为管理。高积雄住在这里，除了让这座大宅保持人气和烟火气外，他还担当了家族传奇的记忆者和讲述者的身份。

高积雄老先生七十多岁，精神俊朗。1946年景胜别墅开工兴建的时候，高积雄还是一个年仅五六岁的孩童，但是工程的浩大场面，仍给他留下深刻的印象。高积雄回忆说："当时浇筑水泥板的时候，全村五六百人都不做饭，都跑来帮工，吃饭都在这里。还有拉那个门槛的大石板的时候，也是全村出动，那时候没有机械，全靠人力，每一个来帮助的人都能得到五毛钱的美金，那时候五毛美金很大了……"

高积雄先生回忆说，这座别墅耗资巨大，全部工程花去了20多万美金。在当年，200美元便足以在石狮镇区开办一家相当规模的布庄。后来，建造这座别墅的两个包工头之一，用从这项工程中赚到的钱回到家乡自己盖了一座"五间张"的大厝。

俗话说，闽南人一生中有三件大事：娶妻、生子、起大厝。闽南人爱拼会赢，敢闯天涯，挣钱后，首要任务是盖一座大房子。当年很多闽南人出海远走东南亚，到如今的菲律宾、马来西亚、印尼等国流汗打拼做生意，富甲一方时，他们便会返回故乡，一掷千金，殚精竭虑，来完成人生中的三大事之一：起大厝。起一座什么样的大厝能标识自己的身份和彰显家族的荣耀呢？闽南红砖古厝的元素不可少——墙石混砌、白色花岗岩与红色清水砖和谐对比、花样墙面，这是家乡的文化因子；西洋建筑的大气、豪华也不可少——罗马式圆柱、高大门廊、屋檐上的齿饰，这是远走他乡的见识，把这两者结合起来，有着闽南传统形式和西洋建筑风格糅合在一起的独特而新式的别墅，就在闽南侨乡拔地而起了。

　　景胜别墅的主人高祖景，兄弟四人，他排行老二，除了老大之外，其他三兄弟都远走菲律宾谋生。从事烟草生意的高祖景不久就在菲律宾发家，成为三兄弟中的佼佼者，一度成为菲律宾著名的烟草大商。高积雄说，他几年前去菲律宾时，还曾看到过许多用于储存烟草的仓库，占地面积大得惊人，集装箱货车都能开进去，当时生意的红火场面可见一斑。发家之后，高祖景请来菲律宾的设计师，也请来闽南的设计师，这样，一座独特的、融合了中西建筑风格的、气势恢宏的别墅便建筑起来了，成为当时村子里标志性的建筑。

二

　　景胜别墅位于石狮市东南郊的宝盖镇龙穴村。在村中穿行不远，它就醒目地出现在我面前：红墙围起一个巨大的长方形院子，东西围墙各开一大门，门上建有起脊的红瓦古门楼，别墅建于院子中央的石筑平台之上。在我看来，它不似别墅，更像是一座中西合璧的宫殿。白色的圆石廊柱，包围红色的墙面，再加上楼顶升起的中国式角亭，确实有如大气恢宏、色调灿烂的宫殿一般。

　　景胜别墅很大，占地面积 1565 平方米，多大呢？接近四个篮球场那么大。整座建筑为方形四层楼房，坐北朝南，双层骑楼，一二层檐口上下各四十根圆石廊柱支撑，形成四周回廊，颇显西洋风格。二三楼正面中部走廊凸出，有泥塑雕花山形排楼，精美漂亮，打破方形建筑的单调划一。檐沿雕饰动物吐水口，用于屋顶平台排水，实用功效与艺术装饰合二为一。第三层向后推进，平台连接处有一座二层八角单檐仿木斗拱小亭。四层则仅剩升起的楼梯间，四层平台中间建有一座重檐六角亭，两座中国式亭子均由钢筋混凝土浇筑——景胜别墅也是泉州地区较早使用钢筋混凝土框架结构的建筑。两座亭子，红檐绿瓦，远望去，犹如西式洋楼上带上了两顶中国帽子，看起来很有意思。这也是中西建筑风格的一种融合和创造吧，这种创造除了在泉州地区可见外，其他地方罕有看见，这也形成了此地建筑另一个独特的命名——侨乡洋楼。

　　跨进别墅门槛，与外边洋气十足的造型不同的是，里边的建筑形式是中国式的，为"五间张""四榉头"结构，以厅堂为中心组织布局，厅堂前有一贯通顶层的天井，供屋内采光通风。天井是中国庭院单层建筑的构成之一，而这里的天井贯通三层楼、纵深十多米，并不多见。厅堂、房间使用大量上等杉木，古色古香，木制器物制作工艺的复杂程度令人叹服。整栋别墅共 30 个房间。房间内和走廊之上，随处可见工艺精美的木雕、泥塑、砖雕及石雕，有中国传统的花鸟、鱼虫、山水人物，也有西方的天使、时钟等饰物。地面铺就的是彩色瓷砖，六十几年过去，颜色鲜艳如初，这类花瓷砖、花窗、铁门，在当时是稀罕昂贵的洋玩意儿，都是从遥远的菲律宾运来的。

景胜别墅1946年奠基动工，1949年初步落成。景胜别墅的落成是一件让村人和高祖景兴奋的大事儿。据说，别墅落成时，高祖景还特地从菲律宾购进一部电影放映机，回乡放映电影，南洋带回的发电机也派上用场。晚上，通透的光照和时髦的电影，在恢宏的别墅前交相辉映，一时轰动整个泉州，成为流传至今的佳话。

别墅落成让人兴奋，但也留有遗憾之处，其实这是一座没有最终完工的豪宅。一楼二楼地面铺有花瓷砖，我们上到三楼时，三楼地面没有铺瓷砖，露出已经风化的水泥地面。我们还发现别墅内所有的木制门窗，器物都没来得及进行油漆、装饰。这是什么原因呢？原来，整个建筑工程是高祖景先生的夫人和二儿子负责的，1949年，别墅装修到二楼，高夫人正准备按计划继续装修，工程也进入了尾声阶段，就在这时石狮解放了。这时候，由于当时国民党的蛊惑宣传，石狮当地的有钱人家大都逃到海外躲避。出于谨慎，高祖景召回妻儿及所有家眷，停止了工程的建设，举家迁往菲律宾，将房子交由侄子代为看管。此后，别墅由人民政府代管，解放军部队住进这座豪华大气的别墅，刷有毛主席语录的字迹至今还留在围墙上，清晰可见。后来落实华侨政策，别墅归还给高祖景的后人。高祖景的侄孙高积雄先生从1960年搬进别墅后一直住在这里，负责看护这座建筑。

　　每一座老建筑都会留给后人一些谜团，越老谜团越多，因为随着时间的推移，当年的一些常识都会成为不被后人理解的难题。景胜别墅落成距今六十多年，并不算老，但因其设计精巧，工艺精美，所以它依然留给我们一些小谜团。

　　比如，一楼天井处，有一块雕琢细致的石头很巧妙地安置在天井一角，这块石头是谁不小心遗落在天井中的一块普通石头吗？并不是，它是一个排水机关。将它抽出，有一个洞口，它可以直接将生活污水或是下雨时的雨水很好地排出去。整个别墅地底下有一个很完备排水系统，而那块精致的石头与那个洞口刚好吻合，很是美观。

　　爬上三楼的时候，外围的走廊上有奇怪的类似铁门的东西，它被横躺着放在走廊地面上。这些铁栅栏作何用呢？它们是用来防盗的，这样做的好处是将楼梯封死，将盗贼拒之门外。

　　三楼的八角亭与四楼的六角亭相映成趣。当走进八角亭中间讲话，会听到明显的回音声。只要踏出一步，回音便消失了。这里隐含着深奥的声学原理。令我们不解的是，当年的建造者是有意为之，还是无意中创造了这个奇迹呢？

　　另外，在六角亭亭门口上方刻有由六个大写英文字母——COKENG，这样的外文石刻在中国建筑物中还是比较少见的。但是在英文词典中并没有这个单词，别墅的主人想用这几个字母来表达什么意思呢？陪同我的本村干部小张说，他去过菲律宾，菲律宾有很多生造的英文，他猜想这可能也是一个生造的英文。我说用手机查了一下，这个词是否是 COKE 加后缀 NG

呢？如果是的话，就有"可乐""快意"的意思。是"快意"吗？

这些小小的谜团，让走进景胜别墅的人充满了小小的乐趣。1998年，景胜别墅被列为石狮市市级文物单位，并被评为泉州十佳古民居。

三

我们中国人讲究叶落归根。年老了，乡愁日重，在外漂泊泊一辈子，如一片枯黄的叶子，落下时总想落到故乡的根上，在省外、市外的如此，何况在国外的呢？高祖景先生年轻时远走他国谋生，事业有成，年老了自然想回到生养他的地方颐养天年。

高积雄先生证实，高祖景花巨资，费心思，在家乡购地建造这处豪华别墅，是准备作为自己年老后叶落归根的养老之所的，然而时势弄人，高祖景最终并未实现自己的愿望。别墅工程收尾时，石狮解放，工程停止，家人回到菲律宾，高祖景先生再未回到故乡，别墅建成十年后，高祖景在菲律宾离世。实际上，高祖景没有在他精心建造的别墅里住过一天。他去世后，按照遗嘱，高祖景的灵位回到了家乡宝盖镇龙穴村，从这个意义上说，只有在他去世后，才真正住进了这座由自己亲手建造的豪宅。

如今，高祖景的后代都在菲律宾经商，而他当年在菲律宾创下的"商业帝国"，也已逐渐没落，虽然他的后辈们将会在菲律宾开创出新的天地，但是高祖景的那个辉煌时代毕竟已经过去了。20世纪90年代，高祖景的二儿子曾回龙穴探亲，走过落满尘土的楼梯,抚摸房子的砖砖瓦瓦,想起父亲,想起过往,感慨不已。

景胜别墅一楼大门两侧的墙面,由花岗岩石筑成,这里宛如一个文化展览地,镶嵌各种吉祥砖雕图案和各种与家族有关的匾额和诗刻——这是闽南红砖大厝的传统——一个家族的文化密码,比如家族源流和主人的文化趣味都藏在这里。

大门前面两侧的廊柱上刻有一副对联:"祖泽长流泉源自远,景星高拱灿烂其盈。"这对藏头联告诉人们,这栋别墅的主人叫"祖景",寓意说,祖宗的恩泽源远流长,后人的一切如繁星般灿烂。另外的廊柱上还有一副对联:"景福多来天地外,胜情只在山水间。"告诉我们,这栋别墅名"景胜"。

大门左右的八字角上分别刻有两首纪实诗:"少小耕田壮远游,岷江拓业几春秋。腰缠万贯非容易,历尽艰辛运尽筹。""世界风云几变迁,艰危历遍庆安全。归来松菊存三径,满室团圆相厄天。"讲述主人奋斗的艰辛、世界的变迁,告诫后代要珍惜、珍视家族的荣誉与和睦团圆。教育后辈可谓用心良苦。

大门左右门框有一副对联:"霁江衍派开龙穴,渤海分支傍虎岩。"其中"霁江"是堂号,"渤海"是郡望,由此可知,龙穴村高氏属于渤海高氏的一支,其直接的渊源则来自泉州霁江高氏一脉。这副讲述家族由来的对联,铭刻在门框上,寓意永世不忘先祖渊源。

大门门楣上方镶嵌泉州书法家张鼎书写的匾额:"曝麦观书"。就是说,一边在院子里晒着麦子,一边读书,这是古人一种怡然自得的状态，或许也是这位富商辗转奔波后，晚年归家后的一种精神向往吧。

天一信局传奇

一

眼前的景况提醒我，记忆远比几座建筑留存的时间要长久。

这里是中国首家民间侨批局，亦称大清第一民办邮局——天一信局的旧址所在地，漳州龙海角美镇流传村。村子的小巷深处，有三座中西合璧式建筑：北楼、陶园、苑南楼。西洋拱券式外廊与闽南民居相结合，气派而精巧。这三座体量巨大、建筑考究的"豪宅"连成一片，构成了天一信局当年的商业运转中心和生活居住中心。北楼是天一信局的业务办公大楼，苑南楼、陶园是居住楼和后花园。

百年后的今天，那个忙碌、繁华的小型邮政帝国早已不复存在，这些"豪宅"日渐沉寂，并衰败下来，它们被高矮交错的乡间楼房和厝屋包围着，如一位迟暮的贵族老人被一群顽劣的乡间野孩子围绕。

时间在这里界线分明。一边是历经百年风雨的欧式洋楼，一边是民居小厝；一边是古旧斑驳但气势犹存的廊柱和西式山花，一边是簇新的现代钢窗和门户；一边是蛛网暗结的沉寂，一边是市井烟火的热闹，这就是一个曾经辉煌的"邮政帝国"与一个闽南侨村的"传奇"景观。

毫无疑问，这些建筑正在衰败，墙皮剥落，浮雕损毁，众多无人居住的房间霉味弥漫。几位老人居住在这里，他们是这个家族的后人，他们除了向有关部门呼吁要保护这座全国重点文保单位外，有时还要追赶那些觊觎这里老物件的小偷，当然，他们最重要、也最得意的工作是向每一位来访者讲述他们老祖宗的辉煌与荣光。

尽管他们不是亲历者，但他们是那个"邮政帝国"骄傲的后人，记忆的光亮在讲述的那一刻照亮了这片陈旧的建筑，百年前的人事回来了，一切鲜活又繁华。

天一信局还叫过另外一些名字：天一批郊、天一总局、郭有品天一信局、郭有品天一汇兑银信局。名字因时势而变，但"天一"二字未变，"天一"取自汉儒董仲舒的《春秋繁露·深察名号》中的"天人之际，合而为一"，即天道与人道合而为一。用"天一"作为局名寓意"天下一家"，再遥远的异国他乡也是一家。

"批"是闽南语"信"的意思，侨批不是简单的华侨信件，是附带信件的汇款凭证。天一信局经营的是为东南亚华侨、侨眷提供银款、信函的收汇、承转、给付的业务。

不夸张地说，天一信局创造了一个时代、一个家族的传奇。

它的总部在一个不起眼的小村子，分局辐射范围远达八个国家，包括中国在内共设 33 家分局；它起于末世，终于乱世，跨越清代与民国，历时四十八年；它在鼎盛时期，每年侨汇额达 1000 万—1500 万银圆，侨汇业务占当时闽南地区侨汇总量的三分之二；它是中国历史上规模最大、分布最广、经营时间最长的早期民间侨批局；它创办之早，影响之深，在全国邮政史、金融史上占有重要位置，堪称"天下第一"。

记忆赋予传奇神秘、悠远的魅力。这些建筑老了，但记忆历久弥新，每一次讲述，天一信局的传奇便被塑造一次，无论遗落了某个场景，还是添加了哪个细节。何必锱铢必较呢，没有记忆就没有讲述，没有讲述就没有传奇，对于天一信局也是如此。

二

角美镇流传村，村旁有一条江流过，江名九龙江，东流不远，汇入东海。这条江至关重要，是传奇的发轫之地。1869年，17 岁的流传村青年郭有品从这里登船，顺江出海，下南洋，到达菲律宾的吕宋，打拼谋生。另外，在那个陆路交通匮乏的年代，水路是最宽广、最畅通的道路，这也是天一信局能在一个沿江小村子诞生的前提。

闽南人有下南洋的传统。旧时国内战乱不断，民不聊生，慌乱贫困的闽南人一代一代、一批一批为了谋生为了改变命运远渡南洋，这样，遥远的东南亚与闽南许多小村庄便有了千丝万缕的牵连。年幼丧父、由母亲丁氏抚养成人的郭有品，在成年之际加入下南洋大军成为必然选择，因为这是他报答母亲，肩扛起养家重担的一条出路。

　　郭有品得到堂兄郭有德的资助，随"客头"漂洋过海来到吕宋，打工或做点小生意。郭有品勤劳朴实，尊老敬贤且乐于助人，深得同乡侨民的信赖。1874 年，郭有品被一些富庶侨商推举为"水客"，专门替吕宋侨商及其雇用的华工携带银信回国，派送给侨属，赚取一些佣金。

　　"水客"，是当时为了适应海外华侨和国内亲属通信、汇款的需要而产生的一种职业。"水客"即是水手，他们最初也就是大帆船上的船工，慢慢地，"水客"成了替华侨捎带家信、款项回乡的信使。

　　出洋的主力主要是青壮年，在异国他乡，他们吃苦耐劳，辛勤打拼，总要把攒下的积蓄寄回国内赡养父母家庭，买田起厝，当时还没有邮政和银行，这些积蓄只能通过"水客"捎带回家，这样向国内家眷捎带银信的侨批业应运而生。

　　郭有品帮侨民带信带钱，在东南亚与闽南之间来回奔波，银信承接派送之事精细及时，赢得了大家的信赖，从一般的"水客"慢慢成了"客头"。

　　几年"客头"生涯，郭有品有了积蓄，有了经验，他深知经营侨批是一桩收益颇丰的生意。同时，随着海外华侨大量增加，华侨寄信汇款回乡逐年增多，一般"水客"已不能适应华侨信汇日增多的需要。于是，1880年，郭有品在故乡流传村创办了首家民间侨批局——天一批郊，有规模地经营吕宋与闽南之间的华侨银信汇寄业务。天一批郊比1896年成立的大清中华邮政局还早16年。

从"客头"到天一批郊，是时势与英雄的一次美丽邂逅，它开启了郭有品"邮政帝国"的起步之路。而真正让天一批郊名满东南亚的，是一次"诚信广告"。天一批郊开办后，每批银信均由郭有品本人亲自押运。在一次押运侨汇途中，船遇台风突袭沉没大海，全部银信顷刻付之东流，所幸郭有品获救。返乡后，他变卖田亩家产兑成大银，凭衣袋中仅存的收汇名单款项逐一赔付。据说那一次郭有品赔付了800块银圆，相当于现在100多万元人民币。此后，郭有品名声大震，获得了华侨的信任，天一的业务量与日俱增。

1882年，郭有品回国完婚，完成了家族血脉的传承。

天一信局坚持"信誉为首，便民为上"的经营之道。对于远途来寄的人，招待食宿。汇款时如款项一时不便，而其信用可靠者先由信局垫上；远途者，还提供休息之便或招待食宿。对居无定所的侨民，则店前收寄，回信到达，挂牌招领。

1896年，清朝邮政局正式对外营业，天一批郊经过申请核准，登记注册为"郭有品天一信局"，总局设在龙海流传村，外设厦门、安海、马尼拉、宿务、怡朗、三宝颜等分局，后又增设香港、安南（今越南）分局。几年间，以闽南为据点，形成了一个条理清晰的巨大辐射圈，基本上涵盖了我国东南沿海和整个东南亚国家，鼎盛期每年侨汇额达千万元大银。

就在郭有品的"邮政帝国"基本形成之时，不幸降临。1901年，天一信局创始人郭有品去厦门拜访侨友时染病，英年早逝，年仅48岁。

三

有位诗人说，在人生波动的曲线上，每一个转折点都站着一个人。

的确如此。郭有品去世后，他的儿子郭行钟站在了这个"转折点"上。巧合的是，郭行钟接过天一信局的"权杖"时，跟他父亲当年下南洋的年龄一样，都是17岁。

年轻的郭行钟传袭了父亲的经营头脑和经营策略，在他的经营之下，天一信局业务锐增，赢利甚丰。1902年，郭行钟大胆改革，将天一信局改名为"郭有品天一汇兑银信局"，分设信汇部和批馆，实行专业化经营与管理，并逐年增设分局于外埠，进一步拓展了市场空间——一家现代化意义上的企业初具规模。

至1911年后的十余年间，天一信局迎来了它的鼎盛时期。东南亚和中国东南沿海的分局达33家，雇用职员556人，其中国内163人，国外393人，成为名副其实的"天下第一民办银信局"。

无论天一信局怎样如巨网一般网络尽东南亚和东南沿海的银信汇兑，但巨网的那根纲线始终系在闽南九龙江畔那个叫流传村的村子里。这里是天一信局的起始地，也是郭氏家族的所在地。天一创始人郭有品为"郭氏邮政"这栋大厦打下了坚实地基，而他的儿子郭行钟则为这栋大厦封了顶，挂上了"天一总局"的牌子。

闽南人讲，人生三大事：结婚、生子、起大厝。盖一座大房子是许多人的梦想。如果说郭有品为天一信局留下了诚信经营、科学管理的精神财富，那么郭行钟则为天一信局留下了标榜着成功的物质财富——起大厝。

1911年，郭行钟斥巨资在故乡流传村兴建"天一总局"。这是一个典型的中西合璧式的建筑群，气势恢宏、工艺精湛，古色古香。由北楼、陶园、苑南楼三大部分组成，总建筑面积近5000平方米，历时十年，于1921年告竣。

这个建筑群当年气派壮观的情形今天已难以看到，毕竟它们经历了一百年风雨，但在记忆与描述里，我们仍能感受当年的"非同凡响"。

北楼最为壮观。北楼是"天一总局"的办公业务大楼。二层砖木结构，前后为拱券式外廊，廊柱高大气派，正立面装饰了西式山花，门墙上的装饰中西交错，有构思巧妙的信鸽和骑车邮差的高浮雕，也有西洋建筑里的安琪儿（天使）浮雕。建筑内部，中间一个大院落，回廊环绕。

北楼向西并列是三进式大厝，两旁紧接双边雨屋、屋后紧连苑南楼。苑南楼为拱券式外廊建筑，二层，后院为三进式闽南红砖大厝。

北楼与苑南楼之间有钢筋混凝土天桥连接。屋后的陶园占地3000多平方米，是一座漂亮的花园。花园里建有亭台、楼榭、假山、猴洞、鱼池、花圃、石砌小道等等，绿草如茵，木林成荫，曲径通幽，群芳竞艳，一派优雅恬静的迷人风光。石雕、木雕、砖雕造型丰富，手法细腻。如此规模宏大、中西合璧的建筑，耸立在这个古老而传统的乡村，在当时不能不说是一大奇观。

每批侨信到达天一总局，总局立马在楼前高高升起"天一旗"。"天一旗"是一面红、黄、蓝三色各占旗面三分之一的绸布旗，中间"天一"两字为白色，其造型为"天"字居中，"一"字变形为"天"字顶端有缺口的圆形，环绕"天"字四周。鲜艳的标志让附近几个村庄远远就能望见，侨眷互相传告及时前来领取。当天未领取者总局便于次日派出专人投递，直接送达收信人手上为止。

天一总局业务办公大楼——北楼的落成，代表了19世纪末20世纪初期中国民办邮政的最高峰。

无论人与物，命运就是如此，高峰之后是低谷的到来。

1921年后，东南亚一带经济不景气，侨商收入普遍受损，因歇业而回国的华侨渐多，侨汇逐渐萎缩，天一信局的利润从此开始滑坡。1923年，新加坡邮政局废除民信包封并提高民信邮资；1925年，民国邮政总局又照会海峡殖民地总邮务局，又将民信邮资再增加一倍；1927年又传闻中国银行准备改组为国际汇兑银行，天一总局常遭军政勒借，且香港、吕宋分局严重亏损。

1928年1月18日，天一信局宣布停业，并将分局房产转卖以弥补亏空。天一银信局的停业，曾引起闽南金融界的短时间波动。

一个偶然中必然的开端，一个无法预料的结局，存在48年历史的天一信局拉上了它演出的帷幕，除了留下这寂寞的建筑外，还留给人们无尽的记忆和感慨，这就是传奇。

据说，一份由清华大学城市规划设计院规划设计的天一总局保护规划方案已经出炉，有关部门即将组织实施。这无疑是个好消息，也许有一天天一总局的风采会重新出现在我们面前。

建阳寻文访古记

一

闽北的建阳是一个去了一次还值得再去的地方，因为建阳的空气中氤氲着古老的"文风""文气"，走马观花不足以沉浸于建阳、感受于建阳的"文风""文气"，所以一次不够值得两次三次踏足那里，方可沉思静悟。

很多地方喜欢说自己过去"文风昌盛、人文荟萃"，说来说去就是出了几个状元、有几个文官，那些陌生名字连提及者都时常念错，实际上是算不得"文风昌盛、人文荟萃"的，那些文名、人名早就被时间尘埃覆盖，附着于名字之上的几首诗作、几篇时文也早已腐了，朽了。在我看来，没有洞穿时空、没有旺盛的生命力、没有久远的知名度的思想、精神、人物，很难称得上真正的"人文""文风"。"人文""文风"是如基因一般以隐秘的方式、顽强的生命力藏于某地的土壤和空气中的人文因子，它连接过去，影响和塑造今天甚至明天的地域人文景观。

建阳真不一样。虽然它蛰居于闽北的层层山峦中，但它闽北地理中心和闽北历史文化中心的位置不容更改，是真正的"文风昌盛、人文荟萃"之地。

比如，"在中国学术思想史及中国文化史上，发出莫大声光"（钱穆语）的理学大师朱熹足迹遍布建阳，他70年的生命至少有20年在建阳度过，尤其是人生最后10年定居建阳，著书立说，开坛讲学，游历村野，他现存1200多首诗作，有100多首是写建阳的，最后建阳也成为他安息长眠之地。

比如，历史上有一个坊间刻印图书的专有名词，叫"建本"，十分有名，就出自建阳麻沙、崇化（今书坊）两地，当时与"浙本"（浙江临安，今杭州）、"蜀本"（四川成都）鼎足而立，瓜分中国的图书市场。建阳由此成为我国历史上的三大印刷中心之一，建阳获誉"图书之府"。

再比如，成语"程门立雪"在中国家喻户晓，其道德感染力和故事的想象力，让人过目难忘，故事的主人公有一位就是建阳人，他叫游酢，是理学南传入闽的承前启后者。

还有大宋提刑官、世界法医学鼻祖宋慈，他和他的法医学检验专著《洗冤集录》名播全世界，是建阳有世界级影响的人物；还有建窑的建盏，千年前的黑釉之光与极致之美，从不曾暗淡与凋谢……

不再比如了，仅就这三者——朱熹、建本、游酢，就可为建阳"文风昌盛、人文荟萃"提供注脚了，这三者不仅搭建了建阳人文的雄伟山峰，就是纳入中华人文的地形版图，它们也是重要高地。更为奇崛的是，他们的生命力、影响力并未因为时空的更替而丧失——朱熹的许多思想、看法至今仍深入人心；"建本"的历史地位、图书之府的历史记忆至今仍不可抹杀；程门立雪的故事至今仍被津津乐道。

二

我们去拜谒朱熹墓。朱熹是真正的大文人，我们一群小文人去拜谒他，内心虔诚又忐忑。虔诚是因为伟大的朱熹经历了一个文人该经历的一切——聪慧苦读，博取功名，遭受政治迫害，不得志，丧失亲人之痛，讲学著述，养浩然之气，成理学集大成者，光耀中华文明——令我辈仰视而尊敬；忐忑是因为在朱熹这面镜子面前，我辈小文人逼仄的内心、粗糙的学识、短视的眼光等诸多品性显露无遗，唯有诚勉自己，向大师靠拢，向大师学习。

朱熹墓位于建阳黄坑镇后塘村的大林谷，这里距建阳83公里，翻过北边那座山就是武夷山了。车在一个古亭边停下，鹅卵石铺就的小路带我们进入墓地，路边是稻田，远处是起伏的小山，田园风景，祥和怡人。大文人的墓没有我想象中的那般气势，因为朱熹去世后受过多朝追封，为他修建一座有气势的墓是容易的事儿，但没有，他的墓朴素、大方、无华，规制不大，两百来平方米吧，倒是与大文人泰然处之的气度相配——封土堆卵石垒砌圆形，周壁以鹅卵石垒砌，远看如凤字形。墓后立大石碑，刻字："宋先贤朱子刘氏夫人墓"。墓前有明代所置石香炉、石供桌及石华表一对。墓与大地融为一体，坐西北朝东南，西北处的小山丘上有翠绿大树，东南方视野开阔，远处是苍茫山峦。

墓地选址黄坑大林谷，据说是有高人托梦于大文人："龙归后塘，乃先生归藏之所。"后来朱熹和学生来到黄坑后塘，发现眼前一切如梦中所见，便选定下来。朱熹夫人刘氏先安葬于此，24年之后，大文人再葬于此。

朱熹是在建阳市郊的考亭去世的，考亭距离黄坑80余公里。大文人以沉重石棺收殓，从考亭到黄坑，石棺足足抬了六天，36人抬杠，数百人随行送别。因为当时朱熹理学被贬为"伪学"，对于大张旗鼓地送葬，朝廷是加以约束的，但朱熹毕竟是一代大文人，小小约束怎么能阻挡人们对大文人的惜别之情呢？

三

在朱熹墓所在地黄坑镇与建阳市的中间，是麻沙镇和书坊乡。麻沙和书坊在今天只是两个普通的乡村小镇，但在宋代，这里刻书作坊林立，书市繁华，居民"以刀为锄，以版为田"，刻成了全国图书中心之一，著名的"建本"成为两地书刻的专有名词。

毕竟近千年过去，麻沙的书坊印迹消失殆尽，而在书坊乡，有两处遗迹将现在与当年鼎盛的刻书业连接起来，让我们这群天天与书为邻的小文人，有了伸展想象翅膀的依凭：如果生在当年，是否有幸在麻沙、书坊刻出自己的著作，也成为无数"建本"中的一本？两处遗迹，一处是"书林门"，一处是"积墨池"。

书林门在书坊乡书坊村，此门原是书坊东门，书商由此进村，有一条大道直通书市。门由斗砖砌成，正面门额上方镶砌砖刻"书林门"三字，背面门额上方镶砌砖刻"邹鲁渊源"四字，均为楷书，文气十足。门很新，为新修复，高5.2米，宽5.1米，门额顶高3.2米，孤立于道路中间，被普通的乡镇居民楼包围。

积墨池在书坊村的一处稻田旁，按专家们分析，积墨池地处洼地，四方作坊印书废水均流于此，年久水色如墨。新中国成立之初在农田改造时墨池被淹埋，1989年县文物部门寻得遗址并修复。新修复的积墨池长约4.5米，宽约3.5米。

无论书林门还是积墨池，其文化象征意义大于文物价值，我们来过，知道当初如此即可。让我们纳闷的是，藏于偏远山乡的麻沙、书坊为什么成了全国三大印刷中心之一呢？有人说出各种理由：宋时文风鼎盛促成了刻书坊盛行；这里是中原入闽必经之地；这里偏远宁静远离战争适合书坊兴盛；这一带枣木多是雕版的好材料；这里有上好的墨矿；这里有麻阳溪流经水路畅通适合书籍流通；等等。历史的选择有偶然，有必然，谁又说得清呢。

无论怎样，对我们这群小文人来说，书和书坊总是亲切无比的。

虽然麻沙没有了书坊的遗迹，但麻沙有引以为傲的闽学大家游酢和游酢纪念馆。游酢是麻沙长坪人，虽然朱熹的名声掩盖了他，今天的人们也少有知道他的文史地位，但他与那个美妙成语之间的故事，只要一提起，人们便油然而生敬佩之情。他的名字随同那个成语一起具有了长久的生命力。

四

程门立雪是一幅美妙的画面：雪是洁白无瑕的，恭立于纷飞的雪中等待先生醒来，先生醒来，雪已覆盖弟子的膝盖，这种等待如雪一般，高洁无瑕。尽管后来有学者认为等待者游酢、杨时并不是立于雪中，而是在先生家中等待，只是出门时看到雪深一尺了，但是人们还是愿意相信他们是"恭立雪中"的，如果是后者，那这个故事的魅力会大减，便不足以流传千古了。

再者，如果是后者，建阳的"文风""人文"会有如此的生命力和影响力吗？正是这份看似不可理喻的执着和虔诚成就了一切。

建阳之地的人文遗迹和人文记忆还有许多，就留待下次再来探访吧。

探"侠"尤溪

如果我是一名导演，我要拍一部原始森林夺宝的奇幻大片的话，我会把拍摄地选在尤溪"天下侠谷"；如果我是一名开明的父亲，我要把那温室里的"娇花朵"变成有侠气的汉子的话，我会把他丢到尤溪"天下侠谷"来；如果人生某个阶段我的生活受挫，或情感受挫，或事业受挫，我要把这"倒霉鬼"日子抛到九霄云外的话，我会偷偷躲到尤溪"天下侠谷"来；如果……

是不是没有见过世面？为什么这么多如果？为什么总是尤溪"天下侠谷"？

此言错矣。正是因为见过世面——喝过许多地的酒，见过许多地的云，走过许多地的山山水水——所以才会总是尤溪"天下侠谷"。原因有三：这里有神秘的、少有人踏足的原始森林和惊险的大峡谷；这里是有号称世界首家"侠"文化山水体验景区，可以感受侠客江湖的正义豪迈；这里是大自然赐予现代人的一处适合度假休闲、安神养身的山水桃源，离开尘世，又离尘世不太远。

我在这里向您意犹未尽地"推销"尤溪"天下侠谷"，还有一个更富吸引力的理由：这里是三明乃至福建境内目前最新发现、最新开发的规模最大的自然峡谷景观。可以这么说，您到过许多地方，听说过许多地方，但您或许没到过甚至听都没听说过福建有这么一处"天下侠谷"，即使是尤溪本地人，到过的恐也不多。有人说，所谓旅游，就是从自己待腻的地方去看别人待腻了的地方，但尤溪"天下侠谷"是一块"处女地"，说待腻还远远做不到，一切都是新鲜的，新鲜到连一个可以打听情形的人都没有。

当然，说藏之大自然"深闺"亿万年之久的尤溪"天下侠谷"的"新"——新的发现，新的开发——多少有些让人感到难堪和不好意思。有时发现意味着侵入，开发意味着破坏，但我们人类有太多好奇心，对自然美景和山水奇境的探寻总是欲罢不能、兴味盎然，殊不知，我们人类脚步的每一寸进发，对大自然都构成一种"侵扰"，我们所谓的"新"与那些森林、峡谷的古老比起来，多少有些尴尬和不协调。不过，走进它们，并尽可能地呵护它们，是人类走进自然的基本态度和谨慎选择。或许为了避免尽可能地少"伤害"大自然赐予人类的森林、峡谷，"天下侠谷"景区的开发很"吝啬"，做到了尽量少人工修筑，尽量与自然融为一体。

"天下侠谷"景区位于福建省尤溪县汤川乡胡厝村，距福州约78公里，距福银高速公路金沙、洋中互通口28公里，省道横五线绕门而过。这里属于福建第二大山脉戴云山脉以北的延伸带，是以花岗岩地质遗迹为主体的峡谷地貌。从卫星地图上搜索它，随着视域不断放大，莽莽群山之中深藏的这处美妙的森林峡谷便会变得可观可感起来，青翠无尽，起伏似浪。你会感慨，这确是上苍所赐，值得用心感受且珍惜。峡谷长约5公里，庞大的山体群彼此相依，这是远久的地壳运动的结局，经亿万年的风剥雨蚀，洪流冲刷，形成纵横交错，层叠有序的垅脊与沟槽，成为当地最美峡谷。

　　汤川乡胡厝村位于海拔840米的山上，我们的汽车随盘山公路九曲十八弯后，到达美丽平静的汤川小镇。乡里的卢副乡长陪我们去"天下侠谷"，因为景区还没正式开放，没有"地盘上的人"指引我们是进不去的——我有幸成为先期走进"天下侠谷"的游客之一。从乡里到景区不远，二十来分钟路程，车窗外，民居静立，田垄阡陌，鸡犬相闻。

　　下车而行，至一个山口，一棵千年古树倒塌下来，古树粗壮，四五人才合抱得过来，倒塌的古树横亘在两块巨石之间，形成一道门，缠缚于树身的胳膊粗的古藤垂吊下来。这道门就是景区的门了，如果不仔细辨认，我还真以为是一棵古树呢？原来是用水泥浇制的，足以乱真。进山的栈桥和扶手均仿制古木和藤条，颜色和形制与自然交融一体，鲜见现代人工痕迹，让人感觉舒服。栈桥往山里延伸，满眼绿色，深吸深呼，富含负氧离子的清新空气、草木的味道、水汽的湿润一块儿沁人心脾。

　　尽管陪同我们的卢副乡长一再向我们"吹嘘"侠谷之奇美，但我所见山林之景致，与平常山林之景致，似乎没什么两样啊，就在我心嘀咕"不过如此"时，拐过一个山角，一个深若一两百米的大峡谷突然在我眼前冒出来，给了我的视觉一个"下马威"。往上看，巨大花岗岩垒叠而上，表面被风雨侵蚀成黑红锈色，岩缝隙间间或长着一些粗细不等的藤树，甚是壮观；往下看，深涧之下，怪石嶙峋，水声潺潺，有恐高的人必会捂着胸口怕看。

　　此刻我才发现，我们所站立的栈道是从山腰伸展出来的，如果从对面看，我们都"挂"在山腰上。为什么会从平常景致突然"坠入"让人"惊叹"的景致呢？原来我们是从八百余米的山顶进山的，引人进山的栈道呈下坡状，看似平坦，但是当栈道转过弯儿，就进入几百米落差的峡谷了，人一下子就被"挂"在峡谷边上，俯仰之际，峡谷的奇险尽在眼中，能不惊叹吗？

　　栈道继续绕峡谷下行，经过一段"之"字状的阶梯之后，栈道跨越峡谷，直接将我们"引渡"到对面的峡壁之上。站在悬空于两段峡壁之间栈道上，人宛如站在电线上的燕子，小而轻盈，抬头是相对而出的山岩，壁立千仞，俯首之下，纵深百米，水雾蒸腾，溪水汇集成见不了底的深潭。此刻，如果我有一副翼伞，跃身而出，就能完成一次完美的峡谷飞翔的梦想。栈道贴着岩壁，继续在峡谷之间穿行，将峡谷与峡谷链接起来，有的峡谷亲如兄弟，彼此相拥，距离只有几米；有的相距甚远，对望如深情的情侣，而栈道就是他们伸出的手，在空中相牵。

当我们驻足回望，来时的栈道尽收眼底，才发现那嵌在岩壁上的栈道是多么的奇险。如果没有这道缠绕峡谷间的栈道，我们将丧失许多独特的感受，这里的峡谷之美多亏了这道设计构思独到的栈道。一旁的卢副乡长说，当时没有栈道，他们从山脚逆溪谷而上，攀越山石，发现这处奇美的峡谷。我游历过多处峡谷，大多如卢副乡长所说的，沿着山脚，顺着山溪而行，峡谷在可望而不可即的地方展示它的雄壮，而这里的"天下侠谷"，因那道富有想象力的栈道，让我们穿越在空中的峡谷间，体验了独特的峡谷之美。

这里的峡谷之美，美在风情万种，美在内秀大方，它集神奇、雄险、古幽于一身，让人流连、赞叹。神奇者，造型各异，神秘奇怪，如天神巧手而为，在似与非似之间，任想象力驰骋；雄险者，深涧绝壁，雄奇险峻，哪怕一只飞鸟也难以立足，人何以"挂"在崖身而泰然处之？只因有"天道"而助也；古幽者，古朴幽寂，幽深旷远的宁静峡谷，融合着天地洪荒般的自然音响，让人沉静、遐思，这里的一林一木，一山一石，如藏之深山的修行者，气韵沉郁……

当栈道慢慢降落，接近一片稍显开阔、平坦的峡谷之底时，"天下侠谷"富有魅力的第二章节便拉幕上演：世界首家侠文化实景山水体验区在您面前徐徐展开。

一路走来，你会发现，原始的森林秘境、幽深漫长的古老峡谷、水雾氤氲的高山湖泊，这些元素均不着痕迹地汇聚于

"天下侠谷"之中，而这些，很容易让人联想到古老的冷兵器时代的江湖、绿林和游侠。既然来了，那就卸下面具，放下身段，来完成一次穿越，回到那个绿林好汉的江湖时代，做一个豪气冲天、自由自在的游侠吧。

侠是什么？侠是担当，侠是道义，侠是正气，侠是忠勇，侠是刀光剑影，侠是拯世济难，侠是打破束缚，侠是逍遥自在，往小里说侠是古道热肠，往大里说侠是为国为民，侠是一种行为，侠更是一种精神……每个人心中都有一个"侠"，每个人心中都做着一个飘荡江湖的"侠客梦"。看看我们所谓的现代生活，谁没有一些压抑，谁没有一些约束，谁没有一些不满，谁没有一些面具，要释放这一切，那就让心中的江湖"侠客梦"来一个"梦想成真"。而"天下侠谷"就是为你圆梦的所在。

天下侠谷，没错儿，是"侠谷"，而非"峡谷"。当初为这处景区命名就是借助了"侠"与"峡"的谐音，既说明这是一处美的峡谷，又强调突出"侠"文化的主题。这一创意无疑值得赞赏，不仅一下子将自己与其他峡谷景区区别开来，而且对游客有了一种独特的吸引力。为此，开发方在"侠"上做足了文章，为了让我们从不同方位走进正义忠勇的豪侠世界，景区设计了四大板块："江湖印象度假村""绿林仙境游览区""网游实景体验区"和"天下侠谷大联欢夜游区"。

在峡谷底部有一块平坦的地方，修筑有一个圆形的舞台，舞台背后有一个波光粼粼的高山湖泊，湖泊背靠一面阔大壮观的岩壁，观众席呈扇形阶梯依山而建，坐在这里，舞台、湖面、岩壁尽收眼底，这里就是"江湖印象度假村"以高山湖泊为中心打造的"江湖"。用水秀实景表演、夜游篝火等方式营造出仗剑天涯、笑傲江湖、尽显英雄本色的意境，让游客进入一个似梦似真的江湖世界。

离开"江湖世界"，重新回到沿山栈道上来，此刻的栈道带着你往一个山头上去，山头上筑有木屋、酒肆，一如电视剧《水浒传》中的样子。森林越来越茂密，气氛也越来越幽深紧张，这时候你得小心了，原始秘林中随时都会冒出几个绿林好汉，把你一下子劫入林中，洗劫你身上的钞票、手机、相机等一切值得洗劫的东西。如果你也是一条汉子，与他们配合默契，你也会成为他们中的一员，成为一名几百年以前、传说中的绿林好汉，过上啸聚山林、劫富济贫、大碗喝酒、大口吃肉的快意人生。这里是"绿林仙境游览区"，它是一个时光机器，带你"穿越"到过去，暂时忘了现在。

在我们快要结束游览时，峡谷间飘起了小雨，至于与现代高科技相连接的"网游实景体验区"——在一款游戏中植入"天下侠谷"景区实景，让游客体验游侠惊险刺激的高空打斗，分享书剑飘零、仗剑天涯的侠骨柔情；领略中国首个互动瀑布——"老鹰岩瀑布"排山倒海、飞流直下的游侠风采，从中演绎一曲自我版的游侠传奇，至于"天下侠谷大联欢夜游区"正在开发设计中，我们便无缘体验了，那就期待下一次重返给人印象深刻的尤溪"天下侠谷"了。

连江定海古城：曾经的战争之城

一

中国有两座定海古城：一座浙江舟山定海古城，一座福建连江定海古城。

时空流转，万物生生灭灭。如今，舟山定海古城已演变成舟山市的一个城区了，现代城市的"新"容不下历史的"古"与"旧"，古城标志性的遗迹，如古城墙、古城门以及成片的古民居拆毁殆尽。170多年前，鸦片战争爆发，英国人攻陷定海，这座小城的美惊呆了一个叫爱德华的随军医生："天哪！简直就是一座花园！"英国人眼中的那座古典的花园今天已不复存在，那座雕刻有1200多年时光的古城，只留在发黄的书页、稀薄的记忆和恒久的"定海"二字中了。

相比之下，福建连江定海古城算是幸运的。它仿佛一直在那里，天经地义似的，时间在它面前保持了最大的耐心，一切似乎未曾改变。一个阳光很好的春天的午后，我走进了连江定海古城，犹如走进了一部书里，书里的故事传奇而厚重。

可以不夸张地说，连江定海曾是一座战争之城。代代驻兵，朝朝设防。定海城堡从建筑的那一天起，便饱受沧桑、风雨和战火洗礼。

连江定海古城位于福建连江县筱埕镇定海村。穿过一条百余米长的热闹街市，尽头便是面海而筑的南城门，城墙高六米多，由大石条垒砌，高大气派，上书"定海古城"四字。城墙前这条簇新而现代的街市，是前几年填海建造，与古旧斑驳的城墙形成对比。古时没有这条街市，潮汐涨上来，海涛拍击城墙根，卷起千堆雪。从南城门进入，一道连续建筑有三个拱洞的城门，是谓"三重门"，为闽东沿海罕见的古建筑。

过城门左转，踏着一条古旧石阶登上城墙，视野随之开阔，古城堡的整体格局尽收眼底。城墙沿海环山筑造，顺山势蜿蜒起伏，上山坡至东城门，接后城墙，延至西城门，与南城门合围，全长两千余米，如巨龙盘山镇海，山海相衬，颇有气势。据说我们站立的瓮城上，曾建有五扇四间大城楼，俯视定海湾，城楼于辛亥光复时被拆毁。以城墙为界，形成了城里、城外两城。城内民居顺山势而建，那种"人"字形斜屋顶的三两层民居如梯田般叠加而上，阳光下，成片的暗红色屋顶熠熠生辉。城外古榕葱葱，远处的大海苍茫如雾。

尽管东、西城门已不复存在，大部分城墙也已淹没于民居之中，城外也有填海新建街市，但连江定海古城堡保存依然完好，其规模依旧如昨，城堡的轮廓和格局大致可见，昔日的气韵和风采仍藏于一砖一瓦之中。这一切，或许因为这个位于定海湾北部的小小半岛地处海隅没有更大的开疆之地、限制了其翻天覆地的变化的缘故吧，所以我们才有幸，在今天，在闽地，还能见到这样一座保存相当完整的大石城。

据陪同我的当地朋友说，他的家乡——连江县筱埕镇定海村，本没有这座古城堡，明初洪武帝朱元璋令筑浙江定海城，误传成了筑"连江定海城"，结果就有了这座古城。或许这只是朋友的一种戏说，但历史有时就如一位吊诡的魔术师，你不知道下一秒钟他的帽子里会变出不可思议的什么来，比如：名称同叫"定海"，同样筑有古城堡，舟山定海的声名甚至响亮于连江定海。但是谁承想，若干年之后，舟山定海古城不见了，而连江定海古城依然默默耸立，以千年不变的姿势默默注视着这片美丽的海湾……这一切是天意，还是人愿，不得而知。

二

从城墙上下来，回到城门口。这座有"三重门"的古城门再一次吸引我的目光。这座城门设计独特，我们鲜有见过。大多数古城门正中设门，顺方向而开，北城门朝北开，南城门朝南开，而此南城门正中无门，若需进城，要从城门左侧城门通过。门在南城门左侧朝西开。这是怎么回事呢？

原来，历经六百多年的定海城堡，遭受过近百次战火洗劫以及风灾侵袭。特别是 1558 年（嘉靖三十七年）正城门被攻破，全城陷落遭遇劫难，城内部分建筑毁于一旦。因为南城门过于暴露，易受攻击，定海军民吸取教训，在 1561 年（嘉靖四十年），将城南门改西向，将原南门向外拓展 6.6 米筑造凸城墙，仍以大石条四周垒砌，在凸城西侧墙上向西边开 2 米多厚、2 米多高的小城门——至今仍是城内外的通道，并在此城门额上镌上石匾，匾额阴刻楷书四个大字"会城重镇"。意谓：定海城堡是一个省会城市的拱卫重镇。倭在城外，不知城门于何处，易守难攻。

踱过朝西开的城门之后，左转便是南向开的两道内城门。这三道城门，均呈拱形，古朴敦厚，有六百多年历史了，用来开闭的门扇虽已俱毁无存，但门臼、门闸档仍留存城墙内。据《福宁府志》记载，定海城堡内城门每扇高 3.2 米，宽 1.3 米，外门每扇高 2.5 米，宽 0.9 米，均用铁板包厚木上钉，铁板和钉重 146 斤，为耐海雾擦涂桐油。大门前还设置附板，如遇警急，则下板重闸。城门之坚固可见一斑。

此后，福建沿海所城屡遭攻破，唯定海城汗毛不动。它屹立于闽江口北岸，守卫海防，保卫省城。定海不过一个小渔村，筑有如此精钢不破的城堡，又是筑于何时？何人所筑？因何而筑呢？

为连江定海城堡垒砌第一根大石条的是周德兴，投入这一浩大工程的是周德兴手下的上万民兵和上千海戍兵，时间是 1387 年（洪武二十年）。

翻开福建沿海地图，即使你不是军事专家，你也会发现，串成一线的漳州铜山、泉州浯屿、莆田南日、宁德崳山、连江定海构成了八闽海疆的重要屏障，而定海的地理位置于省会福州更为要害，它控江扼海，是闽江口北咽喉，福州门户。明代兵部尚书吴文华记说："独定海亘大海，首敌冲，最为省会咽喉。"当外敌来侵扰时，定海成为防卫和抵御的前哨。

由于定海位于黄岐半岛南突出部，坐拥定海湾，海产丰富，历来是舟楫航行、停泊的寄锚地，所以定海也成为倭患和海盗"青睐"和"光临"的地方。元代之后，倭患日盛，定海民众不堪其扰。在此情况下，1387年（洪武二十年），明太祖朱元璋为治沿海倭患，加强防倭战备，请出年迈的老将军江夏侯周德兴——周德兴是安徽凤阳人，与朱元璋乃近邻故旧。他追随朱元璋投入了推翻元朝的战争，屡立战功。明王朝建立以后，他又奉命征伐蛮夷，在统一中国的事业中立下了战功，被封为江夏侯，是明初一位有影响的人物——到福建督建防卫所。

周德兴入闽后，在全省沿海要害处修筑防卫所城16处，设置类似现在边防派出所的巡检司45个，从军事设施和机构上健全了防海之策。定海城堡就是在这样的背景下开始筑造的。城堡建好后，城外挖城壕，设立瓮城、城门、哨台、水涵等，城内设置参将衙门，城北设左右中军署，衙门前建有接官亭。历史上，倭患和海盗侵扰东南沿海150余年，定海城堡一直是闽东沿海抗倭斗争的坚固城堡。

定海城堡自建成开始历经几次修复，1537年（明嘉靖十六年）增修城墙，1703年（清康熙四十二年）修复城毁之处，

2005 年第四次修建，修复南城门、北城门。2010 年，人们在北城门附近山林中，新发现了一段古城墙遗迹。城墙有一二十米长，高约三米，掩映在一处被树荫和枯藤遮盖的角落里。"这段古城墙的发现，为定海古城的勘界增加了新的实物依据。"从事《定海志》编撰的 65 岁的黄家殿老师说，"发掘、修复更多的古城遗迹，是留住历史的一种方式。"

三

进得城来，一条条石板小路像一位位向导，把我们带进一个迷宫般的古城世界里。行走于或宽或窄的巷道，总会与那些有些说头有些来历的古迹不期而遇，比如明代的沈有容参将府，比如古城正中的据说规格相当于省一级的城隍庙，比如供奉和平女神妈祖圣庙天后宫，等等，当然还有一些难以说清来头的普通的明清古宅，比如何氏大厝、黄氏宗祠等。

遗憾的是，因为时间久远、时代变迁，加上这些古迹成为定海居民日常生活的一部分，并没刻意保护，所以大多损毁，尚留部分旧式建筑，或作他用，或简单保护起来。有意思的是，定海的每一处古迹无不烙上了兵火的印迹：参将府当年就是兵戎森严的指挥所，城隍庙就是因为当年守城官级高而规格高，一些古宅更是因为多次战火侵袭而踪迹已无……

史书记载，倭患始于元代，明代为烈。据《连江县志》记载，明永乐至嘉靖年间，东南沿海倭患达 150 多年，连江县遭倭犯境 16 次，其中 4 次经连江犯省会福州。倭寇所经之处，均遭疯狂的劫掠焚杀，死者狼藉，庐舍一空。其间，定海遭倭患侵扰计 8 次，其中最为著名和惨烈的一次发生在 1410 年。

1410 年（明永乐八年）十月十五日，倭寇大举侵犯定海。从塔仔尾上岸，企图由双髻山入城攻掠定海城堡。定海军民奋起抵御，千户汤俊，百户任简、金旺、朱文、丁铭五位将领及佐吏率兵出东城门，在双髻山下、校场前等处与倭寇浴血奋战。生擒倭酋在东关山山坡斩首，头颅从坡上滚落而下，此处地名称作"倭头坡"，寇上岸地为"贼仔尾"。五将佐身先士卒，杀敌无数，同日阵亡。乡民为他们的忠勇感动不已，隆重地将他们葬于双兜树，人称"五忠墓"。此战大获全胜，倭寇胆寒，此后几十年不敢觊觎定海堡。明代兵部尚书吴文华在《定海七井碑》里赞曰："己未庚申之岁，滨海而居无坚城焉，独定海血战得全。"今天，在定海双髻峰下，仍见"五忠墓"。

每次倭患侵犯，定海军民都英勇抵抗，其事迹记录在参将府前左侧的一块巨大的抗倭纪事碑中。碑文一千余字，记述了明嘉靖以来戚继光、沈有容率领军民抗倭的史迹。这座记录定海军民英勇历史的丰碑，距今将近 400 年的历史，遗憾的是碑体已被嵌入民房的墙体中，但这段保卫自己家园的浴血历史人们不曾忘却。

此后，尽管倭患减少，但军防和战火仍没远离定海。清初，郑成功父子抗清复明，以定海城做根据地，抵御清军十余年。郑成功父子退守台湾后，清福建总督姚启圣在定海屯兵训练水师，准备进攻收复台湾。民国初期，定海城堡三次被日本侵略者占领，遭战火洗礼。新中国成立初期，定海城堡常遭台湾马祖守军炮火轰击……

回想起来，作为文物保护单位的定海城堡，它在中国军事史上的确写就了极其独特而又让人感慨万千的一页，如有关军事材料中介绍，定海城堡是"防海之制和主张实行海陆结合、攻守结合、军民结合，利用近海、海岸和陆上要点的多层次歼敌战略的海防第一防线"。毫无疑问，在过往的历史中，定海古城堡对强化我国海防建设、抵御外侵曾经有过重要的价值和意义。

如今，战火远离了定海城堡，定海村民过着和平与安宁的日子。同行的定海朋友说，定海古城堡成了这个海边渔村的标志性建筑，也成为某种吉祥的象征。每到除夕夜，闽东沿海都有"开门纳福"习俗，此时定海民众都要跑出"三重门"，沿古城堡绕一圈，以祈求新一年万事如意、岁岁平安。谁家姑娘出嫁、先人出殡，也要从城门处，以示安宁大吉。但不管红白喜丧，决然不许从城墙道上通过。

定海古称"亭角""亭角澳"，"亭"为大小亭山之统称，"角"为偏僻的海角，"澳"为海边弯曲可以泊船、海边港湾可以居住的地方。后改"亭角"为"定海"，有镇定海疆之意。小小定海村始于公元280—289年（晋太康年间），已有一千七百多年历史。

在定海的时间很短暂，但定海留给我的回味很绵长，它如一部传奇而厚重的书，值得人们一次次沉入其中去阅读、去品味。

诏安传奇

偶尔听到有人打趣，说我们的城市，尤其是县城，正在变成一个样儿，若干年后，我们只有一个县城了。此话虽夸张，但城市建设趋同化严重还是让人略感担忧，玻璃墙高楼，购物中心，住宅小区……隔着千里远，样子一样不说，连名字都一样。我一度也认为，这样下去真是有些乏味了，因为曾经每个人心中都有一个独一无二的县城。

不过近几年来，我走过一些县城之后，看法变了。表面上，规划、样子大致相同，但内里各个县城的魂魄还是自己的，没有丢，比如山西平遥的古晋遗风、湖北钟祥的楚风神奇、福建晋江的爱拼活力等等，这些魂魄藏在各自的老建筑、风味小吃、传奇故事里，一方水土养一方人，一个县城的魂魄依然如基因一般藏在一方人的精气神里、日常生活里。

不久前，我去了一趟福建最南端的县城——诏安。晨奔暮走，穿街过巷，与这座县城短短几天相处，它便将它的精神魂魄传递给了我，我感觉诏安是一座洋溢着艺术气息的山水田园之城。在我走过的县城中，没有哪一座如它这般风雅，如它这般艺术味浓，家家有字画，店店可谈艺。在不大的县城里，随处可见装裱书画的店铺，培训书画的艺术班，专事书画买卖的画廊，来往的行人中不乏"泥腿子"书画家，据说许多家族里，上至祖父母，下到小孙孩，个个拿起笔都能写画几笔。

这座连空气中都飘荡着艺术气的县城可不是凭空而来，艺术的风在这里吹拂了近千年。诏安书画之风兴于唐代，明代达鼎盛，到今天再焕光彩，这里出现过著名的诏安画派，历代书画大家近 20 位，省级以上美协、书协会员 260 人，书画从业人员 3000 多人，被文化部授予"中国书画之乡"。诏安古称丹诏，丹青诏安，如此雅称一个县城，实在少有。明晓了这些，方能明晓这座书画之乡所携带的艺术魂魄的来由。

当然，真正表现一座县城精神魂魄的是这里的人们，是这里的人与历史演绎的一个个传奇。诏安行走几日，"认识"了三位富有传奇色彩的人物，在此简述如下。

一位是沈耀初。国画大师，艺术风格卓尔不群，居台期间，齐名张大千。沈先生诏安士渡乡人，1908 年出生农家，受书画之风熏染，少年弄笔，点染丹青，汕头艺术师范毕业后，返诏过着教书、作画、成家、奉亲的简单生活。直至 40 岁，戏剧性的变故改变平静的一切。1948 年，沈耀初受亲友之邀赴台一游，写生作画兼购农具，不承想风云突变的历史烟尘，竟偶然落在了 40 岁的沈耀初身上，恰在这一年国民党政权败走台湾，造成两地隔海对峙，原本只预想与妻儿小别数日的沈耀初，至此无法返回，独居台湾，一居便 40 年。直到 1986 年开放探亲，78 岁的沈先生携多年积蓄和毕生书画作品回到故乡诏安，与妻儿重逢。沈先生在台湾未曾娶妻组建家庭，大陆妻儿也一直盼他等他。中年离家老病回，人间俯仰成古今，令人无限唏嘘。滞居台湾 40 年，教书谋生之余，沈先生索居独处，精研书画，这位孤独的画家，穿越了生命的思念、痛楚和寂寞，潜心艺术创作，终成一代宗师。归乡 4 年后的 1990 年，沈先生在诏安县城兴建沈耀初美术馆，遗憾的是，美术馆 5 月份奠基破土，10 月份沈先生便去世了，他没有看到他留给后世的那座气势恢宏又不失朴素大方的艺术殿堂。

沈耀初传奇一生，幸还是不幸？苦还是乐？各自有言，沈先生自己说："可谓乐在其中，苦亦在其中也……大凡苦中仍有乐趣相伴，即非真苦。余之所感受困苦，仍在艺术创作之本身。"沈先生弥留之际，留下的最后一句话是："若还有余生，我知道接下来该怎么画了。"

一位是沈冰山。沈冰山，盲人，书画家，1934 年出生于诏安南诏镇，他的长兄沈锡纯是著名国画家。在诏安县城关四街东城村的沈锡纯沈冰山纪念馆，我见识过沈冰山的一幅画作《荷魂》，过目不忘：莲茎伸展，墨荷田田，荷花粉白，画面苍劲清润，色彩沉着，格调高逸，把荷的清雅之魂表达出来了。站在这幅画面前，我被艺术征服，并不会想到画作来自一位盲人。但这幅难得的佳作，它确实来自盲人沈冰山，就不得不让人惊叹了。绘画是一种观看的艺术，看与被看，以视觉正常为基础，而沈冰山先生逆路行走，他以看不见去完成看的艺术，其坚持、探索、顽强之心，非常人所能感知。沈先生25岁因病致盲，家人盼他去学算命，有养活自己之技，但沈先生不，他不想放弃从小绘画的兴趣，要创造自己的奇迹。沈冰山把自己的习画途径归纳为听、读、摸、思、练：听高人谈画论画，用"摸"去把握事物的形，反复思考、练习。天赋与勤奋成就了沈先生。沈先生2014年去世，他是中国第一位在中国美术馆举办画展的盲人书画家。有人评价他，说"余所见世人中最不盲者，乃诏安之沈冰山也"。可谓中肯。

一位是郑兆钦。诏安产一种小种乌龙茶，名八仙茶，八仙茶香高、味浓、回甘，是一款好茶。被誉为八仙茶之父的，便是郑兆钦先生。郑先生是福建永泰人，1942年出生，20岁从福建省农业专科学校毕业，分配到诏安工作，此后居诏安50多年，一辈子与茶打交道。1965年，23岁的郑兆钦参加茶叶普查，在靠近广东的茶区发现了一畦茶树与众不同，长势旺盛，参差不一，郑兆钦感觉这可能是一种变异，或许可以从中选育一个茶树新良种。郑兆钦移回20多株进行新茶树培育，1969年，新茶树苗木定植在诏安八仙山下的汀洋茶场，成活17株，命名为八仙茶。经过30多年试种、培育、优化，1995年，农业部正式公告，确定八仙茶为新中国成立以后第一个新选育的国家级乌龙茶良种。一个冬日上午，我们来到八仙山下，见到了这17株八仙茶母树，茶树两三米高，长势良好。它们在这里生长了近50年，从这里移栽出去的八仙茶现有5

万多亩，年产值5亿多元。一个人的名字永久地刻在一株茶树上，是何等荣耀。而刻下这个名字，郑先生用了30多年。郑先生今年75岁，精神矍铄，他说一辈子要把一件事做好不容易。同行的张老师有些感慨，说大事不着急。

三位先生，塑造了诏安的三种传奇：命运传奇、艺术传奇、时间传奇。或许，其中透露出的钟情、执着、艺术，才是诏安这座城的魂魄吧。

吴山有个张坑村

大田仿佛与"大"有不解之缘：除了将大田阐释为大美之田、大爱之田、大兴之田外，还有声名在外的大骨头、大油条等美食，更重要的是大田人有大热情、大情怀。

大田之"大"给人印象深刻，我想说的是，大田有一"小"也别有天地，即小村落——大田的群山之中，藏着一个个古老、传统的小村落，它们古朴清幽，田舍俨然，安适自得，宛如世外桃源，是养人眼养人身养人心之地。大田县吴山乡的张坑村就是这样一处所在。

离开张坑有些时日了，在距张坑400多公里远的城市我的居所里——这个热闹、现代而孤独的地方——我偶尔回想起张坑。让我奇怪的是，我只在张坑停留了半日，谈不上多了解它，与它也素无情感瓜葛，那我究竟想它什么？是什么力量促使我想它呢？我难以寻到令自己信服的答案。一次翻阅带回来的材料，看到一张航拍的张坑全景图，我似乎一下子明白我为何会想它了，大概是因为张坑的颜色吧。

苏轼说："不识庐山真面目，只缘身在此山中。"看张坑也是如此。在村中穿行，进古宅，拜宫庙，探古道，赏荷莲……看到的是细节的、清晰的张坑。当一双眼睛随航拍器升到空中，升到更高处，全景的张坑便呈现在我们眼前了，那是一个微缩的、整体的张坑，也是一个抽象的由线条和色块构成的张坑。航拍图中，如树枝一样交错的线条是村里的路，树干是主路，分枝是小径，每株细枝上挂的宛如灰黑的"果实"，是村里的四十多座古宅；绿树、茶园和菜地点缀其间；分散于村中、村尾的四个红屋顶，是新盖的乡村楼房。整体观之，占据了好几个小山包的张坑，如一个古老岛屿，浮在广袤无垠的山林绿波之上，风过来，似乎还在随波轻轻荡漾。

俯瞰之下，张坑的颜色让我难忘，它的颜色多样而多情。

张坑是绿色的。

大田多山，群山耸立，层层叠叠，森林密布其上，绿色连绵起伏。距大田县城30公里的张坑村，便是这群山之中的一个小山村。张坑处于福建省第二大山脉戴云山脉之中，海拔820米。群山间一片开阔的谷地之上，张氏先祖落脚于此，筑屋垦地，繁衍后代，于是取名张坑。张坑村先后有张、黄、王、留等姓氏居住过，而今天张坑村只有章氏单姓居住，由张氏到章氏，是时间在这个山村写下的家族传奇。明朝万历年间，居于路口"时思堂"的第十六世公章宾一携长子章亶七，到张坑开基立业。章氏先辈章宾一、章亶七、章经古、章弘仁、章天阶等人苦心经营，持家置业，历经几代人近百年努力打拼，章氏家族买尽了村内留氏等家族所有的田地及山场，章氏家族立住了脚跟，成为张坑村最大家族，其他姓氏家族逐渐外迁或减少，最终张坑村成了章氏天下，衍传至今。

　　绿色海洋中的张坑生态之美自不必说。张坑被四山拱照，东有尖子岐，南有宽格坪，西有乌龙岐，北有南山岭。岭上有茶园，呈梯田状蜿蜒，叠翠层层，修剪如画。坪上、屋前有稻田，田里稻叶生长带劲，绿油油的，还没到抽穗扬花的时候。村头的千年原始生态森林里，有福建松、柏、香樟、柳杉、木荷、木兰、紫玉兰、四照花、复瓣杜鹃等树种茂盛生长。陪同我的村主任告诉我，这片森林里有极其罕见的深山含笑树，每年春节前后，含笑绽放，只见满山白花，周边十里飘香。因时节不到，我无法领略张坑含笑的清香，因天晴多日，水量有限，我也无法领略村郊大漈头瀑布的壮观。村主任说，张坑瀑布落差达 92 米，是大田境内落差最大的瀑布，在多雨季节，飞流直下，声如奔雷，水雾蒙蒙，甚为壮观。

　　村里主干道边上，用竹篱笆围成的菜园里，长着豆角、黄瓜、辣椒、西红柿、猫耳菜等时令蔬菜。我们从村郊返回村子时，看到一位老奶奶带着孙女在菜园里摘菜，孙女总喜欢问这问那，老奶奶有些应付不过来，假装生气地说，小孩子哪来这么多问题。这温情一幕，让我想起我小时候在村庄的日子，跟外婆到菜园里浇水、摘菜，总是很开心，但那时觉得天天吃自家种的蔬菜没什么了不起，而今天，能吃上自家的绿色蔬菜多么奢侈啊。

森林、山岭、稻田、茶园、菜园……张坑村铺展的这一切醉人的绿，无一不是应和"因天时、就地理、融自然"的美好结果。

张坑是灰黑色的。

在张坑行走，随时都会与古建筑相遇。50多座明、清、民国时期的古民居、古祠堂、宫庙，被百年风雨侵蚀为灰黑色，它们分散于张坑各处，独自而立，依山面田，竹木掩映，成为一道别样的旧日风景。多数古宅有人居住，少数几栋长满荒草，无人居住，正在朽败下去。

张坑古民居、古祠堂有两个突出特点：一是体量都很大。张坑宅厝采用"三合天井"或"四合中庭"布局，中心庭院宽敞，由正堂、中堂、边房、下书院、围墙和大门等组成，建筑面积大，外观古朴雄伟。一些古宅内饰讲究，雕刻精细华美，有禽、兽、鸟、字、花，墙壁上绘有人物、山水风景等彩画，形象活泼。因楼群依山而建，纵向进深有限，多横向布局，形成了脸面宽阔的格局。二是都有一个雅致的堂号或楼号。张坑有50多座古宅，每一座都有堂号或楼号，这在一些传统古村落中极为少见。比如有桃树堂、树德堂、步云楼、五爵堂、科甲堂、厚重堂、龙田堂、丰厚堂、三秀堂、墩厚堂、甲魁堂、植槐堂、聚安堂、瑚美堂等，都是一些励志、道德、祥瑞的名字。可以想象，当年为每一座古宅取一个别致韵味的名号，一定是一项重要的文化事件。耗尽积蓄，新楼建起来，章氏家族有学问的人送来名号时，意味着家业扩展的确立和人生一件大事的完成。

张坑的章氏祖祠桃树堂是不得不去看的地方。桃树堂坐落于村内"后头圩"山脚下，远望"后头圩"如一只大龙虾，英溪河呈弧状流过，桃树堂便建在大龙虾正中间，从村部走过去不远便到。桃树堂是一座明代古厝，始建于明万历年间（1580年左右），1997年重修，保持原建筑风格，迄今450年了。桃树堂为二进二堂带护厝木构建筑，黑瓦飞檐，面阔脸宽，既朴素大方，又气势壮阔。值得提到的是，大厅正堂中部设有门扇式神龛，这是一种极为少见的美学设计。正面用四扇木板树立，可以封闭也可以敞开，神龛里存放先祖牌位。按当地习俗，先祖忌日或七夕、除夕要进行祭拜，就可把神龛的门扇打开，先祖牌位便显露出来，利于祭拜；如果办婚庆喜事，可把扇门关上，先祖牌位隐藏看不见，形成一面平整的墙壁，美观又文雅。

如果说灰黑色是张坑村历史的象征的话，还有两样古旧之物也是灰黑色的。一样是古青铜器。古青铜器是章氏子孙的镇家之宝，先祖章宾一在广东省徐闻县兼做县令时，办事公正无私，判案公正廉明，深得百姓之心，百姓为表答谢之恩，专门铸造了香炉、仙鹤、大钟、大锣等青铜器宝物，派人专程送到张坑村馈赠给章宾一。这套宝物流传下来，重要时机，章氏族人将青铜器集中到桃树堂供大家观瞻，并由族长讲解宝物来历，启示章氏后人为人之道。还有一样是供奉于村头显应庵的是三尊真佛菩萨。村主任介绍说，三尊菩萨由章氏之前的其他姓氏留存至今，应该是唐代塑造的，有一千多年了。我凑近端详，菩萨呈坐姿，面目圆润，慈善的样子让人亲近，因时间久远，像的颜色变成灰黑色。据说三尊菩萨是孙思邈、吴夲、许逊的化身，医德高尚，医术高明，被村人尊为医神。

古宅、古庙、古物、古道、古风俗……让张坑古韵悠悠，古风习习。

张坑还是红色的。

在那张张坑航拍全景图中，几个小小的红屋顶在万绿丛中，还是颇为醒目的。村民为新屋盖上红屋顶或许是出于无意，出于美观，但善于联想的我们，还是将红色当成了一种革命的暗示，尤其是张坑村本身就是一个有着深厚红色革命文化的村落，所以说张坑还是红色的。

1929 年 8 月 15 日，红四军在漳平决定挺进闽中大田，为迎接红四军，漳平县长章国标立即指派大田张坑人章新峻带领章开秀等游击队员迅速赶回路口，安排准备工作，召集各村有威望的长辈召开临时会议，宣传红军政策主张，协商安排红军宿营等事宜。因部队有二三千人之多，决定将路口的时思堂提供给红军宿营，同时安排部分红军到附近的张坑、蒋山蔗乾、许坑分散居住。张坑村的章兴题、章进黄两位代表高兴地接受工作任务，次日清晨便与村民商讨红军安营住宿事宜。全村一致同意将公厝桃树堂等处给红军居住，章兴亥、章兴题等带领村民打扫卫生，为红军入住做了精心准备。

8 月中旬，朱德红军主力部队出击大田、德化，副营长、张坑人章国文率部担任向导，一路随同，途经武陵、石牌，并参加到攻打大田的战斗中。攻城失利后，章国文充分发挥熟悉本土本乡的优势，引领红军部队到达屏山、路口，并积极参加到红四军的各项革命活动中。

8月17日，红军先头部队二三百人顺利进驻张坑，受到张坑村民的热烈欢迎。红军驻扎后，张贴告示、书写标语，夜以继日地开展宣传红军革命主张，讲述建立苏维埃政权、实行土地革命、劳苦大众翻身得解放、当家做主等革命道理。8月24日，张坑村80多人到蒋山蔗乾参加军民群众大会，大会成立了路口乡（辖现在的张坑村、芳林村、蒋山、许坑等，属德化县）苏维埃政府，章国标当选主席。张坑村也迅速成立了村级政权，章进黄、章兴题、章兴亥等为主要成员。张坑村民为红军提供粮食、心照顾生病战士、为红军编制草鞋，还与红军配合与国民党军展开战斗，张坑村民章开秀等人在战斗中受伤。8月下旬，红军继续前进，章国文带领游击队员陪送红军20多里路，红军部队安全顺利过境，免遭阻击，无一人伤亡。

红军长征后，张坑人章国文、章开玉、章开秀、章兴发、章进艺等人继续在路口一带开展游击战，其中章兴发、章进艺两人于1937年3月18日参加漳平清剿大刀会时牺牲，后安葬在蒋山蔗乾红军墓地。

一个小小的村落，为中国红色革命流了汗、流了血，这是一件伟大的事情，会永留史册，让人永远感怀。这村中的几座红屋顶，对后人无疑是一个提醒，这小小的村落曾有过红旗招展、红色革命浪潮翻涌的时刻。

对张坑来说，绿色是大自然的颜色，灰黑色是时间、历史的颜色，红色是革命文化的颜色，张坑有了这些颜色，总会给我这样一个外来者诸多印象和记忆，总会让我不自觉地想起它。

崇武古城的战争往事

　　战火燃起的烟尘早已随风飘散，天空一片洁净，但城墙上仍留存昔日战火硝烟熏黑的印迹；交战中的厮杀声、呐喊声、助威声以及得胜的锣鼓声都已远去，只有耳边的风声和城墙脚下的海浪声，依旧如当年那般喧哗作响。600多年了，多少往事不再，多少英雄故去，只剩这坚固的石头城墙雄峙耸立。

　　这个春天的午后，我顺着跑马道走过崇武古城墙。城墙顺地势蜿蜒起伏，绵延2.5公里，合围成一个状如莲花的城堡，刚性的崇武古城便有了另一个柔美的称谓：莲城。一城之墙隔开成两个世界，城内是俗世生活的图景，连片的民居，石头房子，不高，式样朴素，或青色或灰色，排列错落有致；城外是苍茫如幕的大海，海上船帆点点，没有尽头——亦是当年的海战战场。停下来，站在城垛口眺望，眼前的一切虽然安宁美好，但我无法停止遐想，这座因战事而诞生的古城终将无法抹去战争与它的纠葛：忠勇、抵抗、崩毁、重建、保家与报国、胜利与失败……这些词语以及词语背后的故事总是在历史往复中与崇武如影随形。

崇武之名得自崇尚武备之意。不夸张地说，崇武古城是一座昔日的战争之城。从周德兴海防筑城开始，到戚继光平倭、清郑争战、郑成功复台、施琅定瓯，到抗日战争、解放战争、崇武以东海战，许多次的大小战争均与这座重要的海疆古城息息相关，战争几乎构成了崇武古城绵延变迁的另一条时间线索。

崇武历史上大小战事不断，见之文献记载的重要战事就有20多次。一座小城，寇匪不绝，战事频仍，可谓：弹风血雨穿街巷，国恨乡愁记昔年（蔡永哲《追忆崇武惨案感赋》）。有战争，就有改变战争走向和影响战争结局的英雄。有名的和无名的，个体的和群体的，被记住的和被遗忘的，大的和小的，此时的和彼时的……构成了英雄丰富而宽阔的范畴。所城600多年，我们无从知晓，究竟有多少忠勇的英雄变成了精神的石头垒筑在这城墙之上，让崇武城越发坚固和光耀。

不过，历史总是有选择地在书页上记下一些英雄和他们的故事，无论这种选择是出于偶然还是必然，它都为我们走进一座城的历史深处提供了一条便捷通道。那我们就顺着这条人物线索走进崇武古城，去重温这座古城或悲情或骄傲的战争往事。

第一位要提到的人物是周德兴。周德兴是崇武古城的"设计师"和建造者，在此之前崇武只是一个七户人家的小渔村。
1387年（洪武二十年），明太祖朱元璋为了防御倭寇入侵，委
派江夏侯周德兴巡视东南沿海。周德兴是个军事工程专家，他
根据泉州沿海地区海岸线曲折、地形险要的特点，"一郡者设
所，连郡者设卫"。当年，泉州设永宁卫，管辖五个所，即福
全、中左、金门、高浦、崇武五所。崇武属福建司永宁卫的
一个千户所城。在五个所城中，崇武所城规模最大，城墙周长
737丈（约2567米），城基宽1丈3尺（约4.3米），高连女墙
2丈1尺（约7米），几乎接近卫城。周德兴建造这么大的一座
防御所城的原因，是这里地理位置重要。隔着大海，崇武所城
与永宁卫城（今石狮市永宁镇）互为犄角，控守在泉州湾的入
口。泉州港是当时东方第一大港，明代海禁，在这里当然要重
点防御。建起高大坚固、可攻可守的城墙之外，城内还建起馆
驿、军营、演武厅、军房等配套设施，供所城军民使用，同时
还兴建规制较高的城隍庙以及供官员祭拜的东岳庙。这些都表
明，当年江夏侯周德兴在福建沿海进行防务设施建设时，是把
崇武所城作为永久性重点工程看待的。建城之后，来自全国六
个省二十八个姓氏的近3000将士和家属迁居崇武，崇武所城
便热闹起来。

在迷宫一样的古城内行走，你偶尔会与"钱侯巷""靖江
侯牌坊""千户府第""无祀宫"等街巷和古建筑物相遇，其
实它们多与抗倭英雄钱氏家族有关。所以第二位要提到的人物
是千户钱储和百户王铁。1558年（嘉靖三十七年）春，倭寇
从海上进攻崇武城，钱储身先士卒，率军民奋力抵抗，战斗七

昼夜，城中粮尽。倭寇攻城更猛，钱储以自己的俸金购粮发给民众，军民士气大增，双方相持十多天，倭寇死伤多，只好退去。次年倭寇两次攻城，均被击退。惨烈的战事发生在1560年（嘉靖三十九年）。连续两年被击退的倭寇并没有死心，四月初一早四更时，倭寇趁烟雨密蒙、守阵军士躲宿窝铺时，偷袭入城，分布于街巷，黎明十分开始战斗。当时退休在家的钱储梦中惊醒，即率阖族子弟抗战，因体力不支牺牲，钱储父子兄弟满门10余人死难。百户王铁在南门袒臂大呼，率军击斗，手臂被贼砍为两断，壮烈殉城。英雄钱储被封为靖江侯，这也是靖江村村名的来历。钱储和王铁被敬奉在无祀宫，成为崇武人膜拜的英雄。

接下来要提到的是大名鼎鼎的戚继光。名将戚继光是中国东南沿海抗倭的"救火队长"，哪里倭寇猖獗，他就被派到哪里。当福建沿海倭寇猖獗时，戚继光和他的戚家军便来了。《明神宗实录》评价他为："血战歼倭，勋垂闽浙。"戚继光在崇武所城有两大功勋：一是建立起一整套军事制度和城防设施，从战术和战略上完善了崇武的攻防能力。1563年（嘉靖四十二年），戚继光带兵驻扎于崇武，在城中仓兜山顶，建"中军台"，可遥望四方海域，以为警戒。在距崇武所城外3里多的大岞，建有驻兵的"埠寨"，与崇武所城互为声援。海上，戚继光明确划分沿海各卫、所防守的"汛地"，确定海上分兵驻守与往来巡逻者的责任。陆上，他征调壮丁，成立"征操军"和"城操军"，并设立专职出城埋伏的暗哨"陆路军"夜出巡防。二是每次都打胜仗，基本消除了泉州倭患。戚继光入闽不久的春耕季节，一天清晨城郊农民刚下地，倭寇突然登陆劫掠。戚家军立即出击，全歼了来犯的倭贼。1569 年（隆庆三年）四月，一股倭寇入侵大岞，戚继光和都指挥欧阳枢率戚家军及崇武所城戍兵，水陆并进把倭寇包围，全部歼灭。自此东南沿海倭犯得到平息。

如今，在城墙下的海边，立有一尊高大威勇的戚继光石像，戚将军一身戎装，左手握长剑，右手捻须，目光炯炯地远眺着台湾海峡。

然后是郑成功和施琅。清兵入关清廷建立后，郑成功举兵反清。双方都视崇武为必争之地，近 40 年间，明郑政权一直派兵控制崇武，清军也把夺取崇武作为"关系闽省安危"的大事。清郑在崇武的拉锯战，也十分惨烈，单在崇武海面的大海战就有两次。一次是 1652 年（顺治九年，）清军 200 多艘战船与郑成功军队 100 多艘战船在崇武海面展开激战。郑军取得大胜，清军弃船撤离崇武。郑成功派兵镇守崇武。1661 年郑成功从荷兰人手中收复台湾。第二次是 1680 年（康熙十九年），施琅率清军水师攻克郑军——此时郑成功已殁，其子郑经统领——占据的崇武。几天恶战，郑军战船损失 26 艘，官兵伤亡 6000 多人，只得南撤，最后一退再退，终退缩至台湾。三年之后，施琅率大军从郑军手中收归台湾于中华版图，金瓯之美至今令人回味。

一座崇武城，半部英雄史。这部英雄史书值得我们后人永远翻阅。

嘉禄庄：建筑与家族的传奇

雨雾中的嘉禄庄，有一种洗尽铅华之后的静穆素朴之美。

远的山林，近的田野，绿色尽情铺展，在这巨毯一般的绿中，方形构造、青黑色的大型古庄寨——嘉禄庄静卧其间，高大的寨墙环绕层层递进的黑瓦楼阁，宛如宫殿，颇为壮观气派。细雨中，古旧的青瓦重脊，层层叠叠的绿，映衬庄寨前的风水池以及远处水光潋滟的田畴，构成一幅和谐静雅的山乡图景。

嘉禄庄已经169岁了，这幅图景也存在了169年。当一座庄寨收储了169年的时间与记忆，容纳了一个家族数代人的兴衰与变迁，它便如一位老者那般静穆素朴了。肃穆是那种见证了沧海桑田、时光流逝之后的平静肃穆，素朴是那种历经荣耀岁月、复归本真之后的素朴无华。

这里是永泰县同安镇同安村,崇山峻岭中一处难得的开阔平地,嘉禄庄依山而卧,面朝田野。我们到达时,五月的雨水正落个不停。

安静沉默了百余年的永泰庄寨,近几年声名鹊起,成为许多都市人的热门之旅。个中缘由不难理解——当久居都市的人们,突然见到藏之深闺的庄寨撩开神秘面纱的那一刻,有如发现新大陆般的惊叹之声便骤然四起:还有如此宏大古老的民间古建!居然保存得如此完整!庄寨与自然那么和谐、那么美!

这声声惊叹中,永泰庄寨一方面满足了人们崇尚乡土的怀旧之风,多数人都是从乡村到都市的,这些古庄寨的出现,让他们过去的记忆在瞬间"复活"过来;另一方面,满足了人们永不枯竭的探秘之风:这些古庄寨经历了什么,何以保存至今?为什么会建这么大一座庄寨?庄寨背后的家族有过什么传奇?每一个疑问都能吸引人们探究的脚步。

永泰庄寨始于唐代,兴盛于明清时期,历史上总数超过2000座,眼下保存较好的有152座。我们造访的同安镇保存完好的庄寨约有21座,其中最具代表性的有4座:仁和庄、爱荆庄、嘉禄庄和九斗庄。当年,为了抵御匪患兵灾,也为了满足居住需求,永泰山民创造了与众不同的庄寨。

走过永泰的一些庄寨之后,我想讲述的是嘉禄庄的传奇——建筑与家族的双重传奇。

永泰的庄寨无不在讲述一座座建筑传奇,嘉禄庄也不例外。

　　我领略过闽西土楼的坚固防御，也感受过三明土堡的礼仪教化，与闽西土楼重在"防"和三明土堡重在"住"稍有不同的是，永泰庄寨平衡了"防"与"住"的双重功能，既重"防"也重"住"，于是就有了"庄寨"这一名称。专家解释说："庄寨，内为庄，外为寨；文为庄，武为寨；自己叫庄，外人叫寨。"也就是说，从里头看是庄园，从外面看是寨堡；庄内体现为生活性，传达文化礼仪，寨外体现为防御性，展示军事威慑；这些庄寨多以"某某庄"命名，但外人还是习惯称之为寨。

　　嘉禄庄体量巨大，方正形制，南北长 67 米，东西宽 60 米，建筑面积 4020 平方米，加上寨前的风水池等，整个占地面积 4410 平方米，相当于 11 个篮球场那么大。它由一圈坚固高大的寨墙和传统中庭护厝式建筑构成，方正对称，外封闭内开放，规整而大气。

　　走近嘉禄庄，首先呈现在眼前的是壮观的寨墙和精巧的半月形寨门。寨墙基座用黄褐色块石垒砌，有的块石重达三百多斤，石墙高 4.5 米，上又添筑高 2.5 米坚硬土墙，计高 7 米，寨墙之上为人字脊瓦檐，寨墙块石交错，厚度 3 米左右，坚固壮观。

　　与坚固壮观的寨墙相比，半月形的寨门便显得轻巧秀气，寨门不大，便于防守，用精选细雕的块石垒砌，双重门板，门板用酸丝木制作，厚达 30 厘米，硬度高，火不易烧坏。门楣之上悬挂书法家书写的"嘉禄庄"三个俊朗大字的牌匾。

　　穿过厚厚庄门，进入庄内，左转前行不远便有楼梯，通往二楼沿寨墙边修筑的跑马道。跑马道宽约 2 米，绕庄一周 260 米，名曰跑马道，并不跑马，用于人员观察巡逻和军事抵抗。庄门拱顶有观察和防御口孔，右边筑有一个炮楼，寨墙四周布有许多毛竹筒枪哨眼，每隔五米相向交叉，抵御匪盗袭击，不留任何死角。

至此，嘉禄庄的防御工事借助寨墙得以完成。

进入庄门直行，便是前院，迷宫一样的庄园便徐徐展开，这里是一个安宁的世界了。中庭护厝，轴线分明，阁楼重重，雕窗画栋。嘉禄庄为四进三厅结构，由前院、天井、书院、正厅、后厅和左右护厝组成，有大小房间 182 间，空埕（天井）11 个。大厅是庄园的核心，嘉禄庄的大厅有 10 米多高，柱上有多副家风家训楹联。屋顶飞檐翘角，青瓦层层。所有天井廊廊均用精雕细刻的条石铺就，尤其正厅走廊上的条石长 2 米多，宽近 1 米，实为罕见。

值得一提的是，在正厅前的天井四周立有一圈青石方柱，方柱半米高，柱头雕有狮子、花卉等，石柱两侧有凹槽。这是做什么用的呢？很多人猜不出来。原来，石柱间是可以镶嵌栏板的，下雨时遮挡雨水，防止雨水溅到走廊上。这类水遮石柱，其他庄寨不曾有，算是嘉禄庄的独家特色。

永泰的庄寨无不在讲述一个个家族传奇，嘉禄庄也不例外。

嘉禄庄最多时住过 200 多人，那种生活的烟火气息和热闹情形可以想见，如今只有一位家族后人住在里边看护庄寨。嘉禄庄繁衍的子孙要么搬迁到庄寨附近的现代楼房居住，要么到永泰到永泰之外的天涯海角去打拼奋斗去了。

人去，但楼未空。

每年正月初三嘉禄庄举办"孝友会"，只要从这里走出的，不论男女辈分，不论路途远近，只要一个短信或一个电话，三四百后人都会相约而至，把酒言欢，畅叙家族之情，缅怀先祖之恩。此时的嘉禄庄温馨、和谐、热闹，仿佛又回到了百余年前的光景。

嘉禄庄的家族传奇和家族精神也在这一年一度的"孝友会"中讲述、传承下来。

嘉禄庄是张氏两兄弟张昭乾、张昭融于清咸丰二年（1852年）筹资建起来的。两兄弟均为卓有成就的乡绅贤人。张昭乾精通医术，明伦理，为人公正廉明，善解乡邻纠纷。张昭融忠厚勤俭，敬仰读书人，教导子孙耕读诗书，为人热情仗义。大哥张昭乾精通地理堪舆，嘉禄庄由他亲自设计、督建。兄弟俩感情笃深，虽各具财力，并不各起炉灶，还是合力建此大宅。

在我看来，嘉禄庄最大的家族精神财富为"孝""和""义"。

嘉禄庄正厅堂上挂着的那块"孝友"金字牌匾，最为家族子孙珍视。这块匾颁自朝廷，受颁的人是建起嘉禄庄的张昭乾、张昭融两兄弟。褒奖张氏兄弟在"孝友"这项德行上，为世人树立了一个标杆。

张昭乾、张昭融有位族亲在四川任知县，他英年早逝，留下遗孤张昭年。张昭年当时年方二三岁，竟被管家卖与人家，换钱供其花天酒地。消息传回家乡，身为族亲的昭乾、昭融两兄弟寝食不安，商议之后，由昭融千里奔赴四川，赎出遗孤并带回抚养。昭乾、昭融两兄弟将张昭年视若己出，照顾至成年，还为他置家娶妻，使得族亲一脉得以繁衍。张昭年的后人感于昭乾、昭融挺身抚养遗孤的义举，请求父亲在四川任职地方的乡绅名士向朝廷推荐"孝友"，得到礼部的批准，光绪帝颁圣旨赐"孝友"匾。

兄弟俩不仅千里救遗孤的孝心故事流传，兄弟和睦、族亲友善的故事也传为佳话。百多年后，张氏后人翻阅族谱，还发现一处说明张家兄弟情感的不寻常之处。过去有钱人家多数在生前就已修好阴宅，并且大多是夫妻同茔。但据族谱记载，张昭乾、张昭融兄弟俩死后，葬于同一处。而兄弟俩的妻子，妯娌也同葬一处。这一细节或可说明，张家不仅兄弟感情深厚，妯娌相处也非常和睦。这种亲族友善的家风，在后代依旧延续。

说起嘉禄庄后人讲义气、重承诺、肯实干的故事，就要说到与嘉禄庄有着千丝万缕联系的九斗庄了。与嘉禄庄相距不到百米远的九斗庄，是由两兄弟中张昭融的三个儿子合建。九斗庄的恢宏气派和精美程度远胜嘉禄庄，但九斗庄因家族事业变故而最终没有完全建成，其间的传奇故事就属于九斗庄的另一篇大文章了。

傍晚来临之时，我们走出嘉禄庄，雨水歇住了，天空澄澈，夕阳若隐若现，回头看夕阳中的嘉禄庄，一切秀美如画。

德化赤水行记

一　缘分之地

我将世界上的地方分为两种，一种是有乡愁的地方，一种是没有乡愁的地方。

有乡愁的地方是我们的生命根源、成长初始记忆以及血肉亲情之地，那是宿命之地。没有乡愁的地方是除却故乡之外一个人足迹所至的地方，那是缘分之地。

因种种原因，或者没有原因，一个人一辈子会去很多地方，有些地方只是去走一走，便离开了，有些地方去了还再去。如果那一地因某种机缘或独特魅力而刻在你的记忆中，我要说，那当是人生之幸，也是那个地方之幸——你想一想，世界那么大，一个人去再多地方，终究是小；而一个地方那么小，它居然也刻在你的记忆中，于你来说终究是大。诗人卞之琳说：明月装饰了你的窗子，你装饰了别人的梦。我们与世界上的地方，莫不是"装饰"与"彼此装饰"的关系。

没有乡愁而留有记忆的地方，大约是有万般风景和万种风情的地方。

比如德化赤水镇于我，便是这样一个地方。

二　我来过赤水

我居然来过赤水。直到下车前一刻，我都确信我对赤水镇完全陌生，未曾听说过赤水的名字，搜寻不到关于它的任何记忆。中午时分，车在街上唯一的客栈前停下，下车落脚的一刻，眼前的古街和剑一般斜插进古街的道路，突然激活了我的记忆，我像做梦一样惊呼：这里我来过。

一个毫无记忆的地方，我竟来过。就如同遗忘了一个朋友，他突然出现在你面前，有一种莫名惊诧和意外收获之感。我们从火炉一样的七月福州逃离出来，此刻，赤水的凉风穿透我们的皮肤吹进我们心里，甭提多爽。

记忆和我开了个玩笑，赤水古街和穿街道路，以其实物例证唤醒了我那些见异思迁的记忆神经，一切方才明晰起来。约莫八九年前的秋冬季，我随一群文友从九仙山下来，主办方就近安排在赤水镇政府食堂午餐。我们顺着一条大下坡且不断拐弯的 206 省道进入古街。入街的拐弯处曾发生过一起大车祸，疲劳驾驶的大货车半夜里拐弯不及冲向了面街而立的两三栋老房子，房毁，屋内熟睡之人有伤有亡。突降的灾祸令人惊愕。被撞老房子的残垣断壁至今仍留在那里，据说修缮工程今年年底启动。提示司机谨慎驾驶的标识牌醒目地立在入街的拐弯处。当时我们简单看了古街，然后匆匆忙忙到镇政府食堂解决肚子问题，午餐之后便上车，像风吹过一样，我们离开了赤水，赤水的街道空空荡荡。

也许是停留时间过短，也许是从九仙山上下来有些疲惫和饥肠辘辘，古街和那条弯坡路潜入了我的脑海深处，而"赤水"这一美妙的名字我都没来得及记住。

时隔多年之后，有了这次赤水三日之行，可以肯定地说，赤水将永远雕刻在我心里了。

三　赤水镇街

一条道路穿林越山、千里迢迢而来，环绕在了赤水狮峰山南麓的山腰上，不知何年何月起这里零星住着几户人家，往来德化、大田、尤溪的山民、商旅之客多在这里落脚歇息、饮食借宿，久而久之，一条颇为热闹的贸易镇街便形成起来。时至今日，赤水镇街的集市贸易历史大致近五百年，曾叫锦水街、赤水格等。赤，本意是大火，赤水，有水火平衡之意。

赤水镇街很袖珍，是我见过的最小乡镇，没有之一。以公路两侧二三百米的古街为主，辅以几条分支路，镇政府、电力所、文化中心等机构点缀其间。

赤水镇街因路而生，路挂在海拔970余米的山腰上，所以说赤水镇街其实是挂在山腰上的，镇街上的房屋多是依山掘进，争取有限用地。正因其独特而狭促的地理位置，形成了镇街上别有风情的建筑样式。街上两侧店面，一侧背倚大山，一侧临着深谷溪涧。临涧一面的店面，走在街上看不出玄妙，多为普通商铺，联扇相接，一到两层，黑桐油木板门面，卖猪肉、食杂、农器具等。若绕到背面去，会发现"新大陆"——正面两层的房子突然变成了四层到五层、有的多达六层，房子如吊脚楼一样建在山坡上，砖木构造，最底下由木柱和砖墩支撑，白墙黑瓦木沿廊，顺山势一溜排过去，如宫殿一般壮观。

平街一层的店面，前做商铺，后当厨房，店面之下的两三层当储藏间，堆放粮食、农具等，店面之上的一层或两层，或做商用仓库，或做卧室。赤水镇街上的吊脚楼建筑，既顺应地势，又顺应居民亦商亦农，精妙而独特。

赤水镇街虽小，也不见如其他镇街那样人来人往，走一圈你会发现，街上最多的要数餐馆，一家连一家。我疑惑，有生意吗？当然有，市场规律告诉我们，没有生意就不会有这么多餐馆。穿街而过的206省道是一条繁忙的要道，德化、大田、尤溪三县交界于此，到时间就有过路司机停车就餐，此外还有一些到九仙山的游客也在这里就餐。吃完之后，抹抹嘴，登车奔赴下一站。

每天的热闹总是一时，却是日日月月，长长久久。

四　佛手瓜

我以为，在赤水，早睡或晚起都是说不过去的。

晨有薄雾清晖，午有凉风习习，晚有澄明皓月，远山起伏似波浪，近绿摇曳生清香，田畴房舍，有鸡犬声相闻……如此惬意之地，将大好时光浪费在睡眠中，是不是得不偿失呢？

那就把一日过成两日，两日过成四日吧。同行文友，晚睡早起，一条小街走了又走，镇街边的山丘、菜地去了又去。从古街下到溪涧边去，可以看到吊脚楼下搭满成片木架，木架上爬满绿色叶蔓，一个个可爱的佛手瓜垂挂而生。佛手瓜，淡绿色，瓜形似梨，身上有五条纵沟。赤水的佛手瓜清脆甘甜，嫩滑爽口，吃了难忘。它表皮薄润，择一个小的握在手中把玩，手感也不错。好多店铺门口都摆着一篓子的佛手瓜在卖，哪怕不做生意的店铺，门口也有一篓在卖，看来佛手瓜是赤水的"瓜菜明星"，产量高，销量大，口碑好。

赤水还产一种长着类似鸭子嘴的怪鱼，叫鸭嘴鱼。鸭嘴鱼生长对水质要求高，味鲜嫩。

在赤水的天地间，文友们溜达、喝茶、饮酒、聊天，乐哉。

五　理发和制作藤椅的师傅

第二天天色很晚了，文友们在房间喝茶聊天，我突然想去理个发。

我们歇脚的客栈边有一家理发店。白天经过时，一位正在里边制作藤椅的师傅热情招呼我们进去坐坐，师傅五十岁左右，圆脸平头，干练大方。我们人多，呼啦一下围过去了。师傅往已成形的藤椅圈上缠绕竹藤，动作娴熟，边说话边工作。

这椅子结实吗？有人问。

包你坐五十年不坏。师傅边说，边拉过身边一张完工的藤椅让我们试坐。

多少钱一张？怎么运回去？坏了怎么修？我们七嘴八舌地问，师傅一本正经作答。他知道我们多是问问，并不会做成一桩生意，但他仍热情认真，不敷衍。师傅几次停下手中活计，站起来递烟，说笑。场面很亲切很热闹，大家如老相识一般。

别以为这家店铺仅是一个藤椅小作坊，它还是一家理发店。里边半截做藤椅，外边半截理发。靠近门面的墙上挂着大镜子，电推剪、平剪、电吹风、梳子等理发工具搁在镜前条桌上，两张过时而笨重的转椅占据了显要位置。一店两用，有些局促。一位坐在门口，一直一言不发的中年女子，应是藤椅师傅的妻子，我以为理发由她"操刀"。

藤椅师傅没想到我这么晚光临，正坐着喝茶的他惊了一下，回过神后迅速笑起来，说，来喝杯茶。

可以理发吗？我问。

当然可以。师傅道。

谁帮我理？我没见到师傅妻子，有些疑惑。

我啊。师傅道。

见我一脸蒙，他马上解释，我技术好着呢！理了三十多年，我有三个徒弟都在广州理发呢。

哦，哦，我还以为是你妻子理呢，没想到做藤椅和理发都是你。我忙说，厉害，厉害。

坐上椅子，师傅问，理个什么样子？我说，天热，理个清爽的小平头。

理发开始，对话继续。

听口音，你不是本地人。

湖北的。

啊，好远哦。来我们赤水不容易哦。

实在不易，但来了不想走。

我们在这里久了，去外地不习惯，我儿子在福州，去了我就想回来。

前面有家卖竹器的，我想买只小竹篮，要价 70 块。

我去买 35 块，见你是外地人，喊高价，这样不好。

……

说话间，发理好了。师傅技术果然娴熟，审美观也不落后，给我理了个当下最时髦的半光头——两鬓和后脑袋推得光光，头顶一撮小毛的那种。照了镜子，我说好。付了 15 元钱，收拾停当离开店。师傅说喝杯茶再走。我说不喝了，怕睡不着。师傅说喝再多，在赤水也睡得香。

六　两山：戴云和九仙

别看赤水镇街小巧，它身边可有令人骄傲的"左膀右臂"——两座颇具声名的峻丽大山：戴云山和九仙山。

翻看地图，我们发现，赤水镇与戴云山主峰和九仙山主峰巧合地构成一个等腰三角形，东北方为戴云山，西北方为九仙山，如两个大力士拱卫着袖珍的赤水镇。一个镇境内拥有两座名山，少见，会让别处羡慕嫉妒。

戴云山又名迎雪山，海拔 1856 米，雄奇险峻，是福建第五高峰——第一高峰为武夷山脉的黄岗山，海拔 2160 米。戴云山与台湾阿里山遥遥相望。戴云山脉为福建第二大山脉，横贯福建中部地区，气势如虹，有"闽中屋脊"之称。

戴云山主峰高耸入云，我没有登临，只得忘峰兴叹，心向往之，安慰自己说，峰在那里，心到即身到；峰永远在那里，而人未必永远在这里，何必锱铢必较呢。

没到戴云山顶，我们去了戴云主峰南麓中部的戴云村和离戴云村不远的戴云寺。

因戴云山是国家级自然保护区，进山时我们的车辆在山脚的检查站登记检查，然后盘山而上，车行约半个小时抵达戴云村。这里海拔近千米。戴云村是个千年古村，被山环抱，山林，梯田，流水，黑瓦灰墙的老房和红瓦翘脊的祖祠，以及"父子双举人""一家九蓝衫"的文人故事，让这个村落有了自然和人文的双重荣耀。

最诱惑我们的，当是到戴云村旁的山上去踏勘当年的防特空降遗址。顺小路攀爬上山，在山顶一处稍平整的地方，留有修筑暗堡的台基和碎砖块，虽已无具体形制，但还是能看出个大概模样来。当地向导讲述暗堡的方位、构造以及巡防时，我们能感受到当时神秘、紧张的军事氛围。据介绍，戴云山是当时国民党反攻大陆空投特务的重要地点，1952年起我军派兵驻防戴云村，在周围建起多个防空投暗堡、地洞、战壕，部队日夜巡查，有力阻止了国民党特务的空投计划。我问向导，当年有抓住过空投特务吗？老先生沉思片刻，说，据说抓到过三个特务。

离开戴云村，另一山的背面即到戴云寺，不远。

遇 见

深山藏古寺，此话不假。戴云寺藏之戴云山深处已有千余年。连绵的翠色山林之中，独一寺庙殿宇静立，绝尘世于外，而独享天地自然，是僧人礼佛修行之净地，是香客许愿寄托之灵地，是游人流连忘返之胜地。

如果可能，我愿意独坐于此，观云雾，听松涛，问流水，看鸟雀嬉戏，看夕阳落山灯火暗淡，若有空，再想想心上人……

从戴云山下来，隔日再上九仙山。名山登不厌，我第二次上九仙山了，仍期待，上次去是秋冬之交，此去已是多年之后的盛夏之季。

九仙山，因有九峰并峙而得名——我一直惊叹咱们给山命名时的超拔想象力，九峰并峙名九仙，五峰并峙名五虎，一峰独立名霸王，气场真不小啊——不过，九仙山上真有仙，非神仙，而是仙气：四季缭绕、随风游走的云雾云海。

我们偷懒，乘车抵达接近主峰的停车场，走一小段路便可登顶。越往上走，有两个感受越强烈。一是视野越开阔人的气概越大。到达钓云亭，众山如踩在脚下，往东边看，就是戴云山主峰，站在九仙山，人也敢跟戴云争高了。那一瞬间人的大气概大气魄也上来了，禁不住对天吟咏：海到无边天作岸，山登绝顶我为峰。觉得天地之间我终于为峰了！不过，收拢目光再打量一下自己，又觉得不足六尺的我，在天与山之间实在矮小、轻飘，不足挂齿。二是气温越来越低，身子感觉越来越冷。刚开始还能挺住，心想七月暑天能冷到哪里去呢？再说了冷也是对山下炎热的某种"报复"，应该可以扛住。到达山顶时，我终于扛不住了，冷风刺骨，如寒冬一般，我的嘴唇都冻乌了，慌忙下山到避风处，方回过神来。看来，六月飘雪、七月冻骨并非神话。九仙山海拔1685米，山高谷深，气流流动大，所以九仙山的气温是冷热交替且漂移的。

停歇下来，我们领略到了九仙山著名的云海奇观。漫天的云雾总是很忙碌，风是不讲情面的推手，云雾时而上升，时而下坠，时而回旋，时而散开，有时它就停留在我脚边，让我似踏云的神仙，有时它又飘到山巅上去，给主峰围了条白围巾……总之，变幻莫测，静中动，动中静，漂中浮，浮中飘。

九仙山最与众不同的，是山顶上建有一个国家级气象基本站。九仙山气象站建于1955年，是福建省唯一的高山气象站。建在这里当然有它的道理。九仙山位于我国东南沿海、台湾海峡西海岸，正好处于850百帕大气层的高度上，相当于海拔1500米左右，这里采集的气象资料对预测天气、气候变化具有参考价值和指标意义。

这个气象站对我们游客来说很新奇，但对于常年在这里工作的观测员来说却甚为艰苦，山高多雾，湿度大，雷电频繁，交通不便，就曾发生测量员在收集气候数据时被雷电击中牺牲的事。我上次来时气象站时还只是几间小石头房子，这次来，看到一幢现代化的大楼已经矗立在山顶，设备和条件都好了很多，但测量员们365天的高山之寂寞又与何人说呢。

九仙山最著名的四大美景：云海、雾凇、雪景、气象站，我上次没有领略雾凇、雪景，这次也没有领略，下次会领略到吗？

我不知道。

七　武术和寨堡

直到现在，当我回想起少年时代去邻村看武术表演的那个下午时光，我内心仍会生出些许兴奋和战栗。那是我平淡无奇的少年时光中难得的人生刺激和梦想启蒙：我想拥有一身像他们一样潇洒自如又能征服别人的武功。

邻村邻湖，养鱼为生，世代习武。那年九月的一个下午，我与小伙伴去邻村看三年一度的练武出师表演。拳术、棍术、刀术、对打等轮番登场，禾场上尘土飞扬，力拔山兮气盖世，行云流水兮英姿飒爽，我看呆了，觉得实在是酷。临收场时，让我意外的是我那位成绩一塌糊涂的同学上场了，他穿着一套白色练功服，扎红腰带，表演了两套拳术，一套猴拳，一套醉拳，惟妙惟肖，潇洒得要死，看得我羡慕不已，以至于很长一段时间以来我都觉得武术好比学习好重要。从那个下午开始，我就梦想自己有一身高强的武功。后来，我也跟随一个亲戚练过几天，终究不是那块料，武没练了，但梦想一直在。

因为有过这样一段武术崇拜的成长记忆，当我去赤水永嘉村看武术及武术舞狮表演时满怀新奇和期待。

永嘉村位于赤水镇西部大尖山下，从赤水镇过去有六公里山路。

我们到达村部时，一只黑身黑脸大红鬃毛的威武狮子在村部前的广场上等着了。武术舞狮队成员都是本村村民，他们刚从田地或山林里赶来，小塑料袋里装着舞狮服，到现场后匆忙套上。

亮黄色宽松衣裤穿上，红绸腰带扎上，锣鼓声敲响，整个气氛一下子上来了。由一名武士前领，一人舞狮头，一人舞狮尾，威武的黑狮子随着武士的招式，做出前进、后退、跳腾、翻滚等动作，大红色鬃毛随势摆动，时而怒发冲冠，时而垂落两边，动感有力，活灵活现。

永嘉这头狮子除了传统舞狮套路，最大看点在于领狮武士的武术表演，融入了南拳和白鹤拳的套路。领狮武士不断换人，棍术、刀术、拳术轮番上场，几位精湛的武术演绎既各成体系，又与狮舞完美配合，有力的一招一式爆发出有节奏的嗨嗨之声，精彩的表演赢得我们啪啪掌声。

几个回合下来，领狮武士和舞狮成员个个喘着粗气，气力消耗实在太大。

融武术与舞狮一体的表演，我是第一次见到，深深被高超的武术和威武的狮舞折服。

永嘉村的习武传统已逾千年，村部背后双髻山上的永嘉寨见证了这一切。

少有人来往，通往永嘉寨的山路被草木覆盖，我们手脚并用攀爬，不远，一个厚实高大的拱形条石寨门立在眼前，门楣上刻"永嘉寨"三字。进得门，一个让人惊叹的四方形大寨雏形方现，长宽近五十米，八个篮球场那么大，石砌寨墙高两到三米，寨基宽三米多，寨门东、北各一座。据说寨中央曾盖屋宇，寨四角安置土火炮四门，但后来被毁，地基尚存。大寨修筑在山头上，寨墙四周即悬崖，易守难攻。如今虽然只剩下寨墙，但宏大之气依然在。

永嘉寨，原名洪家堡，955 年建，后改名凤翔寨，1000 年重建，1641 年至 1643 年，永嘉村许岱二、许岱八拓垒寨墙，改名永嘉寨，沿用至今。

1584 年，永嘉许氏始祖许添为抗倭，聘北少林弟子——温州"摇鼓师"许廷云为永嘉寨武师，教寨人习武，许廷云为永嘉北拳及舞狮宗师。

1648 年，南少林弟子释威为避清廷追捕，潜入永嘉寨任教。释威将舞狮套路融入武术招式和武术器械，释威为永嘉南拳及南狮宗师。

1695 年，释威弟子、武举人、官至光禄署丞的许遑，五十岁时告老还乡后得白鹤拳鼻祖方七娘真传，在永嘉寨自创嵩鹤拳并授徒。

1908 年至 1948 年，永春白鹤拳宗师潘孝德长期在永嘉寨设立临时武馆授徒。

这就是永嘉史称的"四大武师"，而永嘉寨承载了这一切。

赤水的街、人、山、武、寨，构成了赤水的万般风景和万种风情。古貌与新颜，悠闲与忙碌，险峻与飘柔，武术与狮舞，寨堡与历史，一切都有了。

没有乡愁而永远留存于记忆中的地方，大约是有万般风景和万种风情的地方。

德化的赤水，是这样一个地方。

山中日子

一

这些年我有机会在福建山里的乡镇行走,大山莽莽,溪水潺潺,每一地总有自己独门独家的风景、物产和文化——可称之为"独家秘境",各地的"独家秘境"总给我这个外乡人空荡的精神行囊里储满见识和回忆。

大山深处的桃舟也不例外。桃舟几日,我发现桃舟的"独家秘境"是:茶庄园、晋江源头和放养茶。园子、江水和茶,构成了日子的点点滴滴、分分秒秒。

桃舟是一个乡镇,藏在安溪县一层又一层的山里。

我入住茶庄园综合楼六楼顶层客房,推开阳台门,是一个超大的开放式露台,露台一半在廊檐下,一半伸出去,天空作了它的廊檐。林中一棵参天古树茂盛的枝叶调皮地弯曲下来，站在露台上，伸手即可触到。小时候望着大树枝叶顶端不停鸣叫的知了兴叹：太高了，捉不到它。今天伸手就能触到树顶的枝叶，心想要是有只知了，一定捉住它。可惜还不到知了出现的时节。

站在露台上，可纵览整座茶庄园全貌。

四围青山环绕，中间不经意凸起几个小山包，树木苍翠，绿意连绵。铁观音茶园一垄接一垄，顺山坡梯田式螺旋上升，山山起伏，坡坡如此。山脚或山腰点缀几栋建筑，有红墙红屋顶的闽南大厝，有精致的八角木亭，有水边的别墅小木屋，有掩映在林木间的制茶车间……

我拿出手机将眼前之景摄入镜头，山的随意、茶园的规整与红顶屋子组合起来，有一种自然与人工协作的美。在令人嗟叹的美景面前，人人都是出色的摄影师。还有那些无法摄入镜头的，森林的馨香，鸟鸣的清音，拂面而过的微风，只有亲临到此，方可言绝妙之感。

黑夜是在一瞬间笼罩整个庄园的。它不像城里的夜，在黄昏与黑夜之间，有着各色明亮的灯光作过渡，夜来得慢，如黄昏的延时。这里不一样，昼与夜之间，没有缓冲，眨个眼，夜就来了。山里的夜黏稠，有重量，黑夜中的远山、近林，是夜中的重墨。远处山脚的屋子有星点灯光透出来，在巨大的黑面前，它照亮不了什么，它只是做了夜的眼。

我坐在露台上，夜把我吞没了。

这里很静，有虫鸣，很清脆，它们很小心地鸣叫，但我却睡不着，因没了汽车的轰响和彻夜不熄的灯火。我知道我在城里待得太久了，久得忘了山里的夜，忘了夜还有这一种。

前几年到安溪，说起的都是茶园，对于这座以茶叶闻名的县来说，茶园遍地，规模壮观，走到哪里都能与茶园相遇。这几年时兴茶庄园，茶庄园多建在大山里边，远离尘嚣，无论茶或人真正做到复归自然。到茶庄园住几晚，逛有机茶园，呼吸山野气息，喝茶聊天，成为热门行旅。

所谓茶庄园，即为集生态茶叶种植、生产营销、文化旅游、窖藏科研为一体的茶文化综合体，从茶园到茶庄园，堪称一次华丽转身，由单一到多元，由低端到高端，做到了茶、人、自然高度融合。

清晨起来，我沿着步道或木栈道，在庄园内的茶山之间穿行。近处，茶树齐膝盖高，嫩绿的叶子有露珠点点；远处，晨雾如玉带在山间飘来飘去。站在小山包的八角亭子里，可以看到综合楼前我的湖北竟陵老乡——茶圣陆羽的雕像，他也望着我这边，似乎在同我打招呼。

二

每一片繁华、富庶的土地都受恩于一条或几条河流的浸润。人们形象地称它为母亲河。

繁华、富庶的泉州大地，受恩于那条叫晋江的河流。晋江于是成了泉州的母亲河。

晋江全长 182 公里，沿程流经永春、安溪、南安、晋江、鲤城、丰泽等县市，流域面积 5629 平方公里，为福建省第三大河流。

　　既然它滋养了我们，哺育了一代又一代这片土地上的人们，那么它从哪里来？到哪里去了？这种追问不时会在我们耳边响起。这种追问，不仅仅是一种简单的好奇，也是"饮水思源""慎终追远"的生命叩问。

　　晋江的源头在哪里呢？在安溪县桃舟乡达新村梯仔岭东南坡。就是我站立的地方。这里是一个两山相夹形成的山坳，林密草盛，一株高大的松树下，一泓涓涓细流从石缝间淌出，轻声细语地往下流去。晋江从这里开始，汇聚无数山涧细流，成溪，成潭，成河，穿林越山，一路奔腾下去，至泉州前埔河口投入大海的怀抱。

　　我试图攀援去寻找那泓溪流的尽头，终归是徒劳，因为它们消失于草蔓和树叶之间，变成一滴一滴的水珠子。

　　伴随梯仔岭东南坡的那泓溪流，有一条鹅卵石道在山间延伸，顺路返回不远，在一稍显开阔处，立着一方石碑，上书"晋江源"三个遒劲有力的大字。石碑旁有溪水汇成的小小水潭，掬水而饮，很是甘甜。倚靠石碑拍照留念，一则标识探源成功，二则标识到此一游。

　　晋江源确实成为桃舟的旅游新贵。像我这样的外乡人到桃舟，桃舟人热情且自豪地向我推介"一定要到晋江源走走"。可以听出这热情且自豪的语气里包含复杂的内容：一方面，晋江源不仅是一处溪水清流、林木葱郁的风景绝佳之地，还是一处源流之根的文化探寻之地；另一方面，桃舟人不仅以生活在晋江源为荣，也以晋江源为责，晋江源不仅是他们的家园，也是整个泉州人的家园，他们从环境整治、污水处理、封山育林等方面确保晋江源的洁净，就像乡里干部所说：每一滴从桃舟流出的水都没有污染。

源头活水，从无到有，从涓涓细流到滔滔河流，只有往回溯到了源头，似乎才触摸到了万物的初始。那一刻，我们的内心总会涌起一些感动。

三

离晋江源不远，有一个村庄叫吾培村，村里有一位颇具声名的茶人叫肖连地。

在高手如林的安溪茶界要闯出自己的声名难于登蜀道，不那么容易，肖连地靠自己的"独家秘笈"闯了出来。

他的"独家秘笈"可以概括成两句话：放养茶、传统制法。

肖连地放养茶的灵感来自父亲，他父亲是老制茶师，一辈子做茶，到老年了说了一句意味深长的话：还是野山茶原汁原味。一语惊醒梦中人，这句话勾起肖连地跟随父亲制作野山茶的记忆，他也发现那些熟悉的老茶客更喜欢野山茶。在县城打理茶生意的肖连地回到老家茶山，开始"放养"茶树的野化试验。

茶本是山野之物，自由野蛮生长，偶然采摘制作，成为原汁原味的自然之饮，但庞大的市场之手翻云覆雨，改变一切，将茶驯养、规制、过度管理，产量、规模上去了，但吸取天地灵气的原汁原味失去了。

　　肖连地的智慧在于让茶回到茶的源头上去，回到茶的初始之本上去——放养茶树让它自然生长，之后沿用传统制法制作，成就野山茶的原味道。

　　我们随肖连地上山看他的放养茶。吾培村是一个海拔上千米的村子，村前溪水叮咚，远处山峦流翠，顺山路走不远就到茶园了。与我见到的规整如一的茶园完全不一样，肖连地的茶园里稍显杂乱，荒草与茶树齐高，小鸡在树丛穿梭，有的地方还种有瓜菜，有百香果挂在茶树上，完全一座放养、自由生长的茶园。

　　但凑近了细看茶叶，长势很好，嫩绿完整，没被虫噬的痕迹。见我们有些愕然，肖连地告诉我们，放养不等于放任，他不除草、不施化肥、不喷农药，但也有他的独家"管理"方式：用农家肥，人工割草置茶树下成肥料，喷辣椒水除虫。他说更重要的是，培养茶树与环境的协调生态，让自然界的生物链来自然"管理"茶树。

　　回到肖连地的"吾之茗"茶屋——"吾之茗"是他为放养茶创立的品牌——品尝他传统制法的放养茶。我喝茶的段位不高，并不能说出放养茶与其他茶的区别，但同行的小聆作家是资深茶客，她说这款茶有原汁原味的观音味儿，能感受出野山茶的气息。

　　看来，做茶如做任何事一样，得有灵感和情怀方能有所成就。

　　在肖连地带动下，桃舟人越来越多地种植放养茶了，放养茶叶成了桃舟的"独家秘境"之一了。

在梅雨潭边

站在梅雨潭边，入目的主角是一帘飞瀑和一泓碧潭，庞大的山岩、葱郁的林木退到一边，做了瀑和潭的配角。

瀑布"亮"在远处。山缺了一道口子，水顺着岩石的阶梯一级一级坠下来，落差加大，一面瀑布被扯破了，变成三四绺大小不一、白而亮的水带，宽者似门帘，细者如丝线。岩石上多棱角，瀑流撞击，百花盛开，水雾云烟。

没有风，晶莹的水雾飞溅不到我们身上来，但哗啦啦的声音，没有片刻安静停息，总是热闹地钻入我们的耳朵。待久了觉得吵，我有时想，要是没有声音，只有飞流的雪瀑，会不会别有静美？

瀑落成潭，潭就在我们脚边，弯腰伸手就能掬到水，水清冽而甜。不过要小心，岩石上滑得很。

这潭水是绿的。碧绿、翠绿、黛绿、葱绿、浅绿、青绿、嫩绿……换一个视角，变一种光线，绿也随之而变，这变，细微、敏感、多情。

还是朱自清先生说得好：她又不杂些儿尘滓，宛然一块温润的碧玉，只清清的一色，但你却看不透她！……大约潭是很深的，故能蕴蓄着这样奇异的绿；仿佛蔚蓝的天融了一块在里面似的，这才这般的鲜润呀！——那醉人的绿呀！

这绿，奇异，醉人，看不透。

朱自清先生为这绿起了个美丽别致的名字：女儿绿。女儿绿——多么令人费解哟。从小时在课本里读到，到今天在这潭边流连，我始终悟不透，何谓女儿绿？女儿如何绿？

去庐山看瀑布，是因为李白。到温州看梅雨潭，是因为朱自清。

这是中国最具诗意和人文气息的瀑布和潭水。

1923 年，华夏多事之秋，工人罢工、军阀混战、新文化运动如火如荼，一切尚在破而未立中。这年朱自清 25 岁，北大毕业已 3 年，诗名文名初露，风华正茂的才子与乱世相逢，飘零到温州来，做了浙江省立第十中学的国文教师。教书、交友、游历，成为朱自清温州生活的日常，也成为喧闹世道中他偶尔得来的一段避世的宁静岁月。

温州东道主、同事兼好友马公愚，推荐了离温州不远的仙岩，那里有仙岩寺和梅雨潭，值得一游。许是太过喜欢梅雨潭，甫抵温州去过一次后不久，朱自清第二次又去了。1923

年 10 月的一天，天气薄阴，马公愚和另外两个朋友陪他再游仙岩。

　　仙岩寺，梅雨亭，梅雨潭，观瀑布，赏潭水，一路走来。朱自清诗情洋溢，风趣激动，他对朋友们说：平时见了深潭，总未免有点心悸，偏这个潭越看越爱，掉进去也是痛快的事。这潭水是雷响潭下来的，那样凶的雷公雷婆怎么会生出这样温柔文静的女儿？——哦，原来，让人费解的"女儿绿"是这么来的。梅雨潭乃凶的夫妻——响雷潭生出的文静女儿，这女儿"绿"得可爱、醉人，便为"女儿绿"了。

　　不过，这"女儿绿"之义早已拓展外延，成为一个专有词，成为创造出的绿的一种，行列于孔雀绿、苹果绿、鹦哥绿等中间，丰富着现代汉语。

　　朱自清太爱这潭水，太爱这女儿绿了，写作的灵感已萌动，他当即表示一定要写一篇关于梅雨潭的文章。

　　三个月后，1924 年 2 月 8 日，朱自清在温州写下了著名的《绿》。《绿》1028 个字，字字珠玑。其实，朱自清写《绿》时他已经离开温州到宁波谋生去了——乱世之际学校欠薪不得不为生计他去——此借寒假返温州，是为探视留在温州的家眷。满打满算，朱自清在温州不过半年光景，他却把一生的眷念和声名留给了温州。人生真是奇妙啊。

　　梅雨潭催生了《绿》，《绿》让梅雨潭名扬天下。

　　天下的瀑布和潭水无以计数，唯独梅雨潭遇到了朱自清，遇到了一篇《绿》。

　　为纪念朱自清先生与梅雨潭的缘，1994 年有心人在梅雨亭下角处建"自清亭"一座，亭为三角造型，朴素清秀，亭内三角青石碑上刻《绿》之全文。一面吟诵《绿》，一面观梅雨潭，是否有幻觉之感呢：是《绿》比潭美，还是潭比《绿》美？《绿》因梅雨潭之景而生，而今"自清亭"和《绿》成了梅雨潭一景。

我们与朱自清先生行走的路径相反。朱自清他们当年先到山腰的梅雨亭，赏瀑布之后下山，"揪着草，攀着乱石，小心探身下去，又鞠躬过了一个石穹门，便到了汪汪一碧的潭边了"；而我们先到潭边，拍照、亲水、观潭之后，穿过"通玄门"——即为朱自清说的石穹门——登石阶而上，石阶平整规制，很好走，无须"揪着草，攀着乱石"，过自清亭，再拐弯登阶到梅雨亭，纵览梅雨瀑。

路径不同，除了导致赏潭观瀑的视角和顺序不同外，实则重要的，是导致感受景致的情感重力不同。我们先到梅雨潭，低头见潭，仰头即可见梅雨瀑，近潭的万千绿和远瀑的点点雪白梅，电影画面交替闪现一般，入我们的眼入我们的心，都美都勾人心，应接不暇，如此这般，美之体悟反而失去了重点，情感体验也失去了重点。

朱自清先生不同，他先到梅雨亭，这里是远观瀑布的好视角，潭离着远哩，目全在瀑布上，瀑布也美，梅花点点，轻盈跳跃，有小可爱。但是当他从梅雨亭下来，来到潭边时，他的心禁不住"随潭水的绿而摇荡"，在那一瞬间，他的心中"已没有瀑布了"，完全被潭的绿征服了——他对美的感受重心和情感的重心，完全在梅雨潭了。

　　与我们在瀑与潭之间三心二意不同，朱先生一心一意醉心于潭。

　　这潭水的绿让他放纵自己的情感，文字也随之激情四溢："这平铺着，厚积着的绿，着实可爱。她松松的皱缬着，像少妇拖着的裙幅；她轻轻的摆弄着，像跳动的初恋的处女的心……"用少妇、少女、小姑娘来比拟这深潭醉人的绿，是26岁的年轻的朱自清人生的激情与诗意，在自然之绝美景物上的投射和倒影。

　　而我，一个追逐着朱自清足迹和文字来到梅雨潭的46岁男子，面对这泓碧潭，却早已遗失了那份激情与诗意。除了反复揣摩"女儿绿"这个词之外，我找不到任何属于自己的新词和诗情，来赋予这著名的梅雨潭。

　　或者说，见过许多地的瀑与潭，审美疲劳抑或中年疲惫？让我尽失《绿》中的同情共振，让我尽失与梅雨潭相见一瞥的惊诧。悲乎！憾乎！

　　坐在梅雨亭中，希望坐成朱自清的样子。他来时是1923年，距我来已经近百年了，我看到的这瀑布这潭水依旧是他《绿》中的样子，但是他那时看到了瀑和潭吗？而我多想见的，是他所见的瀑和潭。我们的脚步和目光可以重合，但我们所见的瀑和潭会重合吗？说瀑和潭不会重合，但它们的样子、颜色和激情，分明又是那么神似，又彼此重叠在一块儿了。

　　那些美好的事物和时光，总易让我们陷入"张若虚式"的诘问之中：亭边何人初见潭？潭水何年初映人？佩弦之《绿》

留瀑潭，迷糊今昔是何年。

　　何年？是记得的。2020年仲夏时节，我从福州到温州，再到仙岩的梅雨潭，初见瀑与潭，重读朱自清，重读《绿》。

从一个乡村到另一个乡村

一 乡村是我的"魂地"

从一个乡村到另一个乡村，我经历了城市这么一个驿站。

城市是一根扁担，一头挑着我出发的乡村，一头挑着我不断行走的乡村。我今天还生活在城市里，城市喂养了我20多年，它给予我生存的资本和生活的空间，"一箪食，一瓢饮，在陋巷"，我有恙时它医治我的身躯，朋友来时它让我们的聚会变得时尚，它为我的孩子提供教育和交际的热闹……无论列举城市多少馈赠，于我而言，城市终究是物质的、现实的、身体的，我的灵魂、我的精神时常从城市出逃，飘向遥远而永恒的乡村。

　　并不是我孤恩负德，并不是我对城市无情，而是乡村盛情于我，给予我生命、喂养我身体和灵魂的第一口奶。童年和少年，在乡村的风日里长养，触目为青山绿水，奔跑在大地田野，大自然是我的第一任老师，滋养我，教育我，一切自由自在。读到艾青先生深情的诗句：大堰河，今天我看到雪使我想起了你。你用你厚大的手掌把我抱在怀里，抚摸我——我就想到我的乡村的雪和它宽大的手掌。艾青的大堰河是我们每个人的乡村。

　　从乡村出来，无论脚步走多远，精神再也难以离开乡村。这是为什么？我时常会想到这个问题，躺在城市的床上我会想，躺在乡村的床上我也会想。我知道，当我躺在城市的床上想这个问题时，我是想回到乡村去了；当我躺在乡村的床上想这个问题时，我是不舍我又要离开乡村了。

　　直到中年后，我走过一些乡村——自己的和别人的乡村后，我才有所明悟：无论我多么小或者多么老，我都是乡村的孩子。我的精神离不开乡村，源自我对乡村记忆存在那种无法割舍的依恋。这种依恋，心理学上叫"怀旧"，地理学上叫"恋地情结"，医学上叫"思乡病"。只有不断回到乡村，这种依恋才会落地化解。贾平凹先生将故土称为"血地"，很有道理，那么，我的江汉平原的乡村是我的"血地"，我所寓居的福州是我的"汗地"，我所渴求去往的一切乡村是我的"魂地"。

　　天下乡村无一不是我魂魄的安妥之地，因为每一条乡村的路都可以通达我的故土乡村。李清照说：故乡何处是，忘了除非醉。

二 遇到国宝

我的手机测量，德化县国宝乡海拔 713 米，按照海拔每升高 100 米气温下降 0.6 摄氏度的经验计算，我从热浪滚滚的福州来到国宝，气温会降低 6 摄氏度左右。

下午五点到达国宝乡，车停乡政府，下车一刻，熟悉亲切的乡村气息瞬间包围了我。凉风轻柔拂面，空气洁净，可以品出清甜、草木的味儿，似乎还夹杂傍晚炊烟的味道。车场边的林中不时有几声虫鸣和鸡鸣传来。远处，青山静然，天空阔远，夕阳的余晖染红了一片云朵。一切那么恬淡、自然。

福州带来的八月暑气顿时消散于国宝阔大而纯粹的乡村气息之中。每次到乡村，首先复活记忆的是我的鼻子，农家饭菜的香、家禽牲畜的味以及大自然万物生长死亡的气息，与我儿时的气味重合起来。我以为乡村气息属于鼻子，而城市气息则属于耳朵——没完没了的轰鸣和喧嚣，各种现代的声响此起彼伏。

国宝乡位于泉州市德化县中部，距县城 13 公里，305 省道穿过国宝乡镇。国宝乡与赤水镇比邻，它是从赤水镇划分出来的，我去年到赤水的九仙山时途经国宝没有停留，没承想今天就来到了国宝。

去往我们入住的民宿路上，朋友们说国宝是个好名字，来到国宝等于遇到了国宝。乡里陈主任说，国宝古时候多为郭氏世居，称"郭坂"，清代时文人认为郭坂叫法有些土，于是将郭坂谐音雅化，改称"国宝"。末了，陈主任还补充一句，说今日来的你们都是文人，也要给我们国宝雅化雅化。

我们住的民宿在离镇街不远的村里，由前村支书家的房子改造而成。房子建于上世纪 90 年代，三层，二十余米长，外露式长走廊，每层八九个并排小房间，如乡村中学的那种教学楼或乡镇政府的办公楼，最不像的是民居住宅。这一点让我好奇。

不过有一个好处，出房门，站在走廊上便可饱览田野景致：成片绿油的晚稻正在扬花灌浆，水塘的荷花开得洁白灿烂，溪水轻轻流淌，农人开着摩托车轰隆驶过屋前的省道，随后大地安静下来……

半夜，几只蚊子造访我，将我从睡梦中叫醒，再也睡不着，索性披衣出门，坐到廊上来。乡村的夜很静，虫鸟们都睡了，草木、稻禾、荷叶等的气息更浓。天上有半月，在薄云中穿行，月光如洗，离屋不远的 205 省道此刻变成了一条明晰的河。看着这条路河，我突然有些感触。这条宽阔平坦的路河，迎来送去，将一个宁静闭塞的乡村与城市连通了起来，但终究是送出去的多呢还是迎进来的多呢？我出生的那个村子，直到前两年才有一条窄窄的水泥路修通，那条砂石路我走了好多年。

乡村总会有路通往外面，我希望那条路慢一点，静一点，悠然一点。

三　国宝的气息

"探秘"国宝两日，除了世外桃源般的乡村自然气息外，我还感受到了国宝另外的两味新气息，一曰香，二曰甜。

在国宝厚德村村部一楼，有一个房间布置得颇为典雅，灰地白墙紫褐柜。房间中央宽大的实木桌上，一缕缕白色清烟从一只精致的长方形黑色实木卧香炉里，袅袅升起。随后，一股木质感的香气瞬间弥漫了整个房间，轻轻吮吸一口，有神清气爽之感。这就是眼下在城市里很是流行的文雅事——香道了。

我是香道外行，于是问村支书香炉里燃的是什么香？村支书一边揭开黑木香炉的盖子一边说是檀香。我们看到一支细如自动铅笔芯、长若一拃的棕褐色檀香躺在香槽里静静燃着，轻烟婀娜。檀香是檀香料的心材，气息宁静，为四大名香之一。

这间香道文化展示室四周展示柜上，陈列着各式各样、制作讲究精细的香料、香线、香具等，架子上还摆有沉香，沉香是众香之冠，香气高雅清甜。

莫小看这间藏在僻远乡村的香道室，它背后其实暗示着厚德村一段值得夸耀的香道历史和一个宏大的香道梦想。

早在上世纪 70 年代，厚德村人就开始从事香原料加工生产经营，为供应商提供制香原料。后来，厚德村人利用传统制作香粉经验和技艺，转变生产经营模式，大胆走出家乡、走出国门，自办企业，自创品牌，慢慢打拼出一片天地。如今创办企业 100 多家，打造了"郑师傅""福兴堂""圣象""海豚""春蛙"等几十个知名品牌，涉及香原料、半成品、成品、配套产品，占据了全国 30% 以上香产业市场，成就了厚德经营和市场认可的"厚德香"。厚德村百分之九十的人从事与香道相关工作，年产值 10 亿多元。这是一个村庄令人惊叹的香道历史传统。

遇 见

今天，国宝乡与厚德村一道，正共同谋划构筑一个宏大的香道梦想：把厚德村打造成全国香产业"文化展示、品牌营销、产业集散、购游一体"的独具优势和魅力的"中国香村"。动员和号召厚德人把自家老宅修起来，把企业总部搬回来，把产业抱团联起来，把自己的家乡建成"中国香村"。我相信这梦想会实现。

在厚德村的东北方向有一个村叫祥云村，祥云村里有一座生态农业观光园。

我们来时，金秋九月，葡萄正熟。到观光园还没见着葡萄，先闻到了葡萄香，那种清甜的醇香。我们挎上竹篮，拿着剪刀往葡萄园里走去。我们不是去劳作，是去体验——蜻蜓点水般地感受劳作的艰辛和采摘的乐趣。

葡萄怕雨滴打落，所有葡萄架都用塑料大棚覆盖。这里种植了250亩葡萄，山脚之下，尽是连片的白色大棚。

棚内很热，很闷，葡萄的香味愈发浓郁，似葡萄发酵的那种熟香，我很喜欢这种香，如饮葡萄酒，先前在外边闻到的那种清甜香，如吃葡萄。葡萄架整齐划一，长得看不到边，架上枝叶缠绕，葡萄垂挂。颗粒小、亮紫色的是时尚的玫瑰香，颗粒大、绿中带黄的是巨峰，还有紫黑的夏黑，红红褐色的醉金香，看着就很美不胜收，摘一颗入口，甜到心里。唐人的诗写葡萄，写得漂亮极了，比如"金谷风露凉，绿珠醉初醒"，比如"满架高撑紫络索，一枝斜嚲金琅珰"，把葡萄的颜色和样子生动地写出来了。在葡萄园里穿梭过，更能感受这些句子。

我们一直往里走，寻找串大、品相好的葡萄。或许采摘时间偏晚了，有些葡萄熟透掉落到了地上，发酵消失，融入土地，成为肥料。有的葡萄，一大串，就挂在你眼前；有的小串，藏着枝叶后面，扒开叶，一颗颗小眼睛看着你，有发现的惊喜感。剪摘葡萄也有技巧，大串的要用手掌托着，小串的方可拎着，剪刀咔嚓一下，不至于因过重抓不住，而掉到地上，"绿珠"和"金琅珰"散落一地。

一竹篮很快摘满，辛苦谈不上，收获的乐趣还是有。说的是摘葡萄，其实吃的更多，边摘边吃，出来时已经满嘴香甜了。

初中时读诗人芒克的《葡萄园》：一小块葡萄园，是我发甜的家。当秋风突然走进哐哐作响的门口，我的家园都是含着眼泪的葡萄……当时很羡慕芒克笔下的"葡萄园"，很想见识一下"发甜的家"，尝尝"含着眼泪的葡萄"，可是没有机会，今天有了，在国宝的葡萄园。看过了葡萄园，吃了甜甜的葡萄，于是也想起了这首久远的诗和久远的时日。

四　美丽乡村

我发现，很长一段时间以来，我们逃跑似的离开乡村到城市落脚后，一直做着两件事：一是将那个安静朴素、陈旧灰暗的乡村漠然地搁置在那里，不管不问，只自顾自地在城市里为前程和生活奔忙，以为自己属于城市了，此生不再回去，冷漠着它的今天和明天；二是当我们的城市人生遭遇困顿或者有闲情逸致的空闲时，我们开始回忆乡村生活的淳朴和美好，我们用彩色滤镜和乌托邦想象去回忆那一切，让自己疗伤和怀想。

　　我不知道别人是否如此，但我是，面对如母亲一般日渐衰老的乡村，要么冷漠待它，要么拿它疗伤。中年以后，我才懂得我的自私和我对生我养我的乡村的无礼和亏欠，我才懂得乡村不仅只有过去以及对过去的回忆，每一个乡村都有它独一无二的现在和未来。

　　这几年我有机会走过一些乡村，正在变化中的它们为我提供了新的见识和想象。

　　我喜欢"美丽乡村"这个词，乡村的本质属于美——青山绿水之美、田园耕作之美、古旧建筑之美、宁静自然之美、鸡犬相闻之美、民风淳朴之美。过去，乡村是个人群集聚的综合社会，经济、政治、文化的主场；如今，城市化进程加快，乡村人员骤减，甚至出现空村，乡村的经济、政治、文化功能减退，乡村成为最大的审美对象和审美想象之地。于是乡村回到了它的本源：美。

　　在国宝乡，我看到了让乡村美丽起来的措施和目标：环境整治"一清二整三美化"，打造"乡村气息、复古情怀、现代品味"的民宿群，建设"望得见山川、看得见历史、留得住乡愁"的乡村特色小镇……不过，这些美好的乡村建设目标和时尚流行的词句，多多少少还是基于城市人的观看和怀想的，但这又有什么不好呢？

　　国宝的美留在了我的记忆深处。云龙谷景区惊险刺激的漂流和森林氧吧的悠然漫步，清代古建与现代设计相融合改造的民宿被绿色稻田包围具有的艺术冲击力，浩渺的云龙湖水库以及水库不远处正在建设的观音山陶瓷文化创意园，厚德村的香道和祥云村的葡萄园……它们让我流连忘返，回味不已，如回到了自己的乡村。

传奇彭山

彭山是一个被传奇笼罩的地方。

彭祖长寿秘诀、江口沉银之谜、神秘的汉崖墓等，无一不传奇，人们总是说不停，说不尽，有时也说不清。这是我喜欢彭山的理由之一。

传奇重要的不是事实本身，而是对传奇的讲述。两分事实，八分讲述，所谓的捕风捉影、添油加醋、流言蜚语都掺和进来了，生活的滋味也掺和进来了，一个一个人，一代一代人，唾沫横飞，乐此不疲。眼下的日常与远古的传奇之间的时间沟壑被讲述填平了，历史和文化有了烟火气和当下感，传奇越发成为传奇。

生活中要是没有传奇的讲述，该有多单调啊。

彭山在何处？在四川省眉山市，属眉山市的一个区县，距成都 60 多公里，距我寓居的福州 2000 多公里。我从东南之滨甫抵天府之国的那一刻开始，有关彭山的传奇讲述便开始了。最尽职的讲述者要数那位美女导游了。

第一站，彭祖山。彭祖养生修炼的山曰彭祖山。彭祖是这一片灵山秀水中的大名人，于是山以彭祖名之，山、水、人，互相成就，融为一体。这里风景甚好，翠绿染目，云雾飘荡，山峦俊秀，彭祖选择此地作为自己养生实践之地，自有道理。我们一路走，一路看，一路听。彭祖山有彭祖园、彭祖仙室、彭祖墓、彭祖石雕像等景点。彭祖石雕像虽为今人所立，但身材挺拔，面相舒朗，鹤发童颜，与他"长寿始祖""中国第一位养生大师"的名号很是契合。

美女导游说，相传彭祖活了 880 多岁。我说，我不信。美女说，传说不是拿来信，是拿来希望的。对美女导游我刮目而视，说，此言甚是。美女说，我也不信，他大概活了 140 岁吧，因为基因检测人是可以活到 140 岁的。我说，我相信传说，也相信科学。

不过，彭祖留下的养生之道，我还是很相信的。他提出养生三术：膳食术——营养食疗，讲究吃法、食材；导引术——气功疗法，呼吸吐纳，运气行身，与天地之气合一；房中术——协调两性生活，"以人疗人，真得其真"。彭祖养生术实则强调身、气、心的健康达到人的健康，经验性与科学性兼具。他的养生之道说服我的理由有三：一是彭祖自己高寿，他开创和秘传的养生术造就了彭山历史上高寿者众多，此为实证；二是孔子、庄子、荀子、屈原等历史大人物对彭祖的养生术推崇备至，此为旁证；三是在今天，他开创的养生之道正在中华大地风行，几千年下来，彭祖半仙半人，时仙时人，到此时彭祖彻底由仙变成了人，变成了我们身边指导我们养生长寿的人。

彭祖是贵族，封于彭城（今江苏徐州），后隐居于闽，避战乱，晚年再隐四川彭山，仙逝后葬于彭山。我来自闽地，对彭祖隐居于闽的传奇颇感亲切。《武夷山志》记载：彭祖当年住在幔亭峰下，两个儿子彭武、彭夷一生下地就成长起来，一阵春风吹过，他们就能呼喊爹娘，二遍春风吹过送来春雨浇洒，就能站立。彭祖用三片自己种的春茶泡水给他们饮，之后他们就能下地奔跑。后来人们把这片山叫武夷山，成了天下名山。

我很喜欢这一段传奇，哺育孩子成长的艰辛由两阵春风和一杯春茶代替，还是这美女导游说得好："传说不是拿来信，是拿来希望的。"传奇总带给人希望。

当我们还在谈笑彭祖的房中术养生时，美女导游催促我们往下一站，江口沉银遗址，并为我们讲述那一段传奇。

从1647年张献忠命殇西充凤凰山，到2017年江口沉银水下考古发掘首期收官，张献忠江口沉银的传奇在讲述了370年后几近终结。

考古发掘收获甚丰，出水各类珍贵文物5万余件，其中虎钮金印、金册、蜀王金宝、金锭、银锭、西王赏功金币银币等等，金银之光简直亮瞎眼睛。事实证明，此地正是文献记载的张献忠江口沉银之地。

考古让历史再次开口说话的同时，让传奇的讲述闭嘴而止。

这个初秋的下午，我站在"江口沉银遗址"石碑旁，江风吹动我的头发，我注视着府河与岷江交汇处的江心，水面宽阔，江水匆忙流过。我如众多观者一样，久久眺望，沉默不语。

水落宝出，尘埃落定之后，该说些什么呢？也许对我这样的"吃瓜群众"来说，更期待沉宝之传奇继续讲述下去。因为传奇上演或者继续讲述意味着人生百态的再一次登场，这无疑是有意思的事情——

"石龙对石虎，金银万万五。谁人识得破，买到成都府。"曾经，这首天真的童谣陪伴多少江口儿童长大，启蒙了他们对一段历史的认识，成为一代代人独特的童年记忆。当童谣变成寻宝秘诀，它又燃起或破碎了多少人的黄金梦？

曾经，有人下河挖沙建房，偶尔会从江中捞出一两枚银簪、银锭，有人夏天下河游泳玩耍，一个猛子扎下去会碰到小银戒指之类，或撒网捕鱼，拉网上来没有鱼虾，或许会有铜钱几枚……意外的惊喜让人相信传说可能是真的。

曾经，对意外之财的贪欲，催生了一群盗挖团伙，他们学习水下打捞技术，用金属探测仪"扫滩"，果然挖到了虎钮金印、金册、金锭等国家一级文物，文物流入黑市之后，犯罪分子被擒获。惊天盗宝团伙的覆灭，不经意间成就了轰动全国的2017年全国考古十大新发现之一。

很幸运，在离"江口沉银遗址"不远的一个临时博物馆中，我零距离地接触了这批文物中最重要的那部分。虎钮金印、金册、蜀王金宝、金锭、银锭、西王赏功金币在我眼前一一滑过，看得我眼里都闪烁着金光。这是我这辈子一次见过最多的金银。蜀王金宝，纯金，16斤重，我用手掂量，一下子还拎不起来。遗憾的是蜀王金宝被人为砍成四块，锐器匆忙砍过的痕迹明显，当时发生了什么，可以去想象……每一件文物，既承载着一段鲜活的岁月，也承载着一段鲜血的历史。

看完金银，美女导游带我们到下一站，茶馆喝茶。

该去喝一杯茶了。江口镇的一条街上，一间挂着"老年活动中心"牌子的屋子就是茶馆。七八张桌，竹椅相围，桌上摆满地方糕点、水果等小吃。我们落座，打开盖碗，是茉莉花茶，开水冲泡，茶香、语声混合着，都飘荡出来。喝茶，聊天，吹江风，一下午，一天就过去了。

这里喝茶，一杯茶，不停续水即可，不像我那边的福州，喝茶那么多讲究，专门茶室，一桌一室，各种茶叶，各种杯，专事功夫茶的泡茶小妹，喝茶总在谈茶。我喜欢这里喝茶，随意，不讲究，是过日子而不是过成仪式，喝茶事小，说话事大。

可别小看这普通得有些寂寥的小镇，这里可曾是有文字记载的世界最早的茶叶市场。2000多年前，西汉王褒在《僮约》中就有"武阳买茶，扬氏担荷""脍鱼炰鳖，烹茶尽具"的记载。江口旧称武阳，两江交汇，码头众多，货物集散之地，繁华异常，便形成了著名的古武阳茶肆文化。

世界最早的茶叶市场——这一见识让我有了吹牛的资本，

福建是今日茶叶大省，但又有几人来过江口古茶肆呢？

坐在江口茶馆一角，我在想，彭山是个很神奇的地方，它让我的心绪一天之内有了三次波动。第一次波动是让我想活得更久。在彭祖山学习了彭祖的养生之道，知道了人可以活那么久，也知道了如何才能活那么久，心里不由得滋生了要按彭祖的养生术那样去养生，力争活得更久的想法。第二次波动是让我想赚更多的钱。在江口见到了真金白银，尽管在江里埋藏了几百年，擦一擦，金还是金，银还是银，色泽耀眼，厚重踏实，我还真萌生了买几块金银放在家里的欲望，可是钱呢？得去挣吧。第三次波动，在江口的古镇上走一走，喝喝茶，吹吹江风，感觉惬意无比，突然觉得活那么久干什么，赚那么多钱干什么，享受当下，喝喝茶，吹吹风，读读苏东坡就够了——苏东坡的老家就在离彭山不远的眉山。

天色渐晚，美女导游又开始催促并讲述了，下一站……

水口小镇的光影

在光的缝隙里

在德化水口小镇的旅馆里，我喜欢躺在床上看黎明到来的那一刻。

拉开窗帘，硕大的落地窗露出来。一扇窗就是一面墙。钱钟书先生说"窗可以算房屋的眼睛"，这眼睛也忒大了，只有我小时乡居的小窗才算。钱先生又说"门是人的进出口，窗可以说是天的进出口"，大大的落地窗让外面的天和山野世界进到旅馆的房间来，我可以坐享一切。

在外旅行，睡得早，醒得也早，睁着清醒的眼，躺在床上，盯着窗外。窗外一团团漆黑，什么东西都不可见，仿佛无一物，又仿佛有巨大的物，覆压着一切。黑色的眼睛在黑夜里派不上用场，怎么使劲看，都无能为力，颗粒无收，但我知道窗外的山野世界是一个巨大的存在，它已经向我敞开，正在等待一丝光的降临。

久居城市，整夜不熄的街灯让漆黑的夜退出了我的生活，无论何时睁眼，光早已映亮了我的窗户和屋子，突然之间坠入这黏稠而厚重的黑夜，我竟有些异样的兴奋：这久违的黑，也是我们的人间啊。

夜的漆黑终于有了松动，其标志是形的初显，板结一块的黑开始破裂成一块一块。我知道，黎明和曙光正一丝一点到来。

天暗未暗、天明未明之际，窗外的山野世界黢黑混沌，但暗中又有一丝明，世界越发显得如一只黑的巨兽，但那一丝细小的明，又把那个漆黑的黑赶走了，给黑镶了一丝亮边，让黑有了形有了状。黑中的那一丝明，如浩瀚人生海洋中的那盏似有若无的灯，虽然没有定位方向的指引力，但是暗示了一种希望，天光即将降临的希望，还是让人期盼和兴奋的。

天光有时是一丝一缕颇有耐心地如老者一般踱步而来——或许视觉的等待延长了天光降临的时间，让我们觉得它来得慢；更多时候，它如一个淘气的孩子突然蹿到眼前来似的一下子就到了，黑与亮之间的过渡仿佛就是一个眨眼，暗黑的世界就在那一个眨眼之间明亮起来。远处连绵的山峦，近处山坡上满坡的绿树，绿树下的灌木以及枯黄的茅草，都清晰起来。抬头，目光穿越山顶，可以看到明亮的天光倾泻下来的宏大气势；低头下看，银亮的岱溪在眼前画了一道漂亮的弧线，往永泰方向流去。——乡野世界显出了自己的样子：大块的绿，几间屋子散落，静谧，安稳，路随溪走，越走越远，消失在远山脚下。

我住的旅馆叫"森林人家"，在小山腰的一片平地上，视野开阔。透过大落地窗，我的眼看到和分解了这一明暗交替时的世间变化，所谓黎明前的黑暗或者黑暗之后的黎明，这种转换让我莫名兴奋。不是因为我们的眼睁得大，而是光让世界显现，伟大的天光，上帝说要有，便有了。英国诗人骚塞说："是阳光把黑暗变成一件貌似可心的东西。"黑不可怕，甚至黑之美，是因为我们知道，天光总会降临；光的可贵和值得珍惜，是因为光会隐身，在光的降临与隐身之间，黎明与曙光交替的那一刻，世界令我们陶醉。

光从落地窗走进我的房间，如果窗外有一只鸟，它也能看到我的世界——临窗的茶桌椅，大床，挂在墙上的液晶电视，冲淋房，等等，一个现代化的物质世界——就像我能看到鸟翅下的那个绿野仙踪般的山野世界一样。诗人连占斗的诗在曙光破晓那一刻的微信中传来，诗的名字叫《曙光不请自来》，我读到这样的诗句："路灯再亮也代替不了曙光／路灯低伏于人间里／而曙光高悬在山巅上／它将以极大的胸怀去照亮人间……再忙也要把天空瞧一瞧／曙光不请自来／不必讴歌，不必献词。"

我很惬意读到这首诗，占斗是我的兄长朋友，我们隔得远，但那一刻我们同时被天光所触动，他说"曙光不请自来／不必讴歌，不必献词"，但我还是为天光破晓的那一刻讴歌和献词了。我很同意他的另一句话："再忙也要把天空瞧一瞧。"就像我此刻在水口小镇，瞧一瞧天空，见证一种美。

黎明的天光曾经是我的时钟。小时候在乡村，家中唯一的手表戴在父亲手腕上，而父亲常年在外做木工，我每天早上起床上小学的时钟就是天光，母亲总是到我的床边摇醒我，说天亮了，该去学校了。家中没有钟表，母亲的钟表就是看天光。学校在三里之外，无论天晴天雨，我从来没有迟到过。今天想来觉得是奇迹。

有一次，我要代表学校去乡镇上参加作文竞赛，乡镇隔得远，要步行前往，老师反复交代不能迟到，要比平时起得早。那晚我没睡安稳，睡了一觉突然惊醒，发现小小窗户外天光大亮，心想完了完了，赶不上竞赛了，慌忙穿衣，拉开大门，一只清冷的月亮挂在天上，月光把大地照得透亮。母亲的声音从房里传来："月亮天，鸡还没叫头遍，还早着哩。"我和衣躺回床上，再睡不着，盯着窗外等天亮，等了很久，窗外的月亮光暗淡下去，黑暗笼罩了一切，很快天光降临，天麻麻亮了。我吃过母亲做的香喷喷的蛋炒饭之后，走到乡镇竞赛点，那天我是第一个到达的竞赛生，秋天的露水打湿了我的布鞋。

没承想，久居城里复返乡间，我竟会为这自然的天光而小题大做、大惊小怪。人生际遇就是这么奇怪，四十多年前我还为第一次见到城里的灯光而激动呢。小时候第一次由乡间到城里去，车在黑夜的路上行驶了很久，我总是不厌其烦地问父亲还有多久到，问到第五遍时父亲指着远处暗黑天空中一大片淡红色光晕说，那里就是。我激动和向往，心想，城里的灯光能把天空都映红照亮，那是多么好的地方啊。

其实，无论乡村和城市，我们都在光的缝隙里生活和爱着。

石牛山的影

今年是辛丑牛年，德化水口镇的石牛山景区迎来它的"本命年"，无论是为了提升景区人气，还是为了取一个幸运彩头，石牛山的"牛"故事已经开讲：牛年，登牛山，牛气冲天；登石牛山，牛（扭）转乾坤（新冠疫情影响我们很久了），牛（流）连忘返（石牛山让你忘记归家）；等等。

听过这些振奋人心的"牛"言"牛"语，便有了一个好上加好的心情去登石牛山。

如果在山与水之间选择自己所爱，我愿意选择山。我喜欢山，山一跃而起，群峰屹立，座无虚席，它干脆，不迟疑，一立便立千年万年；而水，总在起落，总在赶路，一路叮叮咚咚，奔流不息，逝者如斯夫，留下一路忧伤，我不喜欢忧伤，故我不太喜欢水。山是大自然的收藏家，它的起伏褶皱间藏下多少秘密，还沉静不言；而水，平静或动荡，一切秘密都在波浪上跳跃，一览无余，且絮絮叨叨。孔圣人说，"知者乐水，仁者乐山"，因为"知者动，仁者静；知者乐，仁者寿"。在动与静，聪明与仁厚之间，我选择静，选择仁厚。我喜欢山，其根源在于我从小生活在江汉平原上，大地平坦开阔，天天与湖泊河流为伴，不新鲜，有时坐在河边，望着很远地方连绵起伏的山影，发很久的呆，那是一个我未曾抵达的外面的世界，齐秦的歌唱道"外面的世界很精彩"，让我无限向往。

山顶有巨石相垒，形似一头昂头长哞的卧牛，故名石牛山。要去看那头石牛，得登上海拔1782米的主峰，年轻时自不在话下，人到中年，膝盖损伤，靠双脚登顶已无那勇气和腿功。不过，有缆车上山。所谓缆车，"懒人"之车也。

石牛山的缆车还真值得一说。它不仅仅是"懒人"之车，还造就了别样感受的"缆车风景"。排队，登车，轿厢不大，两排椅子各四人，对坐，已显局促。轿厢吊在钢缆上，随转动的缆绳上升，人便缓慢地飞升起来。轿厢四围都是玻璃，视野极佳。缆车顺山坡上行，穿越于林海之上，我们似踩在绿海波浪尖的小船，轻逸飘荡。当翻越到一座1000多米高的山顶时，我以为到站了，没想到索道还在延伸，将两座峡谷深邃的千米高山一线牵了起来。石牛山索道最华彩的乐章到来了。缆车下行一段时间后，轿厢悬吊于峡谷中间，远看去似一只小蜘蛛吊在丝线下，脚下是千米深谷，望不到底，望一眼，心惊肉跳，小腿战栗，渺小、无助带来的恐惧感电一样传遍身体，我不恐高也不敢再望第二眼。一旁的老练虽然壮如大侠，更是吓得脸色发白，慌忙用转移话题的方式来驱逐恐惧。其实不往下看是没那么害怕的，倒是别有风景。

缆车继续匀速前行，又开始爬山，此刻抬眼望去，远处巨大山崖上挂着一条细小秀气的白色丝状的水帘，风吹过，水帘随风而舞，似有人掀帘而入。水从山体中间流出，坠落到下边岩石后，分散成两股继续下落，如一条长而细的白围巾被扯成了两条。这就是石牛山著名的岱仙瀑布，因总落差300多米，单级落差180多米，被誉为"华东第一瀑"，是福建唯一的双瀑。朋友说，这是冬天，水量少，瀑布"瘦"，如纱似雾，要是夏天，瀑布"肥"，疑是银河落岱仙，更为壮观。坐在轿厢里观瀑布，瀑布变成了一条安静的小丝巾，要是在瀑布脚下观瀑布，壮观是壮观，但我忍受不了瀑布巨大的没完没了的轰鸣，这样甚好，瀑布变成了一幅无声的画，给雄伟的山增添了妩媚。

　　瀑布斜上方、接近山顶处，黑褐色的山体上伸出一只白色的"小舌头"，很醒目，打听才知是新建设的玻璃观景台，有一个美丽的名字叫"天空之心"。据说站在上面可俯瞰岱仙瀑布全景，有"人在空中走，景在脚下游"的美妙体验。我们在缆车里远看"天空之心"，没有看到"心"的样子，看到的是一只白色的"小舌头"。我们也没有下缆车去往"天空之心"，那是谈恋爱的小伙子和姑娘们去往的惊险刺激的表白之地：观景台悬空高度达1314米，外挑悬空长度约52米，总面积520平方米，组合成数字"1314520"，象征"一生一世我爱你"。

　　缆车翻越瀑布之山后，在海拔1300米左右的山顶平稳滑行，山顶有一个村庄，老房子、收割后的稻田、菜园、奔走的狗和鸡，在我们脚下掠过。太阳出来了，我们可以看到我们缆车的影子投射在山地上，缆车走着，影子也走着。一路走来，风景无限。前面不远就是下车点了。

　　这是我乘坐过的最长的索道了，总长度为7.2公里，高差1000多米，全程行驶近30分钟。它有自己的荣耀：是目前亚洲第二长、国内跨度最大、坡度最大和福建最长的索道。

　　出缆车站，换乘景区公交车，盘山而上，不久便到达石壶祖殿。到石壶祖殿，石牛山主峰便在望了。我突然间没有了登顶的兴致，本想在石壶祖殿周围走走，看看山水文化与道教文化融为一体的景观，但好友万代辉力劝我去看看那头巨大的石牛，他说石牛顶上有一块石碑上记载的文字与他有关。如此，那就登顶。

登主峰的游步栈道以石壶祖殿为起点，经石壶洞，到观牛台，到主峰。一路上是石头的世界，到处是各种形状的石——骆驼石、飞凤石、法网石、金交椅、石琴，等等，你想它像什么，它就是什么，是考验你想象力的场所。这些石头是亿万年前火山喷发后的火山岩石，经过风化、重力、流水等侵蚀而成，专业术语叫花岗岩石蛋地貌。满坡满地的石蛋，壮观又可爱。

在观牛台，那头石牛才最像石牛。

我以为，德化人、清代进士李道泰的《咏石牛》是对石牛最好的描述文字，他咏道：片石峥嵘状似牛，深山独卧几千秋。春苔发背犹长毛，夏雨湿身似汗流。青草盈塘难下咽，蒲鞭任打不回头。欲寻鼻孔无穿处，天地为栏夜不收。——有真趣，有大眼界，大境界。

终于登顶，这顶就在石牛的头上，海拔1782米。主峰顶端，有一块石碑上刻着："八闽观日第一峰——2001年1月1日6点47分，新世纪第一缕曙光照耀在石牛山主峰"。一起登上来的万代辉说，这个时间点是他当年确定下来的。二十年前，正好是新千年第一年，人们很好奇新千年第一缕阳光何时照耀神州大地。著名天文学家王绶琯当时宣布，根据国际天文学通用标准测算，中国大陆新世纪第一缕阳光照射地理经纬点位于浙江温岭石塘镇，日出时间为 2001 年 1 月 1 日北京时间 6 时 46 分。万代辉是一名敏感的新闻记者，他想到德化石牛山是最靠近东海岸的最高峰——海拔 1856 米的戴云山虽然比石牛山高，但它在石牛山之后——石牛山可能是最早迎来新世纪第一缕曙光的山峰。他前一天晚上上山，天极冷，零度以下，他住在石壶祖殿旁的一间房子里，为了御寒，饮了大量酒，醉着睡了。第二天不到 6 点他便守在了石牛山顶，当第一缕阳光穿云而来时，他记下了那一个值得纪念的时间点：2001 年 1 月 1 日 6 点 47 分。比温岭石塘镇海边的阳光时间晚了一分钟，但这里是中国大陆新世纪第一缕阳光照射到的山峰。故此，石牛山被称为"八闽观日第一峰"有理有据，名至实归。我的朋友万代辉对此功不可没。

山登绝顶我为峰。远山，云海，均可纵览，人一下子有了一股子冲云天的豪气。

我让代辉为我在"八闽观日第一峰"的石碑前拍照留念。咔嚓。一张颇有豪情和气势的照片留下来：山顶与苍穹之间，我微笑着平视前方，风吹开了我的衣衫，我伸出左手做出胜利的手势。在下山的缆车里，我翻看照片，发现那张照片中，阳光将我的影子投射到岩石上，我的影子里还藏着一个小孩的影子，胜利的剪刀手势从我腰部露出来。

人到过，总会留下一些什么，比如影子。

斌溪村：一溪流水分文武

一

是否可以这么说，地球上每一个村庄都有自己耐咀嚼的故事，并且每一个故事都值得去深情讲述。

许久许久之前，一个孤独的身影，筚路蓝缕，翻山越岭，人困力乏之际，在山谷深处一条溪边的平坦处落下脚来，垒墙搭屋，开荒种地，繁衍生息，一个家族由此产生，一个村庄也由此产生。毫无疑问，这是历史深处神圣的一刻，这是无数后代慎终追远的神圣源头。

有了人——有了空间的变迁——有了时间的流逝，故事便形成。故事形成的那一刻故事的讲述也开始了：很久以前，我爷爷的爷爷初来这里……

　　故事的讲述者除了本家族成员一代一代口耳相传之外，还有充满好奇心的外来者，他们因为种种原因来到这里，被这个村庄的山水、风物、人文、历史所吸引，饶有兴致地游走，耐心地打探和追溯，他们离开之后，在村外的世界开始讲述这个村庄的故事，故事因此也有了更多流传的可能。

　　斌溪村于我便是如此，我是一个被它吸引而来的外来者，离开之后，我情不自禁地开始讲述它的故事。

　　罗源县飞竹镇北部，沉默敦厚的层层青山之间，一条常年热闹、明净宽阔的溪水自东向西流去。这条溪叫斌溪。沿溪两岸的村庄叫斌溪村。山沉默了千年万年，溪热闹了千年万年，住在村庄里的人，跟着山学习沉默，跟着溪学习热闹，一代又一代，也有千年了。

　　斌溪村从未被遗忘，也非"不知有汉无论魏晋"的世外桃源，盖因藏之深山、偏居一隅，它幸运地留住了印刻有古旧时光的斑斑点点：古民居、古道、古桥、古油坊、宗祠、书院……这些老屋老房黑瓦层叠，静立于溪岸山坡之上，这样一立就立了上百年、几百年。如果你愿意触摸那些古老的砖、瓦、泥、木头，就能触到里边藏下的旧时光、旧日子。在簇新而速变的今天，我们走进斌溪，等于走进过去与旧时光握手、寒暄，这些古旧物什之所以触动我们让我们慨叹，大概是因为它们昭示了我们的来路，它们所暗示的古旧日子并没有消失在时间深处，而是展现在眼前，让我们得以重温。

二

　　从飞竹镇出发，沿着罗源到古田方向的县道前行，当县道与一条溪交汇时，斌溪村便到了。村口立着一块醒目的村名牌，"斌溪村"三个字由大名鼎鼎的文化学者余秋雨题写，书法娟秀飘逸，文质彬彬。我问陪同我的村支书余根钦：余教授题字有收润笔费吗？根钦书记说：没有，哪能呢？根钦书记语气肯定，且有些质疑我的问话——话外音似说，给余氏宗亲题字怎么能收费呢？

从这个答话语气的细节我们可以推断，斌溪村人多姓余，且与余秋雨同宗。果不其然，余根钦介绍说，斌溪村百分之八十的住户都姓余，余氏远祖由浙江入闽，由建阳到福州到古田，斌溪村的余氏是由古田杉洋镇迁入，时间在宋代初期（约960—983年），斌溪村余氏开基祖为余从龟。如此算来，斌溪村的历史有一千多年了。

"一溪流水分文武，两条廊桥连古今。"入村不久，经过村部广场我们便来到了斌溪大桥上，站在大桥中间，面溪上游方向而立，便可感受到这两句诗所描述的斌溪魅力了。溪水宽阔，清流曼舞，左手边的北岸之上，黛瓦灰墙的古民居顺山势层叠而建，蜿蜒而去，古意悠然，因崇文重教，被称为文溪村；右手边的南岸之上，多为白墙新居，有几栋旧土楼点缀其间，因当年习武之风盛行，故名武溪村。两村之间的溪流最早叫文武溪，1950年为了书写和称呼方便，合文武为斌，文武溪变为斌溪，溪之两岸的村落统称斌溪村。

文溪村尚文，与开基祖余从龟不无关系。余从龟的祖父余仁椿曾任罗源县令，有一天祖孙俩游经文武溪，见此地山清水秀，福地洞天，一眼就喜欢上了这里，余从龟在北宋年间从祖父居住的古田杉洋迁入此地，启籍肇基，开启余氏在斌溪的辟疆之始。事实上，余从龟是官三代，他选择的开基之地又属祖父管辖之地，草创虽艰但也并非想象中的筚路蓝缕，片瓦无存，但家底还是有些的。他的祖父余仁椿是位崇文重教、讲究耕读传家的儒士，在古田杉洋创办了著名的蓝田书院。受祖父影响，余从龟及其后人也崇尚文化，在文溪村设坛授诗书，其中余氏后人余猎取得进士功名后未进官场，以乡贤身份回乡创办"芝兰书院"，培养族人子弟，文气一代一代传续下来，创造了"一元二相三尚书七十进士"的辉煌历史。时至今日，斌溪村1700多人大专以上学历的就有300多人，画家、书法家甚多，文溪村名副其实为"文"，一千多年的文脉文气氤氲至今。

武溪村的习武之风始于明代。明天启元年（1621年），余从龟后人余一凤由文溪迁到溪对岸，除了崇尚文化之外，在那个兵荒马乱的年代，为自保和保人，兴起习武之风，因此称为武溪。武溪的开支祖余一凤是一位水利工程专家，倡修了一条人工水渠，南水北调，把谢村的水引到文武溪，一些旱地变为水田，造福了家族。明末，武溪村余玉瑶，武艺高强，设置"三社七馆"练武厅，习武者多达百人。清代，武溪村有一个著名武师，叫余齐汉，武艺高强，精通剑术，家中一把宝剑长1.2米，挥舞起来行云流水，豪气干云，在盗寇侵扰村庄的几次搏斗中，击败盗寇。一种叫"龙桩拳"的拳术在村里盛行了几百年，至今仍有村民习练。或许是习武之风兴盛，红色革命时期，斌溪村也涌现了一批敢于战斗的革命者。

能文能武，文韬武略，文治武功，汇集于莽莽大山中一村，罕见而稀奇。

三

过斌溪大桥就进入文溪了。桥头不远处有一座师公祠，土木结构的清代建筑，飞檐翘脊，绘墙画栋，精致漂亮，供奉地方神祇林狮公。斌溪"山襟罗古，水连福宁"，在古时是热闹的所在。师公祠前有一条小径，往后山延伸可踏上罗源至古田的古道，往东通往村里。

踏着光滑而长满青苔的鹅卵石古道入村，仿佛一下子穿越到了明清时的乡村古镇上。街面不宽，常年被两侧交错的黑瓦屋檐遮住，地上有些湿漉漉。小吃铺、杂货店、油坊、余氏宗祠、芝兰书院等，随十八道弯的青石古道布置排列。在街面穿行的那一刻，我幻作了一位古代书生，到福州赶考归来回古田家中去，行至文溪村时天色暗淡下来，不得不在此住一晚。

师公祠边上的宾至客栈已熟门熟路，取150文钱给掌柜后，踩着咯吱作响的楼梯上二楼，我选了靠窗的一间住下。搁下包袱，透过窗户看到楼下小吃铺飘出的热气，肚子咕噜直叫，匆忙下楼。小吃铺里有三两食客，我叫了一碗热气腾腾的粉干，另加文溪的传统美食——油丸和米糕。油丸清香不腻，米糕松软可口。吃完后，时间尚早，我信步到村里逛逛。小吃铺斜对面是一间古油坊，几位村民正在里边热火朝天地忙活。这间油坊建于明末清初，油坊中间有一个巨大的圆形碾压池，一个直径近三米的碾压盘立在碾压槽里，榉籽（油茶籽）

撒入碾槽，一头牛拉动碾盘，转着圈反复碾压。榾籽碾碎后制成榾油饼，然后放入墙边的两副由红豆杉制作的压油大槽，几位汉子喊着号子，抡起大锤反复敲打，榾油被压榨出来，流入油桶里，香气四溢。斌溪山地多，溪雾缭绕，宜种榾树（油茶树），祖祖辈辈都在开荒种榾树，斌溪榾油盛名在外。继续往村子深处走，到了余氏宗祠。余氏宗祠建得气派讲究，土木结构，三间两廊，有稼园、戏台、门楼等。余氏宗祠左边是芝兰书院，一介书生怎能不去书院走走呢？我推门而入，一位穿着粉色长裙、秀发披肩的年轻女子正在油灯下读书，门开的吱呀之声惊到了她，她抬起头，惊惶地问：何人？我低头拱手答：在下古田张生……待我抬头看时，发现灯下书翻开着，人却不见了……

穿出古村，斌溪又出现在眼前了，阳光灿烂，溪上波光粼粼，远山青绿铺展，世界安宁。斌溪上游拦水做了水库，溪中水流不大，我们踏着村头的过溪石墩，过到武溪这边来。与文溪不同，武溪的现代民居偏多，有几栋建在山坡上旧时土楼，在美丽乡村建设中被开辟为艺术馆、根雕馆，或者民宿，古典与现代交融，别有风情。

如果说每一个乡村都有自己的灵魂的话，我以为斌溪村的灵魂就是这千年的文与武的完美融合。一个古村落文武融合的景观成了华夏文明的一个鲜活例证。这或许是斌溪的故事值得去深情讲述的原因吧。

吴洋村的乡村美学

    停在吴洋村木制牌坊下的汽车启动了，催促我们上车的喇叭声响了两下，声音尖厉而突兀，或许惊吓到了村庄和森林里不少小鸟雀吧。我回望一眼这个静卧在山坳里、被森林环抱的小村庄，然后，挥一挥衣袖——我没有徐志摩那般"不带走一片云彩"的潇洒——我知道，作为一个现在的城里人和曾经的乡村人，我必须坦诚，我从吴洋村带走了最奢侈的东西：安宁的天和地、似乎静止的时间和空间，还有森林葱郁的绿、甜净的空气、山泉水的歌声和"近纯"的茶香，以及一种可能的乡村生活方式和正在培育中的乡村美学。

    我想说的是，短暂的吴洋村之行，它一方面唤醒我悠长而亲切的乡村记忆，另一方面，它让我陷入渴求某种答案的思考和寻找中：那些在时间缝隙中遗漏下来、还没有被现代性亲吻的古老乡村，何处才是它妥帖的去处？

很显然，吴洋村就是千千万万这样村庄中的一座，它走过1300多个年轮之后，走到了今天，来到了一个十字路口：往左，是慢慢凋零进而消逝——袖手等待，顺其自然，随着留守老人的凋零一座村庄也就凋零了；往右，是突进的改变，拆旧建新，盖厂引资，让老村簇新而现代化起来；往前，是寂静中的重生，谨慎而适度改造，留住文脉，留住乡愁，等待和邀约新的"村民"入住，古老的村庄又活泛起来，但村庄依然寂静悠远，它只是如一只包浆厚重的老容器，容纳了一种新的生活方式和随之而确立的乡村美学。

当我离开吴洋村时，我分明看到了一座村庄在十字路口停留之后，所选择的一条"向前"之路。虽然这条路还只是生长中的一个模糊雏形，但我内心竟生出些得到答案的欣慰和快乐来。

吴洋村藏在霞浦县西北部层层叠叠的山峦里。村庄离县城不到50公里，路的里程不算太远，但层层山峦和绕来绕去的盘山公路，让人心里觉得远。一句俗语说得在理，世间最远的距离是心的距离。

所以，吴洋村有如酒中广告所言乃"真藏实窖"之地——

它藏在云端。这里海拔700米，有自己的高山小气候，朝晴暮雨，云海流雾，林中落日，溪流成瀑……总有令人惊叹和意外之美景出现。乡里的宣传员小陈告诉我一事，说前一阵子村里朋友发微信告诉她，吴洋一带出现了壮观云海，她可速来拍些素材。小陈拿上相机急切地从柏洋乡政府驱车过来，虽只用了十多分钟赶到，但云海流去，空留碧空与青山，她只记录

遇 见

122

了美景的尾声。小陈说吴洋的壮丽美景擅长突然袭击，来时不打招呼，走时也不打招呼，只给人惊喜。

它藏在森林里。藏在连绵起伏的绿里。吴洋村是一个袖珍村，四十多户人家，簇拥在一起，屋檐交错，鸡犬相闻。房子多为老房子，青瓦、黄土墙、木结构，一层或两层，一住就住几十年。村小但家底"土豪"，坐拥300亩原始森林。进村第一眼就可看到一个村庄的"安稳状"：四围高山森林环抱，村庄静卧其间，村前有开阔的小平原，种植谷物或茶树。村中的千年古柳杉已被村民奉为神树，林中的百年红豆杉郁郁苍苍。如果借用升入空中的无人机的眼看这个山中小村，你会发现起伏的森林和巨毯一样铺展的绿几乎覆盖了这里的世界，青瓦层层的老屋也要被这森林和绿吞没了。

吴洋村还藏在时间深处。吴洋村全村吴姓，吴氏先祖于北宋天圣二年（1024年）迁居于此，闽东和浙江的吴氏多从此地开枝散叶。如此算来，此地吴氏家族繁衍生息有近千年历史了。吴洋村完整地保留有明、清两座吴氏宗祠，明祠地处村后的梧峰山下，清祠在村内东向一山脉下，古意悠然，文脉氤氲。吴洋村是霞浦革命老区重点村之一。1934年闽东苏区革命领导人曾志、叶飞曾在吴洋村发动群众开展武装革命斗争，领导群众分田分地，他们曾住在蛤蟆洞里，并将此处与附近的芳竹坑村作为红军秘密联络点。村里的吴文茂、吴世宝参加革命活动牺牲在家乡。

某种程度上说，藏是一种拒绝，有意或无意、主动或被动的拒绝。拒绝日新月异，拒绝朝秦暮楚，拒绝汇入大洪流、大合唱。藏是对抗时间侵蚀最古朴的方式，意味着某种缓慢或停止。藏是一种最大限度的保留，一种如河流一般不被打扰的寂静流淌。藏是一种自我安稳和怡然自得的生活情态，自产自销，自给自足，有些贫乏但不会困顿，日子几百年如此过下来，藏成了吴洋村在农耕时代的一种存在状态。或许正是因为这样吧，这座宛如陶渊明笔下"桃花源"一般的古村庄一直留存到了今日。

今日是何日？是万物繁盛、生机勃发的时代，是掀起美丽乡村建设的新时代，是网络信息快速传播的时代，是城市化进程中人们打捞乡愁记忆的时代……一座"千山之山"中的古村落，藏终究是藏不住的，有多少藏就有多少显，有多少匿就有多少露。

藏于深闺千年的吴洋村的盖头被揭开了。不能说它惊艳了世界，但它确实打动了人们。一位叫郭峥的网友，在网上写了一篇帖子《距福安不远的吴洋村，终于抄近路实现一走》，她写道：远方的吴洋其实并不远，直线距离福安市区还不足20公里。出发了，一招呼，三车15人走起！走进吴洋村，仿佛走进与自然融合的诗画。泛白的木门，凹陷的门槛，裂开的纹路都是时间无情的洗礼。绿水青山间散布着一栋栋农家小院，村民朴实热情地指路，这些看似不起眼的平淡，孕育着古朴沧桑而耐人寻味的美。山林中有亭子长廊，悬崖边有充满幻想的阁楼……她甚至还有些动情地联想开去，她说：如果人生只剩几分之一的时间，你会做什么？我的回答是去一座吴洋这样的山村，安静地靠在窗边把自己的一生写下来，慢慢回味。

有的人来了，走了，如郭峥，如很多得空闲来一游的人。田园静好，岁月沧桑，这是吴洋村留给他们的美感，吴洋涤荡了他们的眼目和心灵，他们最大的赞美，是将吴洋的美告诉了他们认识的每一个人。

有的人来了，没走，留下来了，如来自东北城市里的刘子媛等一众年轻人。这又是为何？

刘子媛是一个美丽、开朗、健谈的东北女生，她和几个同样年轻的伙伴在吴洋生活已经 5 年了。刘子媛说他们"落户"吴洋，缘于一段奇妙的寻茶之旅。刘子媛大学毕业后，参与家里的茶叶生意，也从事茶艺师的培训。随着白茶在北方日益畅销，刘子媛做出一个决定，离开北方，到白茶之乡闽东寻茶去。纯天然生态白茶对生长环境十分苛刻，为找寻心仪的种茶点，2016 年年底，刘子媛开始了长达 5 个月的寻茶之旅。2017年 5 月，刘子媛来到吴洋村，吴洋村有股魔力一样，一下子吸引住了她。"这里有保护完好的原始森林，每一条河流都清澈见底，呼吸一口空气，都感觉带着浓浓的自然气息。"刘子媛说，"这就是我们要找的地方，环境美，茶更香！"仿佛怕失掉这个地方似的，刘子媛马上掉转车头，驶向了柏洋乡政府。

刘子媛他们留下来了，种茶，制茶，卖茶，当然更多的是生活，日复一日的山村生活。一部手机，微信发送或者直播视频打开——融入自然中的茶叶生长过程、保留本真的茶叶制作工艺、山林中的日出日落和清风明月、出没村子和山林的鸟雀小兽，以及从田头采摘的一日三餐，等等，等等，如诗画一般的图片和视频传递出去了。

　　刘子媛他们戏称自己为"新型职业农民"，他们不太在意一定要赚多少多少钱，他们在意和张扬的是自己在这个美丽乡村生活的每一天。在吴洋村，一个大的乡村文化项目已经在他们手中铺展开了。村子边上，一栋与旧屋相连的两层建筑封顶了，正在装修。这栋建筑有很多通透的设计，与自然融为一体，开放的廊檐可触摸生长的农作物，云雾可穿堂而过，远山近林在窗前。这里是一个乡村文化大讲堂，也相当于一家民宿，各个季节邀请一些各领域的达人来这里交流、生活，既可短期驻留，也可长年居住，倡导一种全新的乡村生活方式。

　　的确，吴洋有一种让人陷入回忆的古朴沧桑之美，有一种小桥流水人家的恬淡自然之美，就如郭峥他们所表达和感受到的，这是古典的乡村美学。而在刘子媛他们那里，我看到了一种新的乡村美学，不妨称之为新古典乡村美学，即乡村的自然风光和田园生活不仅仅作一日游作怀旧之背景，它还可以为一些有情怀的人提供一种生活方式的选项，吸引一些人回到这里常年居住、生活和工作。

　　不夸张地说，吴洋村正在塑造一种新古典乡村美学，它也为古村落改造建设提供了一种范例。

　　中国大地上有无数个乡村，我有幸来到陌生而亲切的吴洋村，缘于诗人刘伟雄。刘伟雄是吴洋村隔壁一个叫福寿亭村的，他与自己家乡的故事可以写成另一篇大文章，但他为家乡写下的诗令我感动，他写道：柏洋山，闽东山区里的一堆黄金 / 我的不接受冶炼和流通的 / 情感货币。

　　但是，吴洋这堆"黄金"正在被"冶炼和流通"。

云雾水尾

　　弓身钻出汽车，我站在了水尾村村部前的小广场上。

　　微雨初歇，天空澄碧，远山青绿而逶迤。山峦环抱之下的小平原上，田畴、溪流、古厝、民居，静处其间，俨然有序。天地、自然、村庄，一派安宁，让人有置身世外桃源之感。

　　尽赏乡村田园风光之时，一股浓密的白色云雾，如有人推移着一样，自村子东边一步一步向我们"走来"，它阵势浩大，所经之处，吞没一切，覆盖一切。不多时，大雾便吞没了我们，笼罩了整个村庄，刚才还明净清晰的远山近屋，一瞬间不可见了。雾气在我眼前匆忙流动，我张开手掌试图抓住它，总是徒劳，能见度时高时低，近处的友人和远处的古厝瓦脊时隐时现，有如仙境，电视剧中云雾缭绕的天庭情形，在水尾村上演了现实版本。

　　我们在雾中的水尾村游走——抑或雾在我们和水尾村游走——待我们从茂迁公祠出来时，世界忽又明净清晰了，远山、田畴、古厝又在眼前了，浓雾消散得干干净净，好像它未曾降临一样，好像它生着脚跑得飞快，跑到远处的山上去，作了山头的白色围巾。

　　仿佛与我们捉着迷藏，这善于变幻、东奔西窜的水尾云雾让我惊异。我生长于平原，见过那种"蠢笨""老实"的浓雾，降临下来一待就是半天，一动不动，只有午后或者下午的阳光才能降伏它。老实说，在我那平原上的故乡，我是憎恨那种沉闷而漫长笼罩的浓雾的，它要么误事儿要么让人压抑，我喜欢水尾这调皮、一会儿一个样的流雾，它带给我无可捉摸的惊喜。

　　我向陪同我们的谢老叔打探这一奇特雾景的形成秘密。水尾村位于建宁县西南部，与江西接壤，两省三县交界之地，全村一姓谢氏，启籍肇基有千年历史。谢老叔个子不高，声音洪亮，在江西铁路退休后回乡为游客做向导。谢老叔告诉我，水尾村是一个海拔800多米的高山小平原村，上倚五龙山，下垫龙门山，因温度湿度变化大，热力分配不均，冷热交替，气候一日之间变化多端，形成了自己独有的小气候。四季雾涌，冬有飞雪，夏有清凉……景色多样而奇特便自然而然了。谢老叔还说，水尾产莲子、稻谷，因高山小气候，产量不高，但品质好，香而糯。听到这里，我插话说，建宁的莲子全国第一，水尾的莲子建宁第一。

　　中午在村里的游客中心用餐，吃的都是产自村里的土菜：

土豆、粉条、土鸭、土鸡、青菜……鲜美至极，可以吃出"高山小气候"的味道呢。

自然的云雾来了又去，去了又来，而历史的云雾在笼罩这块高山小平原多年之后渐渐消散，村庄的千年繁衍历程、谢氏家族的历史名人故事、红色革命的光荣记忆等等日渐清晰起来。尤其在红色革命时期，红军将士来往穿梭于村里，一派紧张而热闹的气氛，红军帽和红军旗帜上的红色五角星在水尾村何其鲜艳，何其耀眼。

因为地处两省交界的偏僻地带，加之地势险要易守难攻，水尾村在红色革命时期，成为中央苏区的重要根据地和重要通道，建宁苏区的最后阵地。在红军第二、三、四次反"围剿"中，水尾做出过特殊贡献，被誉为红军小后方。从1931年到1935年，中国红色革命的历史卷轴中多次写下"水尾"的名字。

今天，水尾村村民大多住上了规划整齐的小楼房，空置出来的老厝复原修缮，原址重现了当年红军小后方的情形：红军医院、红军被服厂、红军兵工厂、苏区银行、闽赣基干游击队司令部等重要部门，散布于水尾村的上上下下，红旗在村头村尾迎风招展，来到这里，就如同来到了90年前水尾村那个火红热烈的"小井冈"时代。

在红军兵工厂，谢老叔为我们讲述当年刮土熬硝制作火药的过程。村民将家里茅厕的粪坑、猪圈牛栏清理出来，挖出底层厚厚的碱土，在灶膛上的锅里加碱土熬制出土硝，再次熏蒸后筛成粉粒，就可以拿去做弹药了。在红军医院，谢老叔为我们讲述当年医药物资短缺的情形。受伤战士手术后没有消炎药，西药、草药甚至用来消炎的盐巴都快用完了，不得不冒险使用工业染料百浪多息来消炎，居然成功救活了许多红军战士。在苏区银行，谢老叔为我们讲述水尾村村民刚开始不收"红军币"的"笑话"。村民从没见过花花绿绿的"红军币"，红军战士用"红军币"买东西时不敢接收，后来经过银行经理解释说明，"红军币"才在水尾村流通开来，后来红军撤离，百姓手中多余的"红军币"可以兑换成银圆……

听着这些故事，就像听着一个个难以置信的传说和传奇，不禁生出诸多感慨来。末了，谢老叔掏出几张纸交予同行的施教授，说纸上记录着他家革命的故事。

谢老叔的祖厝在水尾村的最高点上，三间大厝背靠山林，名金盘嵊，是县苏维埃政府旧址所在地。他家四位亲人参加革命，三人献出了生命。他的爷爷谢年亿在水尾接待过红军主要首长，后死于国民党枪口。大伯谢家燕上海暨南大学毕业后以教师身份回到水尾宣传革命，身手敏健的二伯谢辅钦跟随大哥一起开展地下革命，文武双全的两兄弟后被国民党杀害。谢老叔的父亲谢辅汉不得不逃离水尾，隐居他乡。1941年被国民党抓去充军，五年后在青海的一次战役中弃暗投明，回到革命队伍中，一路参加了辽沈、淮海、平津三大战役。1950年赴朝参战，荣立二等功，1955年从朝鲜归来后退伍回到水尾，担任第一任村党支部书记。后来在建宁公路部门退休，1997年离世。

父亲谢辅汉平凡而不普通的一生让谢老叔崇敬又有些惋

惜，他说，父亲不识字，要是识字阅句，说不准是为将军呢。我跟着谢老叔慨叹，并深以为然……

有可爱的高山小气候可以感受，有红色革命遗址可以见识，有红色故事可以倾听，有美味的乡村土菜可以品尝，有洁净的天空和大地，有远山……您若有空，不妨到建宁的水尾村走一走，它会带给您此生之外的另一种想象、另一种感受。

人与事

建盏：千年的黑釉之光与极致之美

一　站在龙窑边上

闽北中心城市建阳东北 33 公里处，有镇名水吉，水吉镇有后井、池中等村落。后井、池中村一带，山势不高而温柔起伏，林木不密而绿意葱郁，山林之下有平畴沃土，视野开阔，祥和平静。初识之下，这里与闽北其他山乡并无什么异样。

时间的尘土掩埋一切，尘土之上，山野如故，万物如昔。但是，时间堆积的厚尘总有被掀开的一刻。终究，文人典籍中的历史记忆、村民劳作中的寻常发现以及不同时期的多次考古发掘，让水吉这片平常之地显出异样，且是大异样来：千年以前，这里曾是中国著名的八大窑系之一的建窑所在地，当年赫赫有名、为名人雅士竞相追逐的黑釉建盏就烧制于这里。历史上建阳水吉曾属建州辖地，窑因而得名建窑，瓷因而得名建盏。

那时，在大宋的天空下，后井、池中村旁方圆十余里的山丘上，顺山势"爬"满近百座"龙窑"——窑依山势砌筑成直焰式筒形穹状隧道，形似苍龙故称龙窑。窑址总面积约十二万平方米。可以想象，当年红彤彤的窑火映红了水吉镇半边天幕，商贾云集，运送精美绝伦建盏的车船往来不绝，一派繁荣景象。

1989 年 12 月至 1992 年 7 月，中国社会科学院和福建省博物馆在对建窑遗址进行全面调查和选点发掘中，发现了一座全长 135.6 米的长条形斜坡龙窑，为国内已知最长的龙窑，亦堪称世界之最。

我们充满好奇，去看龙窑。后井、池中离水吉镇不远，途经的山坡上，散落着一堆堆黑釉瓷碎片和大量烧瓷用的匣钵，匣钵灰黑，有的破损有的完整。山体被挖得大坑小坑，有新土，有旧泥，碎瓷片、碎匣钵扔得满山遍野，看来这片千年前的窑址已经被翻挖过无数遍了，景象残败，让人有些触目惊心。

来此翻挖的大多是附近村民，在碎瓷破钵中他们望穿秋水，渴望寻到宝贝——宋时的建盏。前些年，有村民挖到了 9个"老货"，一下子发了大财。人们羡慕不已，挖建盏一夜致富的诱惑让很多人对此乐此不疲的同时，对政府的保护不屑一顾。为了避免偷挖乱采，政府采取过多种措施。村民说，这些年老建盏受追捧，价格天一样高，哪像一九九几年，喂鸡喂鸭用的都是建盏，拿一个旧盏到镇上换来一个吃饭的新碗，要知道今天这么贵……哪想得到哦。

古龙窑遗址在眼前了。窑自然是不在了，但可以看出窑是顺山势从山下往山上"攀爬"上去的，窑墙、窑门、出烟室、窑室均有迹可循，龙窑由土和陶砖砌成，那些陶砖被烧成了暗红色。遗址边建有供参观的台阶，我们拾阶而上，从山脚行至山腰，龙窑的另一截继续往上延伸。这的确是一座很长的龙窑，专家们估计当年每窑烧造数量在 10 万件以上。今人在遗址上方盖有砖瓦棚，用来为古窑址遮风挡雨，砖瓦棚随古窑错落而上，远望过来，确似一条龙。

窑址周围的红土里有许多建盏碎片，捡起一块碎片，擦去红土，乌金釉或者兔毫盏片，幽暗的光芒便穿越千年的时光闪亮在我们眼前，这些光亮优雅内敛，它们能映照出当年能工巧匠们的劳作境况和对建盏技艺的孜孜追求。

站在龙窑顶端，放眼四顾，绿意和清风主宰了眼前的一切，曾经"窑火连天风烟过，山下坡前龙窑多"的盛景已不复存在，但是这些闪着黑釉之光的碎片和遗迹留存的窑址为我们打开了一扇与宋代建窑、建盏对话的窗口，让我们得以窥见那个时代大气、简素、幽玄的器物美学风貌。

作为走马观花的建盏文化的打探者，在我们的脚步到达之前，这里走过无数脚步，但有一个人的足迹我们不应忘却。他是现代意义上对建窑、建盏文化考察发掘的第一人，也是真正将"崇高且文雅的建瓷"文化带到世界面前的第一人，他叫普鲁玛（J. M. Plumer），一个美国人。

普鲁玛原是福州海关干事，在福州的古玩店被美妙的建盏征服，当他得知这精美绝伦的玩意儿烧自建阳水吉时，萌发了实地探察的念头，直到他调赴上海海关之后才成行。

1935 年 6 月，普鲁玛驾驶自己的汽车，聘请一位名叫毕可瑜的中国人做向导，取道杭州、江山，到了浦城，继而找到水吉池中。当时那些在村民眼中一无是处的建盏，在普鲁玛眼中是文化的"金山银山"，是一座无法估值的宝库。普鲁玛在水吉一位热情好客的布店老板的帮助下很快找到了古窑址。

普鲁玛回国后，经数年研究，出版了《建窑研究》一书，他在书中惊叹道："这里就是建瓷茶碗的产地，也就是我梦想许久、千里迢迢来寻找的东西，散布在每一废堆上的物品之丰富多到使人感到震惊……无名的宋代陶工制造出那些崇高且文雅的建瓷，难以用语言表达……"

普鲁玛在窑址现场日出而作，日入而息，忙碌地工作了整整一天，他到过大路、池墩等三处窑址。天黑之时，普鲁玛从这里带走了八大箩筐的建盏残片、完器以及窑具等珍贵文物，由南浦溪乘船而去。普鲁玛带走的这批建盏中有一些精品之作，藏于美国的博物馆和密歇根大学，至今仍向世界展示着建盏的魅力。

普鲁玛之后，我国多家考古单位和文物部门对建窑窑址进行过四五次科学、详尽的发掘，发掘成果丰硕：厘清了建盏产地、盛行时期等一系列学术问题，同时还发掘出了诸多建盏器物，一些建盏均为国家一二级文物，其珍贵程度不言而喻。2001 年 6 月，经国务院批准公布，建窑窑址为国家重点文物保护单位。

至此，水吉后井、池中这块散满瓷器残片的土地之下的秘密和价值，才得以全面掀开神秘的面纱，宋代建窑的辉煌历程以及建盏的绝世大美在时隔千年之后，再一次盛大地铺陈在人们面前。

二 黑釉之光与极致之美

我认识建盏的时间不长，但掏心来说，在我见到它的第一眼就被它征服了。这个事实让我相信，人与物的相遇，也会有一见钟情、一见如故的美妙故事上演。

建盏依凭什么以"秒杀"的方式征服了我？当然不光我，它还征服过宋代的皇帝赵佶，大学问家书法家蔡襄，文学家苏轼和黄庭坚等名人雅士，征服过日本、韩国的一些高僧大德，以及今天诸多审美高蹈的玩家、藏家、艺术家，等等。

建盏的魅力何在？我以为，在于它有大美。

建盏的器形有大美。与其他盏碗造型繁复、俗世、呆板不同的是，建盏器形走的是一条大方、简素、脱俗的路子，或者说是一条彰显艺术气质的路子。建盏的基本器形是大口、斜壁、小底，多为圈足且圈足较浅，足底面稍外斜，形如漏斗，造型简练质朴，胎骨似铁，手感沉重。整个造型自然、脱俗、安静，仿佛藏于深闺的曼妙女子，只要一走出来，便艳惊四座。在此基础上，以盏口造型样式，建盏分为：敞口、撇口、敛口和束口四大类。

敞口碗：口沿外撇，腹壁斜直或微弧，腹较浅，腹下内收，浅圈足，形如漏斗，俗称"斗笠碗"。撇口碗：口沿外撇，唇沿稍有曲折，斜腹，浅圈足，可分大、中、小型。敛口碗：口沿微向内收敛，斜弧腹，矮圈足，造型较丰满。束口碗：撇沿束口，腹微弧，腹下内收，浅圈足，口沿以下约1厘米左右向内束成一圈浅显的凹槽，作用在于斗茶时既可掌握茶汤的分量，又可避免茶汤外溢，也有加强口沿强度，防止烧制变形的工艺上的考量，该凹槽俗称"注水线"。此类碗腹较深，器形整体饱满，手感厚重，为最具代表性的建盏品种，也是产量最大的建盏，出土或传世品最多。

建盏的釉色有大美。可以说，建盏的釉色之美将建盏推向了审美的极致之境。建盏是黑釉瓷的代表，它的魅力在于黑釉表面分布着多姿多彩的斑纹，这些斑纹是在窑火中天然形成的，既善变不可控，又绚烂斑驳；既仰仗原料、烧制技艺，又偶然天成、独一无二——如果说世界上没有完全相同的两片树叶的话，那么世界上也没有完全相同的两个建盏，为得一件釉面斑纹具有大美价值的建盏，无数陶艺家穷其毕生心血孜孜以求，期许与具有极致之美而又可遇不可求的建盏相遇。

宋时最具代表性的建盏叫兔毫盏，黑釉中透露出均匀细密的斑纹，因形状犹如兔子身上的毫毛一样纤细柔长而得名，有"银兔毫""金兔毫""蓝兔毫"等。其中以"银兔毫"最为名贵。"兔褐金丝宝碗，松风蟹眼新汤。"这是宋代诗人黄庭坚对兔毫盏的赞美。"忽惊午盏兔毫斑，打出春瓮鹅儿酒。"这是宋代诗人苏东坡对兔毫盏的夸耀。大诗人们都不由惊呼其美，兔毫盏的魅力可见一斑。兔毫盏的魅力在于"毫"，"毫"要细，有力，齐整，我见识过藏于日本根津美术馆的兔毫盏图片，美极了，绚烂如焰火绽放，温柔似兔毫拂面。

除兔毫盏外，建盏的名贵品种还有乌金釉盏、鹧鸪斑盏，以及极其难得的曜变斑盏。据说乌金釉盏是建窑早期产品，我在龙窑捡到一块乌金釉盏残片，一千多年了，釉面乌黑发亮，黑得温润澄明，亮可照人，同行的专家说这是上好的乌金釉。

鹧鸪斑，也称建窑油滴，釉面斑纹为斑点状，因似鹧鸪鸟胸部羽毛的斑纹而得名，斑纹斑驳鲜亮，自然随意。还有一种鹧鸪斑盏，釉面有如水面上漂浮的油滴，晶莹欲滴，立体感十足。鹧鸪斑盏是建盏珍品，产量稀少。

最值得称道的是堪称建盏极品的曜变斑盏。釉色上散布着浓淡不一、大小不等的琉璃色斑点，圆环状的斑点周围有一层干涉膜，在阳光照射下，会呈现出蓝、黄、紫等不同色彩来，并随观赏角度而变，似真似幻。曜变斑盏是建窑的特异产品，异常难得。藏于日本博物馆的三件曜变斑盏，是日本国宝级的珍品，见过它的人以神圣的口吻叙述道："整个宝物的黑色釉层内放射出紫蓝色的霞光，随着不断转动满室宝光浮动，正应'紫气东来'之兆，冥冥间有如神在，这就是宝气？这就是此宝的艺术之神？"这几件宝物来自中国的建窑，宝气是从建窑飘荡出来的。日本人说"一只碗中可以观看到宇宙"。

可以说，釉色的变幻莫测、美轮美奂成就了建盏最迷人的地方。但一件可称艺术品的建盏是在大量废品的基础上诞生的，专家估计，没有起泡变形或脱釉或粘底等重大缺陷的建盏所占比率不到百分之一，优秀的（没有明显缺陷且斑纹流畅通达）褐兔毫盏所占比率不到千分之一，优秀的银兔毫盏所占比率不到万分之一，而鹧鸪斑和曜变斑分别属于十万分之一和百万分之一的作品。

建盏的烧制有特色。第一次见识建盏我还闹了个笑话，我问是不是没有烧完，怎么黑釉没有把盏的足部包起来。原来这就是建盏的特点：足部铁胎外露，色黑或灰黑、黑褐，手感厚重、粗糙，铁胎周围有釉泪挂着。因为建盏用正烧，外壁施半釉，以避免在烧窑中底部产生粘窑，由于釉在高温中易流动，所以建盏外壁底部往往有挂釉现象。正是这种铁胎的枯槁与黑釉的温润交融的特色，让建盏不同于其他瓷器，有了自然、朴拙的味道。

如此看来，似乎可以为建盏的艺术价值和珍贵指数找到缘由了。

建盏的器形之美与釉变之美，标志着我国宋代建窑烧制水准达到一个新的高峰，同时从它所受的推崇和追捧来看，它又暗示了我国宋代审美价值观的一种趋向：黑色是万色之色，庄重厚实，大气内敛；裸露的铁质胎足与绚丽变幻的釉光相融一体，代表枯槁与幽玄，静穆与无穷；造型朴素大方，自然脱俗。建盏透露出的这种颇具东方神秘意识的审美价值观，可以用苏东坡的一句诗来概括："外枯而中膏，似淡而实美。"

建盏东流日本后，在日本拥有崇高的艺术地位和广泛的影响力，说明建盏具有某种超越时代和国度的精神内核，它契合了日本禅茶艺术的审美特质：不齐整、简单、枯高、自然、幽玄、脱俗、静寂……其实，这种精神内核何尝又不是人类的审美样本之一呢？

三　昨日传奇

20世纪70年代末，福建省博物馆的考古学者和厦门大学师生对芦花坪窑址进行了两次发掘，取得了多项重要成果，其中最重要的有两点：一是确定了"建盏是在龙窑中烧成的"；二是证明了"建盏的烧造年代创于北宋，盛于南宋及元初，而停烧或废烧于元末以后"。

在尘土下掩埋了近千年的宋代建盏，被小心洗净之后，重新回到高雅的博古架，或者进入宏伟的博物馆，它的黑釉之光与极致之美在今人眼里也不曾暗淡和落伍，也许我们对建盏的真正认识才刚刚开始。细细打量那一件件来自遥远时代的建盏，尽管它当初只是一件品茗斗茶的日常器物，但不经意间成为精美绝伦的艺术品，甚至成为一个时代的审美隐喻，它身上有许多像云朵一样的谜团萦绕在我们脑际：建盏为什么在宋代风行一时？为什么存在三百年之后又风一样地消失于漫长的历史之中？昨日的辉煌传奇与寂寞消失，一只建盏究竟暗藏了历史的什么玄机？

或许只有回到历史的海洋中才能钩沉起一个时代与一只建盏之间蛛丝马迹的关系。

史学家陈寅恪先生说："华夏民族之文化，历数千载之演进，造极于赵宋之世。"华夏之"文化造极"为何种境况呢？诗词歌赋、琴棋书画、为学论道……一派繁荣，大师辈出、名流雅士、山野文人……你方唱罢我登场，热闹非凡。如此想来，赵宋之世的确是一个风雅与附庸风雅的时代，文人们自由散漫，品茗交游，玩物养志，不亦乐乎。

值得一提的是，大宋还出了个艺术家皇帝——宋徽宗赵佶，朝政可以荒废，但艺术之园不可荒芜，他是伟大的书法家，他独创的瘦金体至今光芒四射，他是画家，他是金石家，同时他还是一个茶叶专家，正儿八经写过一本《大观茶论》，绘声绘色描述茶叶之事，尤其对当时风行全国的"斗茶"过程做了全面精细记载："点：点茶不一。而调膏继刻，以汤注之……"

宋代斗茶用的是研膏茶，也就是把茶叶捣成膏状再用模具制成的饼茶，成为"团茶"。先将茶叶碾成细粉，置于茶碗之中，然后用沸水注入，使茶与水融合到一种最协调的程度。斗茶过程中，首先要看茶末是否浮出水面，如果茶末浮在水面，茶不能与水交融，说明茶末碾得不够细致；再看茶的颜色，对白茶来说，茶色越好，说明它的色种越纯，品级就越高。如果茶面上结成云雾，结成雪花，这是茶色已全部呈现出来了。谁的茶面上轻灵、清新的乳沫多、白，形美，谁就是斗茶的胜者。

真正斗茶的经典环节叫"分茶"，就是注水时能"使汤纹水脉成物象者"，"禽兽虫鱼花草之属，纤巧如画，但须臾即就散灭"，有点像今天在咖啡上冲成图形。此种茶艺在今天已经失传。

赵佶皇帝又说了，"盏色贵青黑，玉毫条达者为上，取其燠发茶采色也"。就是说要观赏比试的白色泡沫，用青黑色玉毫茶盏最好。他说的这种茶盏就是建盏。黑釉建盏得到帝王的嘉许，建盏当然身价倍增，独享尊荣。皇上都认可了，底下的贵族名流、文人雅士等当然也跟着推崇备至了。宋代祝穆在其《方舆胜览》卷十一中说："兔毫盏，出瓯宁之水吉……然其色异者，土人谓之毫变盏，其价甚高，且又难得之。"可见建窑的兔毫盏在当时已是名器，十分难得。

然而，草创之初的建盏，烧制于边远闽地建州水吉的私人窑厂，虽然在民间已有声誉，但与当时官办的白瓷、青瓷等相比，仍然名不见经传，让它登堂入室成为贡品，有一个关键人物起了推波助澜的作用，他是北宋名臣蔡襄。

蔡襄是福建人，有一年官至福建路转运使，此官职要定期巡视其部郡，并有督办贡茶的任务。秋天，蔡襄前往建宁府巡视部郡后，顺路到建安县北苑御茶园，了解过去督办贡茶的日期和有关情况，还参观制茶的全过程。他所到之处均备有好茶招待，而茶盏是由当地瓷器厂生产的兔毫盏。蔡襄品茗完，认为这种茶盏极优，就委托御茶园人员替其购买若干，以备送给在京的好友。

后来，蔡襄被召回京复职，才知京师已经掀起饮建茶热潮，朝野上下也开始斗茶。为了普及品茗的知识和鼓励大家斗茶，他撰写《茶录》一文，进呈宋仁宗御览。在《茶录》中，蔡襄特地推荐建窑生产的兔毫盏，他指出："茶色白，宜黑盏。建安所造者绀黑，纹如兔毫，其坯微厚，�之久热难冷，最为要用。出他处者，或薄或色紫，皆不及也。其青白盏，斗试家自不用。"蔡襄既是大宋名臣，又是茶叶专家，有他的推荐，

建盏从小山旮旯里的寻常用品一跃成为朝廷贡品，于是便名噪
一时了。后来，建窑发掘出的许多兔毫盏，底部都刻有"供
御""进盏"等字样，它们就是进贡朝廷的御器。

建盏风行数百年，进入明代才日渐式微。明代初年，朱元
璋认为斗茶乃奢靡之风，不能重蹈宋之悲剧，于是废团茶而代
之以散茶，冲泡散茶的瀹饮法代替了碾末而饮的点茶法，斗茶
之风也渐趋消失。曾经盛行宋代的建盏，也就慢慢退出了历史
舞台，曾经窑火熊熊的建窑，也停烧或废烧。历史的尘土开始
覆盖建阳水吉这块地方，也开始覆盖那些美丽的建盏。

但是，建盏在异域的日本却得到新生。元朝时，一批日本
僧人到我国浙江天目山佛教寺院修行、学习，僧人们日用茶盏
都争用建盏。归国时他们将建窑烧制的黑釉兔毫盏，作为珍宝
带回了日本，称之为兔毫天目。日本人把建盏及黑釉器称为天
目，以至于今天"天目"成为黑釉一类陶瓷的国际通用名词。

宋元时期，日本也进口大量中国建盏，这也是为什么当今
传世的建盏以日本最多，其中宋代的"兔毫""鹧鸪""曜变"
等四只建盏已被定为日本国宝，享誉世界。日本人视黑釉建盏
为"神器"，为神秘的建盏着迷，日本的"陶瓷之祖"加藤四
郎曾专门渡海来福建，学习建窑技术四五年，回国后制作黑釉
陶瓷。日本人至今都爱用黑釉碗，是深受中国宋人的影响。

让人想不到的是，与朝廷命运一样容易破碎的创烧于中国
的一只建盏，却在他国日本安静地度过了一段悠长的岁月，传
承有序，魂魄依旧，直到今天依然让人赞叹不已。无疑，这是
一件让人悲哀的事。

四　寻访手艺人

时光进入 21 世纪。乱世藏金，盛世藏宝。不知不觉中，建盏收藏热悄然兴起。建盏卓绝的文化美学价值和丰富的商业投资价值，让一些藏家对宋代高端建盏竞相追捧。不过，千年前的那些绝美的兔毫、鹧鸪、曜变终究是稀世之器，可遇不可求，能否恢复宋时建盏的烧制技艺，复兴建盏的艺术魅力，成为今日建盏技艺人的新课题。

据说千年前的建盏烧制技艺早已失传，但在建阳的城镇乡村，仍有一批建盏技艺人从未放弃，痴迷于此，他们在想复原古法技艺的同时，也想创造新的烧制法，烧制出不逊于甚至超越宋时建盏的作品来。他们从出土的完器、碎片中寻找昔日的烧制方法，从无数次的烧制实践中获取经验，当你问那些资深建盏技艺人的从业时间时，他们的回答不是二十年，便是三十年、四十年，当院落中的那些败品、残品、次品堆成一座座小山时，幸运之神终于降临了，一些精美无比的新建盏，终于在这片创造过建盏辉煌历史的古老土地上，再次露出真容来。

毕竟这是一块属于建盏的土地，这里的地理优势得天独厚：烧制建盏的瓷土就取自身边的山丘，施釉的釉矿同样采自身边的地下。就连日本人，要烧制地道的建盏，也得千里迢迢来建阳，取这里的瓷土，用这里的釉矿。

在一个作坊间，我们见识了建盏的大致制作过程。烧制建盏的瓷土，颜色深红，瓷土用几种不同的土配制而成，含铁量很高。超过 1300 摄氏度高温烧制好的胎骨厚实坚硬，叩之有金属声，俗称"铁胎"，含砂粒较多，露胎处手感较粗糙。瓷土经过洗浆、沥浆、炼泥工序之后，是制坯，传统技法是手工拉坯，双手将泥拉成器坯，要成竹在胸，一气呵成。之后是晾坯、修坯，接下来是上釉。

釉料刚采回来的时候有点儿像一块块普通的矿石，在水中浸泡慢慢软化成浆状，过滤掉残渣，加入草木灰等一些其他配料就成了釉水，这个过程要很长时间。建盏不能用化学釉，否则烧制出来的建盏会失去这种自然釉料的古朴之美。做好的釉水颜色偏红，黏性强，属于含铁量较高的石灰釉，因此具备烧成黑釉的基本条件，其最大的特点就是在高温中流动性强，低温时结晶生成各种奇特的斑纹，斑纹在不同光线下色泽和明暗也不同，变化丰富，非常美。施釉时，用手捏住圈足，胎体倒置斜着侵入釉水，在釉水中停留一段时间，让釉水渗透进胎体，直到胎体挂上足够厚的釉。

然后将上好釉的坯体晾干，放进龙窑高温焙烧，通过火的艺术，釉面产生各种奇异的斑纹。据建盏大师说，建盏最大的奥秘就是釉的配方和火候。第一靠配方，你配不好，它就不变。第二靠火候，火候掌握不好，它会变过头。最后是出窑，建盏是放在匣钵中烧制的，打开匣钵，一只斑纹变幻莫测的建盏是否会出现在你眼前呢，那就向上苍祈祷吧。

在建阳东奔西走的几天，我们见缝插针地走访了几位有代表性的建盏技艺人，他们性格各异，行事风格不同，对待建盏的"仿古"与"创新"观念也不尽相同，但有一点是相同的，那就是他们对建盏发自内心的喜爱。

水吉镇上的蔡氏兄弟——蔡炳龙、蔡炳盛，有手艺人的老实与质朴，他们似乎并不善言谈，住在镇上不起眼的四层楼房里，四楼是他们的作坊，他们大部分时间都在那里度过。蔡氏兄弟做建盏三十多年，在这个圈子里头，他们的仿古技艺是没得说的，他们烧制的高仿"建盏"达到真假难辨的地步。经过二十多年的摸索，兄弟二人成功还原出了建盏失传的近千年的烧制技艺。但兄弟二人说，现在到了"温故而知新"的时候了，研究透了老物件，才能明白怎样做出"胜于蓝"的新物件，老二蔡炳盛说："让别人在水吉不仅能见到老的建盏，也能看到新的，而且不输给老盏的新盏。"如今，蔡氏兄弟都是建盏技艺省级非物质文化传承人。

离水吉镇不远的芦花坪，是建阳市芦花坪建盏有限公司的所在地。芦花坪不仅是个美丽的地名，它还是建盏的注册品牌，还是宋代芦花坪窑址的所在地，这里青山绿水，环境宜人。老板孙福昆，身形高大，慈眉善目，平头黑边眼镜，透出一丝文雅。与很多建盏作坊不同的是，孙老板的厂区很大，占地面积10万平方米，他还建了一个新龙窑——长36米，窑室内宽2.2米，高1.8米，仿古法以柴火为燃料，一次耗费一万多公斤，一窑可以烧两万件。孙老板说："窑顶拱背在长期高温下经常会发生塌陷，每烧五十窑左右需大修一次。"古法柴烧成本高，他也有电窑。孙福昆的建盏企业在建阳算是较大的，他做建盏日用器，也做高端的建盏艺术品，他雄心勃勃，就是要把建盏做大做强，做到全国去。宽敞明亮的展厅里总是客来客往，生意不错。如今，"芦花坪"作为一个品牌已经在北京、西安等地声名远播，但孙福昆并没有满足。

去探访"贵稀堂"是在一天晚饭后。"贵稀堂"在市区边上的考亭村。我们到时天已经黑了。"贵稀堂"老板叫詹桂溪，原本做根雕、古玩生意，看到建盏"泥巴也能变钱"，于是在靠近市区的考亭村租了五间民房做厂房，投入几百万购置设备，干了起来。我们进到一栋四层居民楼一楼，是展厅，博物架上摆着许多新旧建盏，没人，便大声喊："詹老板！詹老板！"一直没人应答，等了一会儿，手上油污、满头大汗的詹老板进来了。詹老板年轻，中等个儿，看上去精明强干，忙解释："不好意思，电窑坏了，正忙着修呢。"詹老板告诉我们，在建阳办厂稍成规模地生产建盏仿品，也就是近三四年的事。好点儿的一套当礼品卖，能卖个一千多元，买家多来自北京、广东等地。他的厂算中等规模，一年能生产百万件建盏仿品。他说："订单很多，但生产能力饱和，不敢多接。"詹老板不停表示，没办法陪我们，他要赶快把机器修好，让我们自己看。

离开"贵稀堂"，我们前往在建阳市区的黄美金大师家。黄美金名气很大，他烧制的金油滴盏已经名震圈内外，他的作品大受藏家追捧，很多作品都卖出了天价。据说他为人低调，深居简出，不常见客，因有高人出面，加上我们远道而来，黄大师答应见我们。市区的一个巷子深处，是黄美金的家，四层小楼。推院门进去，黄美金先生在一楼的茶桌前等候我们。一楼是他的展厅，博古架上摆满各种建盏。黄大师年逾花甲，瘦劲，精气神十足，前额光亮，头发少而蜷曲着后背，颇有艺术家气质。沏茶，喝茶，简短寒暄之后，黄大师起身打开身旁的柜子，取出一个锦盒，锦盒打开，著名的天价金油滴盏出现在我们面前了——15年来他烧制的最为满意的一件金油滴建盏标价为680万元。我要说，这是我见过的极品建盏了，灯光下，满盏金光闪耀，轻轻转动，金色光芒开始变幻，或暗或亮，油的温润，金的熠熠，互相辉映，那是一个极富内涵的富丽世界。黄大师说："烧瓷一辈子，研制金油滴九年，才诞生第一件成功作品。"与很多技艺人不同，他将建盏艺术视作生命，他只把建盏当艺术品来做，他追求的是烧制出不逊于出自古建窑、如今藏之日本的国宝级的"油滴""曜变"来。黄大师教我们欣赏建盏：手拉坯，器形正，斑纹绝美……黄大师健谈，睿智，艺术范儿足够，我感觉他是为建盏艺术而生的。不知不觉两个小时已过去，我们作别黄大师时，夜已经深沉了。

……

或许，建盏的辉煌会再一次到来。

今宵酒醒何处：魏晋酒事断想

一

如果把夏禹时期一个叫仪狄的人酿造的第一壶酒作为中国酒的起源的话，那么，酒在华夏大地上至少走过了四千年的历史，一部酒史几乎逼近于华夏五千年的文明史。史籍《吕氏春秋》《战国策》最早有"仪狄作酒""昔者，帝女令仪狄作酒而美，进之禹，禹饮而甘之"的记载，是为中国酒起源的文字佐证。

无论独享美酒，还是把酒庆祝，无论借酒浇愁，还是因酒祸事，千百年来，酒总是与人们的日常生活和个体内心情感纠缠在一起。但是有一天，酒挣脱了自身的物质属性，逃离了兴奋的个体饮者，上升到一个前所未有的高度——即成为一个时代的群体风尚和生存哲学，成为一个时代的主题词，成为后人进入一个时代的精神通道，那么酒就不仅仅是酒了，那么这个时代也就不仅仅是一个庸常的时代了。

这个与酒结下不解之缘的时代，叫魏晋；因为喝酒纵歌，因为酒醉放浪，因为风流自赏，这个时代诞生了一个专有名词，叫魏晋风度。

历史，有时犹如一部勾魂摄魄的悲情影片，轻轻地落幕却沉沉地敲打在观众的心上。魏晋便是这样一部影片。鲁迅先生说，魏晋的天空"悲凉之雾，遍被华林"。悲情、悲凉——一个时代为什么会如此？两个字可以概括：乱、愁。

魏晋是指东汉政权瓦解之后，魏到两晋的时期，也就是公元 220 年到公元 420 年。短短 200 年，便有二十几个大小王朝交替兴灭，王朝频繁更替。有王朝更替，便有连绵不绝的战争，有战争便有死亡，有死亡，便有无尽的哀愁。历史学家说魏晋是中国历史上最动荡、最混乱、最黑暗的时期，这种说法一点儿都不夸张，可谓兵荒马乱、灾连祸接。

所以，在战乱、哀愁的现实土地上，魏晋天空笼罩着悲情、悲凉的云雾。

任何事物都有其两面性，任何一个极端都伴生另一个极端。战乱、哀愁的另一面是群雄并起、英雄主义行天下，悲情、悲凉的另一个极端是思想解放、个性张扬。时光总会暗淡哀愁，流年也会老去英雄，当一切走远之时，在魏晋时代夹缝间生存的士人文人们，却用自己的清谈、服药、饮酒等外在行为，成就了内在的率性至真、慷慨任气，追求绝对自由的"魏晋风度"。

魏晋过去将近 1600 年了，在今天，当人们重新回味那段缥缈如烟的历史时，战乱与哀愁的场景很难被再次想象，而心中留存的对"魏晋风度"向往的火焰总在默默燃烧——这向往，并非因为嗟叹当前现实对魏晋自由精神的缺失，仅仅是因为自身内心的某种朝圣；而这向往的火焰的燃烧，一定是因为那个时代，那些人物，那些清谈，那些药物，那些逸事，当然更重要的是那些酒，做了人们心中的助燃剂。

1800 年前，一切都曾鲜活地演绎着。

大约在公元 200 年左右，汉帝国大厦开始倾覆，作为国家学说的儒学日益僵化和教条，没有自我蜕变和提升，无法从精神和思想层面去解决国家危机，朝野上下很多人借仁义以行不义，借君臣之节以逞不臣之奸。人们突然发现，除了自身的生生死死之外，过去一直恪守的儒家道德、操守，统统都是假的，人们开始转向道家学派，开始仰慕内在于人的气质、才情、个性和风度。

于是，我们看到魏晋士人一个个粉墨登场：阮籍手持麈尾，宽衣大袖，嘴角露出讥世的微笑；山涛赤袒上身，抱膝而坐，背倚锦囊，双目前视，表情深沉；刘伶双手捧酒杯，回头作欲吐状，一位侍者手捧唾壶跪接……

他们奇装异服，我行我素，觥筹交错，困酣醉眼，他们毫不掩饰地炫耀自己的才华，他们从容应接明丽澄净的山水。一句话，他们向内发现了自我，向外发现了自然。为了亲近自然，彰显自我，酒成了他们抵达彼岸的载船，甚至大有"天子呼来不上船，自称臣是酒中仙"的盛唐气概了。酒，与这群人结下了妙不可言的缘分。

被文学史家称为"后英雄时代"的魏晋，英雄主义的冲动与对生死焦虑的超越，像划过空中的一条彩链，穿南北之史。一代枭雄曹孟德，无疑是这条彩链上最炫目的链珠。他"鞍马间为文，往往横槊赋诗"，气韵沉雄地吟咏道："对酒当歌，人生几何！譬如朝露，去日苦多。"酒，成为英雄渴求功业与嗟老叹岁的一种意向指归，成为英雄激情蔓延与自我爆发的"点火石"。

曹操这一吐纳建安风骨的吟咏，揭开了魏晋这一方酒窖的缸盖，从此芳香四溢……

二

其实，远在竹林诸贤之前，名士们就经常"尊（樽）中酒不空"了。

"建安七子"之首的孔融，生性好客，家中每日宾客盈门，但他时常慨叹道："坐上客恒满，尊（樽）中酒不空，吾无忧矣。"这口气就是说，家里酒水开销过大，时有"樽空"之愁，事实也是如此。恰好这年，战事频繁，加之农民收成紧缩，天荒兵饥，为了节省谷物，曹操颁布了禁酒令。

可这位"汉末孔府上"的"奇人"频繁上书，为饮酒辩护，且措辞激昂，明白指说："与其说是惜怜谷物，不如说是害怕自己失王为寇。"曹操说酒可以亡国，非禁不可。孔融又反对他，说也有以女人亡国的，何以不禁婚姻。积嫌成忌，孔融终落至枉状弃市。孔融后来虽然是被曹操加以"败伦乱理"的罪名而杀害的，但个中缘由谁又能说与这"酒辩"无关呢？

事实上，曹氏父子也是饮酒的。曹操《短歌行》言："何以解忧，唯有杜康"；曹植《箜篌引》言："置酒高殿上，亲交从我游……乐饮过三爵，缓带倾庶羞。"问题是我们无从知晓，曹氏父子颁布禁酒令时，自己是否以身作则，率先垂范？

魏晋饮酒之风的盛行虽然始于汉末，但酒真正成为名士们生活的全部或者说生活中最主要的部分，是在竹林诸贤出现之时。他们不仅酒的消耗量大，沉溺的情形甚深，而且流风所被，竞相效法，影响也是很大的。

阮籍作为竹林七贤的杰出人物和精神领袖，不拘礼法，谈玄饮酒，也是出了名的。阮籍母亲刚刚去世不久，一次在相国、晋公司马昭的座上，饮酒食肉，无所顾忌。司隶校尉何曾在坐，很看不惯阮籍的吃相，便对司马昭进言道："明公当今以孝道治理天下，而阮籍身居重丧，竟敢公然在明公座上饮酒食肉，于礼何有？此人宜遣之流放海外，以正天下风俗教化。"何曾与阮籍有过节，借礼法进谗言，看来何曾就不是什么好东西。

司马昭听了，不以为然道："阮嗣宗性本至孝，居丧毁顿如此，君不能与我共为他担忧，怎么还会说出这种话来呢？况且在居丧期间如果患有疾病是允许饮酒食肉的，这本就符合丧礼！"

阮籍好像没有听见何曾与司马昭的对话，饮酒食肉不停，神色闲定自若。

更令人叹为观止的是，阮籍一次请求任职步兵校尉，其理由是闻步兵"厨中有贮酒数百斛"，待厨中贮酒饮完，他也就自卷铺盖谢官逍遥去了。

酒本来是亲朋知己在筵席上为尽兴致的一种欢乐物，可是魏晋"饮君子"嗜酒的种种行径，却成了他们对抗虚假礼法的"隐身符"。魏晋易代之际，司马氏不敢强求大臣们尽忠，因为他就是篡夺曹魏的不义之徒，只敢要求大臣们尽孝。但如果真要以礼法正天下风俗教化，司马氏又是首犯。在一旁进谗的何曾也不是一个响当当的礼法之士。

阮籍之所以"饮酒食肉不停，神色闲定自若"，是因为他揣摸到了司马昭的这种心理劣势，以饮酒食肉的几分佯狂，故意与礼法对抗。《晋书》记载："魏末阮籍，嗜酒荒放，露头散发，裸袒箕踞。"更可看出阮籍对伪善的名教予以彻底的嘲弄、示威。

三

当然，我们要谈魏晋的酒文化，是无论如何绕不过这位醉乡的大师——刘伶的。

据说有一次，刘伶酒病发作，人渴得非常厉害，便向妻子讨酒来解渴。妻子见他饮酒病成这个样子，还索要酒饮，一气之下便把酒泼了，酒器也给砸了。妻子满面泪流地劝刘伶道："夫君你饮酒太过头了，不是摄生长命之道，一定要把酒戒掉！"

刘伶听后平静地说道："你说得很好。但我怕不能靠自己戒掉，最好是在鬼神面前发个戒酒的重誓方可，你快点儿替我把祭神的酒肉准备好。"

妻子听后，深为高兴，回答道："敬遵君命。"很快便在神前供奉好酒肉，请刘伶自己来神前对神发誓。刘伶恭敬地跪着道："上天降生我刘伶，因以喝酒为性命。一次喝它一斛酒，五斗喝尽方除病。妇道人家之言语，慎之又慎不可听。"祝誓过后，欣然喝酒食肉，颓然又入醉乡矣！

以好酒而与阮籍交厚的刘伶，采用哄骗的手腕骗了妻子一顿酒食，以解酒病，酒对于刘伶来说，俨然成了他生命的一部分。他很少写文章，但竟然写出了一篇《酒德颂》来颂扬酒之妙处，其中有云："止则操卮执觚，动则挈榼提壶，唯酒是务，焉知其余。"看来，刘伶对酒别有寄托。我们在《世说新语·任诞》篇中看到，"刘伶恒纵酒放达，或脱衣裸形在屋中，人见讥之。伶曰：'我以天地为栋宇，屋室为裈衣，诸君为何入我裈中'"。

当时的名教用一副伦理的僵壳把人性的自由禁锢起来，把有血有肉的人变成一种非人的伦理的抽象物。而阮籍、刘伶之辈用纵酒裸露的行为朝向礼法之士虚伪苍白的面孔，期图以个体的行为"越名教而任自然"。

酒之所以悲剧性地成为仕人们对抗礼法的工具，实质上，是社会情势所逼。当时政治腐化，社会混乱，道德沦丧，正如王瑶先生所说的，一个名士，一个士大夫只有两条路可走：一条是如何晏、夏侯玄似的为魏室来力挽颓残的局面，不成功便成仁；一条是如贾充、王沈似的为晋作佐命功臣，建立新贵的地位。这两条路，竹林诸人心知肚明，二者皆不可为，为了免于政治上的迫害而又遵从自由个性，只有韬晦沉湎于酒中，麻醉自己，终日酣畅，不问世事。

说到魏晋时期酒兼有远祸避害的功能，使人想起《晋书·阮籍传》所记载的一则趣事：当司马昭为其子司马炎求婚于阮籍之女时，阮籍不同意这门亲事，但直接拒绝又容易招来祸害。于是阮籍便大醉六十天，使司马昭一直没有开口的机会，只好作罢。

酒犹如一层烟雾，蒙住了司马氏的眼睛，虽然保全了阮籍等人的性命，但他们内心的痛苦却是无法言说的。纵酒是一种挥霍行为，既是挥霍对象酒，也是挥霍饮酒者自身，自我失去了对自身的控制，已意识不到自己的存在，自我被酒销蚀掉了。

从原始社会到今天，人们的一切活动，归根到底无不是为了争得更长久的生存时间与更广阔的生存空间，这大概也是人类心理世界中一种最基本的本能意识。在政治风云如此突变、价值体系如此荒废的魏晋，阮籍、刘伶哪里还能争得长久的生存时间和宽广的生存空间？渴求自由的理想如绚丽的泡影幻灭之后，剩下的只是对生命长短的焦虑和对主体缺失的懊恼。

四

刘伶去世约 100 年后，历史演进到晋宋变易的时候，中国文学史上出现了一位伟大的诗人，他就是陶渊明，田园诗的创始人。就所处的外在社会政治环境和内在思想境况,陶渊明与阮籍有相同之处,二人对酒的嗜好,也可算作知己。

顺带说一句,我在华中师大读书时,我的古代文学老师戴建业在业内素有"陶渊明研究专家"之称,他对陶渊明的解读让我至今记忆犹新,尤其让我沉醉的,是他对陶渊明饮酒的分析,他认为在魏晋饮者中只有陶渊明才深得酒中真趣,这真趣是,畅饮时的真性情与淡然生死的生命境界融为一体。我对陶渊明饮酒的看法均来自我的老师戴建业先生。

陶渊明自称"性嗜酒",他把酒抬高到了和自己生命等同的地位:"在世无所须,惟酒与长年。"生前他以"家贫不能常得"酒而遗憾,还断言自己死后也会因在世时"饮酒不得足"而抱恨。据说在彭泽做县令时,他将"公田悉令吏种秫,曰:'吾尝得醉于酒,足矣!'妻子固请种粳。乃使二顷五十亩种秫,五十为种粳"。

有人做过统计,他现存一百四十二篇诗文中,有近六十篇直接或间接涉及饮酒。难怪那位梁太子萧统说"有疑陶渊明诗篇篇有酒"了,虽说夸张了点儿,但也不无道理。

写到这里,我们不难发现,在孔融、阮籍、刘伶那里,酒只与他们的生活发生了关系,他们饮酒所得的境界只能见于他们放纵任达的行为,虽然这种行为会影响到诗文,但毕竟是间接的。而陶渊明却把酒和诗直接联系起来了,酒中有诗,诗中有酒,酒不仅成了他艺术生命的催化液,而且成了他艺术创作的题材之一。我只想掬取他诗歌创作大海中的一抹浪花:"忽与一觞酒,日夕欢相持","虽无挥金事,浊酒聊可恃","愿君取吾言，得酒莫苟辞"……

陶渊明饮酒与阮籍、刘伶等饮客是有所不同的。陶著《五柳先生传》中有这样一节："性嗜酒，家贫不能常得。亲旧知其如所，或置酒而招之。造饮辄尽，期在必醉。既醉而退，曾不吝情去留。"

陶渊明饮、醉、去、留的行为绝不是对自己思想和感情的掩饰，而恰好是自己生命真性的坦露与揭示，从内心到外表都晶莹剔透，有如山涧透明无碍的清泉，他的饮酒就不同于阮籍、刘伶辈饮酒时的烦躁与荒放。陶渊明从内心到外表所抵达的澄明之境，是以对生命的豁达为前提的，也就是说陶渊明的饮酒已经超越了对生死的恐惧和焦虑了，他从酒与诗融结的艺术生命中，统一了生存的自由时间与广阔空间，抵达到无我无旁的境界。

我们不禁会问，魏晋酒事到陶渊明这里，为什么会变得如此平静而悠远无穷呢？鲁迅先生为我们做了精妙的解释，鲁迅先生说："再至晋末，乱也看惯了，篡也看惯了，文章便更和平。代表平和的文章的人有陶潜。他的态度是随便饮酒，乞食，高兴的时候就谈论和作文章，无尤无怨。……他的态度是不容易学的，他非常之穷，而心里很平静。家常无米，就去向人家门口求乞。他穷到有客来见，连鞋也没有，那客人给他从家丁取鞋给他，他便伸了足穿上了。虽然如此，他却毫不为意，还是'采菊东篱下，悠然见南山'。"

毫无疑问，魏晋酒文化，发展到陶渊明这里，渐进至极，掀起了整个中国酒文化的第一个高潮。

　　一个"后英雄"竞逐的时代，诞生了一群令人咀嚼不尽的奇人，隐匿了一方深埋 1600 年的酒窖，这——就是魏晋。

在霍童遇见三个人

　　在霍童睡懒觉或者早睡觉，都是说不过去的。我的意思是说，作为一个想远离尘嚣、暂别城市的旅行者，我们慕名来到霍童——宁德西北部一座溪边的古典小镇——把大把的光阴花在睡梦中是不是有些得不偿失？

　　从清晨到正午，从正午到黄昏，从黄昏到入夜，霍童无时不美，无时不风情。晨有风雾，午有清阳，黄昏寥阔，入夜宁静。至于说溪水清流、远山灵动，那是无处不在的恒久；至于说庙宇里的佛光、道观里的仙气，以及黄氏先祖开基立业的田园烟火，那是霍童千百年来生生繁衍的文化气息。我们行走于狭长古旧的石板老街上，明清古居、各式铺子相对而出，当年繁华依稀可见，不承想，二楼的木格窗扇"吱呀"推开，一张年轻生动的笑脸探了出来，我以为，这是霍童为我们这群闯入者献上的最美好的欢迎词。

没错儿，我们是一群闯入者。

我们无法像霍童的先祖那般笃定，看中了这处世外桃源，放下行囊、放下漂泊之心便"结庐而居"——留下，不走啦！这个决定似乎很难，我们是一群患上了现代依赖症又无时无刻不在寻求逃离现代的"可怜虫"，古老、安宁、朴素的霍童对我们来说，是一个传说般的吸引，是医治我们现代依赖症的一方良药，尽管这座藏之山中小平原的古镇，离浮华离喧嚣不远——距宁德50公里，距福州160公里——但我们不可能生根于此，我们依然会离开，这是一个现代依赖症患者的宿命——逃离、返回，再逃离、再返回。

像无数来了又走了的人一样，我们只是霍童匆匆的过客，正因为如此，我们的闯入，才显得"鲁莽与贪婪"，我们怎么能像霍童的主人那般悠然自得，把大把的光阴花在睡梦中呢？我们得惜时如金、争分夺秒，从清晨到正午，从正午到黄昏，从黄昏到入夜，游走于霍童的山山水水、古居庙观之间，实施一个闯入者的"掠夺"——把霍童干净的空气吸到肺里；把霍童清幽的山水摄入眼中；把霍童传奇的历史听入耳中；把霍童香甜的吃食吃到胃里；把霍童的佛光仙气藏之心中；把……

总之，把霍童的一切收入梦中，只是这梦不做在夜里，而做在白昼，做在"游走"里，即所谓的白日梦吧。据说，唐代著名道士司马承祯在霍童修真炼丹，每日静坐于霍童溪边，物我两忘，与道冥一，在跨鹤成仙腾飞之际，留下"坐忘"二字。何为坐忘呢？无论多少种阐释，我以为进入梦境是其本质吧，司马承祯坐忘于霍童，目的是渴求成仙；我们游走于霍童，被霍童征服，为一个平心静气的所在而惊叹，其状如入梦境一般，如真似幻，也算一种坐忘吧。

我不得不承认，在短暂的霍童之行中，我仿佛被霍童的山川烟云和佛光仙气所笼罩，所推搡，进入一种坐忘的境界，脚步虽踏在霍童的土地上，心思却穿行在霍童那久远得近乎虚无缥缈的隋朝、盛唐与当下之间。

法国哲学家蒙田说，强劲的事实产生想象。霍童虽小，但它的名声够大：中国道教圣地，东南道教发祥地；地位比肩五台、峨眉、普陀、九华四大名山的支提佛国；堪称奇观的"隧道水利"工程；经典的古村落建筑以及天工妙成的自然景观；等等。如此非同凡响的前世，总是将我们带入霍童深邃的历史河流之中，想象便如这河流中的一叶扁舟，载着我们驶入往昔霍童的每一个故事和每一个故事背后的秘密里。

在这里，霍童的前世与今身如此紧密地融合在一起，我——一个莽撞的外来者，有幸遇见了对霍童产生深远意义的三人——我心中他们是霍童的"形象代言人"，少了他们，霍童便失去了一半魅力，他们是：在霍童开基立业的黄鞠、将霍童介绍给天下的著名道人司马承祯，以及那位让人难忘霍童美丽的神秘的"睡美人"。与他们交谈，向他们请教，1500年的时间和空间，因而变成须臾之际，近在咫尺，又远在天涯。

我们抵达黄鞠故里时，秋日午后的阳光正从霍童山脉那边照射过来，阴影与光亮分割了我们的视野，建筑物在阴影里，我们被光亮覆盖。黄鞠故里在石桥村，石桥村在霍童镇西，与古镇毗连。牌坊前有一条水渠流经，渠中溪水汩汩流过，水渠连着栽种甘蔗的田地，几个庄稼汉正在收甘蔗，今年甘蔗丰收，根根都有小孩的手腕粗。黄鞠故居名"龙首堂"，几经重建，是一幢留有唐、明风格的大堂毗连三殿的建筑。

我推开"龙首堂"的红漆木门，走进去，黄鞠大人正襟危坐在大堂里。

"小伙子，"黄鞠大人对我说，"恭喜你，你是跨进这道门槛的第十万个客人。"

"我很荣幸，"我说，"黄大人，我不是小伙子，我都四十了。"

黄大人说："四十？我都忘记我多少岁了，大概 1440 多岁吧。"

黄大人被午后的阴影笼罩，阳光落在我身上，我看不清他的表情。

"黄大人，"我说，"进门前，我看到牌坊前有条沟渠，溪水汩汩流过，灌溉田地，今年甘蔗丰收，老百姓都感念您，说这条沟渠还是您当年的手笔呢？"

黄大人说："是的，没想到一千多年了，这些沟渠还在发挥作用。"

"黄大人，今人把您看作中国隧道水利工程第一人，并总结了您的丰功伟绩：斩断'龙腰'山脉，兴修霍童溪南岸水利；开凿'度泉度'，灌溉备案千顷良田；构建防洪体系。我有一事想问，您怎么这么精通水利？对水利建设怎么这么上心呢？"

"小伙子，你问得好，世间的事情总是有个来龙和去脉的。"黄大人调整了一下坐姿，接着说，"说起我所在的隋朝，人们首先想到的是隋炀帝的荒淫和这个王朝的短命，前后三十七年，当然人们还会想到一项显赫的成就：开凿大运河。开凿贯通南北大运河花了六年时间，你想想，有多少官员参与其中啊。可以这么说，在隋朝要把官做好，你得是水利专家，工程项目规划、管理专家，是能工巧匠，因为这是天字一号工程。我公元615年来到霍童，那时大运河已经贯通，虽说我是专向皇帝提意见的官员，水利我当然也懂一些啦。来霍童要生存，就要兴修水利了，说对水利建设上心，也算是'专业对口'了。"

"原来如此。"我又问，"您当年斩断'龙腰'时受到阻力，但您表态掷地有声，'只要能发万家香火，不问代代官贵'。您相信斩断'龙腰'就会'斩断代代官贵'的说法吗？"

"这种说法，我是相信又不相信，我相信有风水之说，顺应风水，是对上天的敬畏，但我又不相信，我有些倔强，因为我从心底厌倦了乌烟瘴气的官宦仕途，代代不问官贵也没什么。"

"据说，您黄氏后代只出过一县丞，还真没有当什么大官的了。"

黄大人哈哈一笑，说："这倒没什么了，百姓安居乐业比什么都重要，说起来，我有一些感伤的，要数对不住我的两个女儿丹鸾、碧凤了，她们为修水渠，终身未嫁。"

　　我转过头，在"龙首堂"的斜对面有一座"姑婆庙"，就是为纪念黄大人的两个姑娘而建的。因为丹鸾、碧凤从女儿家变成了姑妈，又从姑妈变成了姑婆，故称。

　　"黄大人，我还有一个疑问，开凿隧洞的方法是您首创的吗？"

　　黄大人说："将柴火放在岩石上烧，高温时泼冷水，岩石在冷热中爆裂的工艺，并不是我首创，是公元前251年，蜀郡守李冰在兴建都江堰时发明的。"

　　"哦，明白了。黄大人，时间不早了，在下告辞。"我向黄大人拱手作别。

　　"再见，小伙子。"黄大人说。

　　"我不是小伙子，我都四十了，黄大人。"我说。

　　黄鞠生于公元567年，河南固始县人，担任过隋朝谏议大夫，因不满隋炀帝的暴虐，举家难逃至霍童。据说他是有史料记载的闽东最早的一位文化名人。

　　出黄鞠故里，顺104国道南行不远，来到霍童山大童峰"鹤头岩"山麓，福建省最早的道教宫观鹤林宫位于此处。黄昏降临，晚霞映红的天空慢慢暗淡下来。鹤林宫嵌在绿色山腰上，飞檐翘角，黑瓦红墙，如一幅静穆的画。我们一行顺着坡道上行往鹤林宫，我落在队伍最后。

　　"年轻人。"一个声音从身后传来。我扭过头，是司马承祯，唐朝著名道士，道教上清派第十二代宗师。他手执拂尘，宽衣大袖，行走无声。我停下来等候，与司马道士同行。

　　"司马炼师，见到您很荣幸。"我说，"一路走来，看到霍童山下十几座宫观寺庙隐现林中，分次排开，仙踪历历，真是奇观啊。"

司马道士说："霍童多神仙洞府，必多仙真道士，唐时更是如此，镇上旅馆客满为患，唐大中年间，一位叫马湘的仙人只得挂梁而睡、贴墙而睡。来此云游和修炼的神仙太多了，霍童山还曾一度改为'仙游山'呢。"

我抬头看了看不远处的鹤林宫，对司马道士说："霍童山以及鹤林宫声名远播天下，您起了非常重要的作用啊。"

司马道士说："年轻人过奖。霍童声名远播不是一己之力能完成的，是几代仙人道长共创的结果，我呢，只不过在我的《天地宫府图》一书中较为明确地记载了霍童山是道教三十六洞天之首，为后世留下一份证据。"

我问："霍童山为什么能排三十六洞天之首呢？"

司马道士说："有些事情是无法真正说清楚的，偶然的缘起和漫长时日的累积会成就一地名声，当然，霍童山为第一洞天大致有这样几个原因：一是自然环境独特，山岩洞壑众多，有灵泉圣水，药用资源丰富；二是曾为左慈、葛玄等高道修真之地；三是霍童山在道教典籍中有崇高地位；四是霍童山是我修真并深为向往之地。"

我说："不管怎么说，您'重定山川诸神'，让霍童山有幸享有了一千多年的尊崇，直至今天，'霍童洞天——中国道教三十六洞天之首'成为霍童最响亮的广告语。"

司马道士若有所思，没说什么。

我又问："我们眼前的鹤林宫，是霍童洞天的最大宫观，传说您是在这里修炼成仙，驾鹤升天的？"

司马道士说："我要更正一点，我在霍童山炼丹的地点也不在鹤林宫，而是在香炉峰（升仙峰）左边的炼丹岩一带。鹤林宫当时的确是这里最大的宫观，最初的鹤林宫是南北朝道教繁荣的产物，它的兴建和以'鹤林'命名与一个叫褚伯玉的道士有关。"

我说："司马炼师，'坐忘'是我非常喜欢的一个词，坐在那里忘了，忘了什么呢？您说'内不觉其一身，外不知乎宇宙，与道冥一，万虑皆遗'，这个词的内部有无限的空间，尽人去遨游。我想问您的是，修道成仙本是一种感觉、境界，但您提出了量化的'五渐门'过程，即斋戒（浴身洁心）、安处（深居静室）、存想（收心复性）、坐忘（遗形忘我）、神解（万法通神），这个具有实际操作性吗？"

司马道士说："年轻人，当你提出这个问题时，就说明你的心不静，你的烦忧太多，用你们的话说是患上了现代依赖症，其实修道成仙，并非说变成一股气一阵烟，神神叨叨地飞升到天上去了，而是'遂我自然''修我虚气'，让人平心静气，烦忧全无的，修道是可以治疗你们的现代依赖症的。"

"司马炼师，"我说，"我好像突然懂了，您的修道'五渐门'既可操作也是感觉，既是过程也是结果，既是拿起也是放下，既是大有也是大无……"

"年轻人，"司马道士说，"这就是所谓的道。"

天完全黑下来，夜幕垂下，鸟啼虫鸣、星星月亮还没开始夜的舞台表演，山风吹来，有一丝凉意，已是深秋了。我们的车驶离鹤林宫，霍童山渐渐远去，倚着车窗望去，白天大大小小的峰峦不见了，而一个巨大的山形的影子在黑暗中凸显出来，有人说这就是睡美人山。她的确很美，挺胸仰躺，脸庞圆润秀美，一副娴静安详的样子。她就这样躺了千百亿万年，霍童也因她美了千百亿万年。

在霍童睡懒觉的确说不过去，第二天早餐后我们就要离开霍童，我特意起了个大早，我想看看晨曦中的睡美人。当我寻找昨晚目睹睡美人的位置时，奇迹出现了，我觉得只要你愿意想象，好多座山都是睡美人，她们表情不一，姿态不同，但都很美。

我愿意相信，睡美人就是霍童的象征，霍童很美，她古朴、安静、清幽。睡美人是我在霍童遇见的第三个人，虽然我们没有说一句话，这也够了，一切尽在不言中。

九曲的溪，武夷的茶

在武夷山旅行，与您见面次数最多的一个字，一定是"茶"字。岩茶、茶厂、茶馆、茶楼、茶山、茶园、茶香、茶叶店、喝茶、制茶、斗茶、茶村、茶饼、茶点、茶旅、茶农、茶经，等等，等等。所经之途，所到之处，各种标牌、指示仿佛要穷尽与茶相关的词汇。

当然，这没什么值得大惊小怪的，因为这里是茶的世界，茶的天堂。山上山下，满眼茶园，一垄垄一畦畦，翠屏层叠，美不胜收；村边镇头，随处可见制茶厂，大小不一，规模不等，小到一处民居，大到成片厂房，厂子不分大小，茶香总是浓郁；闹市街尾，茶楼茶馆林立，三五茶客围坐，喝茶说茶买茶，热闹中藏着静雅，专注中透着斯文。

武夷岩茶是让人迷恋的。剪开一小泡倒入茶碗，焙黑的茶卧于瓷白的碗中，盖上盖儿握在掌中轻轻摇一摇，沉睡的茶醒来，冲入滚烫的山泉，片刻之后将茶倒入茶杯，汤色醇厚金黄，水汽氤氲之中，浓郁的花香弥漫开来，热热的一口入喉，此刻，武夷岩茶独有的、神秘莫测又让人沉醉的"岩骨花香"便进入我们的感官世界，让人回味，再回味。武夷岩茶，岩韵贯穿始终，花香千变万化，有兰花香、桂花香、蜜桃香……；武夷岩茶品种繁多，号称"一岩一茶"，著名的有大红袍、白鸡冠、铁罗汉、水金龟、肉桂、水仙……正因为武夷岩茶的丰富、变化以及独一种地域特有而难以言说的"韵"，让武夷岩茶如法国葡萄酒那般，有了一份追之不尽、求之偶得的"美"。

这不是山水绝美的武夷山，不是闽越古国的武夷山，也不是朱熹柳永的武夷山，我所说的，是茶的武夷山，是大红袍的武夷山，是金骏眉的武夷山。武夷山成就了茶，茶也塑造了武夷山。不曾喝茶，因了美景而首次来武夷山的人，回去也成了茶客；成了茶客的人，因眷念武夷山的茶，而一次次来武夷山。

千年儒释道，万古山水茶。这是武夷山山、水、茶的一句经典广告语。还有一问话叫，"天下岩茶数武夷，武夷岩茶数星村"。这不是一句广告语，也不是大话，是实情。

我们去星村访武夷茶。九曲尽头是星村。星村是武夷山市的一个古镇，地处武夷山世界自然与文化"双遗地"核心区域，您来武夷山，坐竹筏漂流九曲溪是不可少的精华项目，竹筏码头所在的地方就是星村镇，九曲溪源头即此。朱熹有诗云："九曲将穷眼豁然，桑麻雨露见平川。"说星村这地方桑麻蔽野，良田美池，是好地方。离竹筏码头不远的星村公园里，有一块花岗岩大石，上面刻有福建茶叶泰斗张天福先生题写的"武夷岩茶第一镇"几个遒劲有力的大字。

我们下榻的酒店位于九曲溪畔的星村黄花岭，酒店旁边有一座供奉海神妈祖的宫庙——天上宫，意为妈祖的天上行宫。天上宫是仿宫殿建筑，像一艘巨大的行船，正面是恢宏精致的砖砌牌楼式门面。天上宫实为"闽南汀州会馆"，是明清时期，漳、泉、厦等沿海一带商人及闽西汀州客家人，为方便在星村进行茶叶贸易而兴建的活动场所，同时供奉妈祖保佑茶叶行船顺利。当年，像天上宫这样的茶叶会馆遍布星村，有的规模是天上宫的十多倍，如今只剩下这座古老的天上宫见证着当年星村茶叶交易的繁盛。

早在宋朝，星村茶业就已兴盛。至明清，星村茶市独领全国风骚，所出砖茶达全国砖茶的四分之一。尤其是星村创出的小种红茶和乌龙茶，倍受青睐。每逢茶季开始，全国的茶商便云集星村，星村成为武夷岩茶的集散地。一条从星村、武夷赤石过风水关，经江西至蒙古边境，辗转到恰克图城的茶叶国际茶路由此形成，史称"茶叶之路"。不仅如此，当时武夷岩茶的"摊、摇，先炒后焙"的制作工艺也是最先进的，"武夷焙法实甲天下"，很多周边地区的茶叶商人将茶叶运到星村再精加工，茶叶品质提升卖出更高价钱，所以一句话在商人和茶农间广泛流传开来："药不到樟树不灵，茶不到星村不香。"

我在星村镇文化馆见过一张拍摄于1880年的星村九曲溪茶叶交易场景的照片：黑压压的人群聚集于九曲溪边，有人站有人坐有人弓着身子，装满茶叶的袋子立在旁边，交易场面热闹非凡；茶市之上的路边是一排黑瓦房，更远处是武夷连绵的山脉。这张照片在九曲溪对岸拍摄，当我们今天来到拍摄点时，可以看到，当年的茶市没了，变成了九曲溪竹筏码头，而远处的山峦还是和当年的模样一样没有变化，峰还是那座峰，坡也还是那个坡。时间会改变许多，也会保留许多。

去年此时，受武夷山小说家胡增官邀约，我到星村观摩连续举办了九届的星村茶王赛。我不懂茶，除了蹭茶喝外，主要来看热闹。增官懂茶，浸润武夷山三十年，成为武夷岩茶的"铁杆"广告者——正写一部以武夷岩茶为题材的长篇小说。茶王赛地址设在离星村古茶市不远的一处广场上，我们抵达时，现场彩旗飘扬，人声鼎沸，过节一般热闹。上百张茶桌摆成流水茶席，找空位落座，赛事开始。白瓷盖碗一字排开，匿名标号的茶样送来，每样茶分几轮冲泡，不同人从汤色、香气、滋味、叶底等几方面评判，填在一张评审表上。大红袍、肉桂、红茶……茶样不停送来，我肚子都喝圆滚了，增官笑话我傻，说评茶不是品茶，每样喝一点儿就行。我们是大众评审员，评审没那么规范，但增官还是煞有介事地填写评审单。真正的茶王要等专家们评审出来，我们还有其他行程便先行离开了，没有等到那届茶王诞生。

今年星村茶王赛前夕我又来了，但我再也无法见到增官，他几个月前因病离世了。我很伤感，每次到武夷山见到的第一张笑脸只能在记忆中了，武夷山的茶依然韵香，增官的那部茶小说终究没能完成。

　　今天盛行的茶王赛源于古代的斗茶，又叫茗战、点茶或点试，是古代审评茶叶品质优次的一种茶事活动。斗茶最早兴起于唐朝，盛行于宋代贡茶之乡的建州北苑龙焙和武夷山茶区。宋代茶人、著名文学家范仲淹《和章岷从事斗茶歌》生动描述了当时武夷茶区的斗茶场面："北苑将期献天子，林下雄豪先斗美。鼎磨云外首山铜，瓶携江上中泠水。黄金碾畔绿尘飞，碧玉瓯中翠涛起"，"胜若登仙不可攀，输同降将无穷耻。吁嗟天产石上英，论功不愧阶前冥"。宋代斗茶是在贡茶中评选"上品龙茶"，能夺取斗品桂冠是无上荣耀。"武夷御茶园"在元代创立，武夷石乳茶便是通过"斗茶"成为龙凤茶贡品。清末民初，斗茶逐渐发展为各类名茶的茶王赛，形式多样，规模大小不一。

　　深秋的武夷山让我留恋、沉醉，大地静谧，天空澄明，万物集聚满能量开始等待。此刻虽不是武夷山采茶制茶的火热时节，但坐在一处安静的茶室，喝一杯茶，看窗外蜿蜒盘旋的茶园，你会有新的发现：清晨的茶叶被白雾笼罩，它们是雪白色的，中午阳光灿烂，它们闪亮着银光，如一万把刀子在晃，到了傍晚，满山尽带黄金甲……我不禁怀疑，茶树上的叶子，它们是翠绿欲滴的吗？

白茶之魅

　　喝茶多年，我发现两个小现象：一是真正喝过好茶的人不轻易对茶做好坏判断；二是真正懂茶的人不轻易对茶高谈阔论，也不把茶说得玄之又玄。前者有见识，知道山外有山，懂得"茶好无尽、茶坏无估"的道理，这是对茶怀有爱意的表现；后者有体验，有感受，懂得茶的深浅与微妙，"辩不如默，道不可闻"，在乎感觉胜过阔论，这是对茶怀有敬意的表现。一爱一敬，不张不扬，要说品茶就是品人生、品生活，莫不如此，里边有小道有大理。

　　我也见识过一些人，没喝过几杯真正好茶，对茶似懂非懂模棱两可，喝茶时却爱做两件事，要么武断地判定哪样茶好哪样茶坏，要么玄之又玄地大谈特谈所谓的茶文化。我等酸溜小文人，曾经是这类人，今天想来脸会发烫，为自己的浅薄和虚妄。

　　哪些人是喝过好茶和懂茶的呢？日日浸润于茶的江湖里的那些人：做茶的、卖茶的以及老茶客。机缘巧合，我与几位茶中高人坐在一起喝过几杯茶，他们说茶、待茶、喝茶的见解和姿态，就如一杯清芬醇厚的好茶，滋养我对茶对人的看法。比如，武夷山的老刘，50岁上下，武夷岩茶制作技艺传承人，圈内称"三流（刘）人做一流茶"，老刘是其中之一。一圈人热闹地喝茶说茶，老刘憨厚笑着点头，喝每一杯茶都很开心的样子，少有评价茶，偶有插话，说说天气、手感、揉捻的力度与茶的关系，说到做茶，老刘说："只有从内心里喜欢茶的人才能做好茶，从一点可以看出是不是真喜欢，茶坊里一片茶叶落到了地上，真心喜欢茶的，会弯腰捡起来，很多人视而不见，以为一片叶子而已，这样的人做不好茶。"低调、宽厚、爱茶，老刘走到街上，绝对看不出是制茶高人。

　　生活中，每一样茶都有自己的"粉丝"——有人喜好岩茶，有人爱绿茶，有人喜好铁观音，有人爱工夫红茶，这是因为每一样茶都有自己的魂魄，这魂魄会勾人，勾人的嗅觉、味觉、感觉，到最后勾人的心，让你想着她，念着她。大诗人苏轼说"从来佳茗似佳人"，那我就来描述一下我心中的"佳茗"与"佳人"，看看是否合您心意？武夷岩茶的魂魄是岩骨花香，岩韵贯穿始终，花香千变万化，所以它有力道，丰富，好似个性丰富的女汉子。安溪铁观音的魂魄是香高味醇，"七泡有余香"，它的香征服了半个中国，如风情万种的女子。政和红茶色美味甘，似美丽羞涩的新娘；大田东方美人果香蜜味浓，似丰腴韵致的少妇；福州茉莉花茶鲜香味沉，如淡雅清香的小姑娘；平和白芽奇兰兰香味厚，似练达精干的职场女……那么，政和白茶呢？

我以为，政和白茶的魂魄是甘冽清甜，内质饱满，似清水芙蓉的少女。

七年前去到美丽的闽北小城政和，那时时兴政和工夫红茶，说的访的喝的都是红茶——就是那种150多年前大量远销到欧美、风靡小半个地球的政和工夫茶。很快我喜欢上了政和红茶，被它诱人的红和甘甜的滋味征服。不久前再至政和，小城依然美丽，溪水清澈，山峦翠绿，但政和红茶似乎受冷落了，说的访的喝的换成了政和白茶。我怀疑茶客都是朝三暮四郎，时兴什么追什么。当然，喝茶本就是潮流，这几年时兴这种，那几年时兴那种，来来回回，循环往复，也算切合人性。

红茶和白茶是政和茶的"双子星"，闪耀于政和或澄明或幽暗的茶史天空。与政和红茶相比，政和白茶的名声更为庞大，有两件事可以证明，一是政和之县名是白茶换来的。900多年前，即1115年，宋徽宗政和五年，政和白茶的极品——白毫银针跨越万水千山作为贡茶来到京城，来到皇帝宋徽宗的案前，皇帝喝后，"喜动龙颜"，一高兴将自己的年号赐予产白茶的关隶县，关隶县因此获名政和县，沿用至今。二是政和白茶出名很早。早在宋代政和白茶地位就很高了，备受推崇，很多茶比不上这一点。宋徽宗不仅是宋帝国皇帝，还是一名地道的茶叶专家，他在他的《大观茶论》中专辟一章来论述白茶，肯定白茶的地位，称"白茶自为一种，与常茶不同"，"如玉之在璞，它无与伦比也"。文士们也将最美的诗歌献给政和白茶，誉为"北苑灵芽天下精"。政和白茶在清朝中期迎来外销高潮，大量出口德国、美国。

这都是陈年往事了。白了一千年的政和白茶，在今天依然如阳春白雪那般光亮照人，依然征服着一代代新老茶客。我以为，对一种茶的认知程度取决于喝到好茶的概率和对茶的敏感度。有人问古玩专家王世襄先生，怎样才能弄懂海南黄花梨？王先生说每天抚玩它。同理，只有常喝到好茶才有可能懂茶。而喝到好茶与做出好茶之间，又隔着多少山迢迢路迢迢呢？你看，做出一款好茶，要综合多少偶然和必然因素，而要喝到那款好茶，得多少机缘巧合它才能摆到你面前？所以说还是那个俗字：缘。

如果没有初秋之夜的政和瑞茗茶厂之行，如果库房里没有遗漏几泡三年白牡丹，如果没有喝到这几泡堪称极品的白茶，我想我对政和白茶仍会存有偏见：好是好，但还没有好到成为我脑海中的白茶教科书。白牡丹并没有白毫银针那般仙气十足，满披白毫，如月下之雪，白牡丹茶芽披毫，叶部灰绿，视觉上并不出彩。当滚烫的泉水注入，茶叶在盖碗里翻几个跟斗，芽和叶渐渐苏醒过来，一股清亮之香随水汽氤氲开来，喝一口，清甜甘美，再喝一口，无法道明的花香果香长留唇齿之间，回味绵绵。我从未感受到白茶如此醇厚的花果内质，这一次体验颠覆了我记忆里的白茶滋味，这是一款真正好的白牡丹，它再一次启蒙和升华了我对白茶的认知。

这一奇妙感受，让我这个外行不得不好奇地追问：漂亮可爱的白毫来自哪里？一片树叶为何有如此魔力让水变得这般甘冽清甜并饱含奇妙的花果香味？问题看似简单，实则复杂，或许只有深谙其道的制茶师才能回答，因为这是他们在天地与自然、历史与经验、科学与运气之间博弈之后追求和成就的白茶之味。政和的杨扬女士，是茶叶专家，制茶喝茶的功夫一流，我向她请教，她总能解我之惑。白茶的白毫，是茶青芽叶上的茸毛在失去水分后形成的，嫩度高的茶才有，随着茶叶粗老，茸毛渐失。奇妙的花果香一部分来自毫香，经过发酵转化之后呈现出来。她说白茶是所有茶中，是最接近自然的茶类，萎凋时间最长的，采摘后只经过晾晒或文火烘焙干燥，借助自然和轻微的人为力量，完成自然之物到人间风物的转化。

专家一席话，胜喝两年茶。那么，在技艺与感觉之间，在朴素沉默的制茶师与光鲜善谈的品赏者之间，是否隔着一条叫文化的河流？这条河流究竟是制造了二者之间的藩篱，还是以流动的张力成就着彼此？似乎一时难以廓清。常有人说，茶叶离开文化就是一片树叶。也有人说，给我一杯没有文化的茶。制茶师奔波于茶园、茶厂之间，对风雨、温度、湿度有着偏执的看重，做出一泡好茶成为职业追求；品赏者徜徉于书页、茶叶店之间，对历史、故事、古诗文中模糊的饮茶感受情有独钟，企图描述一泡有着文化味道的好茶。制茶师不断地劳作，茶季时夜以继日；品赏者不停地阐释，还以文字的方式面世。尽管这两种形象——沉默的劳作者和舌灿莲花的言说者——交错不停地出现在我的脑海中，我依然愿以融汇的姿态看待他们，或许技艺者淌过那条文化的河流即可抵达品赏者的岸边，品赏者抖落身上的文化水滴终将归于技艺的边界。

　　政和白茶在看似简约实则不简单的技艺中，保存了品赏的本真与原味，它是这个复杂时代的一款简约味道，它身上的三种魅力让我无法拒绝。一魅为"白"，绿叶素裹，白毫历历，如月下之雪绒花，洁净而可爱。二魅为"灵"，白茶有灵气，有灵芽、灵草之称谓，表现为茶叶之鲜纯，之澄澈，有清甜之味。三魅为"韵"，花果香韵清晰，回味难尽。

　　不说了，那就喝一杯去吧。

与铁观音为邻

一

是否可以这么认为：与山为邻，人会变得沉稳、包容，故为仁者之乐，仁者，仁德、宽厚之人也；与水为邻，人会变得澄明、活泼，故为智者之乐，智者，聪明、智慧之人也；那么，与茶为邻呢？人会变得超然、内敛，故为道者之乐，道者，超脱、崇尚草木之人也。

这样说或许有些虚妄，有些生硬的简单。但我们静下来想一想，想想我们记忆中那些与山为伴、与水为邻的人们，无论古人今人，名士凡夫，你会发现他们的品性里一定融有山的沉稳包容、水的澄明灵动之气，比如"性本爱丘山"的陶渊明就有仁厚坚韧之德；比如从湘西沅水走出的沈从文，文字和生命无不氤氲着水的灵性。我相信，当我们与某物长时间或一辈子相伴为邻，此物一定会以某种方式存于我们的身体和品性之中，这或许是所谓的物我相融、物我两忘之境界吧。邻，既有接近、亲密之意，也有某种生存方式选择的哲学意味。

如果能与山、水、茶同时为邻，当然是人生之大境也。有这样的人吗？有的，唐代人陆羽。陆羽隐湖州妙喜寺，居杼山，侍泉水，煮新茶，日日与山、水、茶为邻，析茶之术，悟茶之道，写出天下第一部茶叶专著《茶经》来。陆羽为茶立传，能传之千秋，大概是仁、智、道融合的力量所致。

二

那么，在茶乡安溪，那些日日与铁观音为邻的人们呢？他们或种茶，或制茶，或说茶，或卖茶——饮茶自不必说——日日与铁观音摸爬滚打在一起，茶在他们身上和心里烙下了什么印迹？他们对茶有怎样的感觉和领悟？初夏时节，安溪之行，为这既虚且实的问题，我似乎寻到了答案。

虎邱镇仙景村，离安溪县城30来公里，山势起伏，茶园遍野，在一座清末古大厝，我们体验铁观音的手工制作工艺。采摘、晒青、凉青、摇青、炒青、揉捻、初烘、包揉、复烘、复包揉、烘干。在这道繁复得近乎神圣般的工序中，手工的力量与人的思维自始至终与茶叶发生着无言的对话——晒青的温度湿度、炒青的速度火候、烘焙的时间等等，无不在意、讲究。一泡乌润肥壮、香馥味醇的铁观音的出现，总在可控与不可控之间、可知与不可知之间，被宿命般的命运牵引，那"结实沉重似铁，外形美如观音"的铁观音因此被涂抹上一层神秘色彩。

带领我们体验制茶的是林老伯。林老伯一辈子做茶，劳其筋骨、炼其心智的做茶生涯让他拥有了与其古稀年岁不匹配的健硕身体和俊朗精神。林老伯安静而不失热情，摇青、包揉……像玩儿一样，而我们，认真而卖力地学着他的样子，还是做不顺溜。事实往往是这样，师傅做事总是看上去漫不经心，如玩儿，而徒弟总是一副认真、谨慎的样子，这叫作修炼。我问林老伯："怎样才能做出好茶来？"林老伯黑红的脸庞上漾出笑意，道："这个可不好说，嗯——如果要说的话，在于三个因素：天、地、人，缺一不可哦。"我点点头，装着懂了。

茶来自草木，种植、采摘、制作，遵循天、地、人合一的自然之道。种茶，关乎天文与气象，土壤及周边环境，在彼此的对话中，茶农默默观察茶树的生长。制茶过程中，关注茶叶瞬息万变的转化，读懂茶叶的表情和它无声的语言，人与茶互动。其间的妙道不可言说，这也是为什么茶客们为一泡好茶愿越千里、掷千金而追寻它的原因了。人在草木间，日复一日，年复一年，便有了尊崇自然、敬畏自然的超脱之"道"。可以说，每一个茶人都是自然之"道者"。

林老伯平静地告诉我，他做出的好茶，在茶王赛上得过头奖。

三

我们中国人向来有认祖归宗、慎终追远的传统，说到铁观音，在安溪有一地不能不提到：西坪。对中国乃至世界茶叶文化史来说，西坪的地理意义非凡：西坪是中国铁观音茶的发源地；是乌龙茶的故乡。就是说，全中国，全世界，任何一株铁观音茶要认祖归宗、慎终归远的话，应该来到西坪，这里是它们的故乡，它们的圣地。

西坪镇距县城32公里，地域145.5平方公里，有山山不高，有溪溪如带，烟雨雾绕，上天的眷顾，加上先祖的智慧，"高山雨雾出茗茶"实乃自然不过的事情了。

在西坪南岩山之麓，有三两株铁观音母树倚在巨石边，立有高大的牌坊拱卫着它，它的神圣和与众不同便显现出来。在心里膜拜它之后，我们移到离它不远的南轩品茶。为我们泡茶的是西坪年富力强的镇长。茶杯端起放下，话语起起落落。

说起西坪的茶，镇长如数家珍。从历史文化价值——明成化年间（1465—1487年），这里发明了人类独一无二的乌龙茶半发酵制茶工艺；清雍正年间（1723—1736年），发现和培育"茶中之王"安溪铁观音；茶树短穗扦插育苗法……说到茶叶产业，西坪的茶园面积、茶叶产量、涉茶从业人员、茶商品牌都名列安溪县前列……在座的朋友提问了：铁观音的农残超标吗？铁观音有加香精吗？镇长谦虚大方，一一解释：农药的使用是与茶产业现代化同步的，现在的农药越来越进步，对人的危害在降低，西坪的铁观音农残没超标，而且引入生态茶园之后，对农药的依赖在降低；铁观音的香味来自自然，添加香精是多余……

四

从制茶的老伯，到推广茶的干部，我感受到了安溪茶人发自内心的对铁观音的那份热爱，茶融在了他们的血液里，带给他们坦诚、洒脱以及内敛的品性。

我也自诩好茶之人，常饮安溪铁观音，也算作与铁观音为邻吧，但与那些骨子里与铁观音为邻的安溪茶人相比，我再来说茶，多少有些矫情了，但是我第一次与铁观音相遇的情形至今难忘。

我长在湖北江汉平原乡下，家乡不产茶，乡人也没喝茶的习惯，但凡有客来，都会拿出平时不常用的青花瓷碗，倒上一碗雾腾腾的白开水，热情说，您喝茶，您喝茶。很是奇怪，一杯白开水，并不见茶，却唤您喝茶您喝茶，我至今没弄明白为什么这样。

说来不怕人笑话，我第一次"真正"喝茶是在出生二十多年后，那时我离开家乡初到人生地不熟的福州供职。这个城市有两个特点，一是满街长满榕树，二是随处可见茶叶店和茶楼。

年轻单身，一人饱全家不饿，什么都没有就是有闲，如何打发闲时成为一桩让人头痛的事儿，偶然间结识一朋友张君，像得了一剂医头痛的药，药到病除。我住地附近，有一条热闹的夜书市，一溜过去，摆的不是盗版书就是发黄的旧书老书，我是这里的常客，比摊贩还敬业，逛来逛去，挑来拣去，一是寂寞的时间耗去了，二是总能淘点儿好书，如鲁迅的书、沈从文的书等。一天，我将手伸向一本黄毛边纸封面的《美国中短篇小说选》，心中窃喜，碰到好东西了，没想到另一手也同时伸向了这本书，两只手碰到一起，扭头看，两人都笑了。一聊，两人都是"崇洋媚外"的文学青年，这样认识了张君。张君闽南人，一日都离不了茶，用他话说是茶水里泡大的，我们认识第一天，他拉我去喝了平生第一次茶，此后的闲时，我和张君常去茶馆，喝茶聊天，日子随茶水一起喝走了，茶越喝越淡，友谊越喝越浓。

五

那天喝的是安溪铁观音。去的是陆羽茶楼。店主和张君熟，简单招呼我们，不客套也不怠慢，这让我舒服自然。我们在一个枣红色的根雕茶桌前落座，桌上乳白色的碗盏，精致细腻，亮薄如纸，感觉一捏即碎。店主往电壶里续纯净水，接着煮，一把木镊子镊着茶盏，旁边玻璃器皿盛着沸水，在里边丁零哐当转动，很快洗净，水也煮好了，店主取一泡茶，扯开，倒在掌心，茶颗颗粒粒，有绿意，送到鼻尖闻闻，店主自言自语，说不错，他的大手熟练地侍弄那些听话的茶具，一小盏茶，用镊子送到了我面前，汤色清亮，飘着清香，呷一口，人就醉了。

多年后，尽管我喝过很多价格高昂的铁观音，观看过多次动作繁复讲究的茶艺表演，但那晚的茶味总让我回味，那晚店主淡定自然、简单有力的伺茶手势总在眼前挥之不去，相比之下，那些过度在价格上"一争高下"的铁观音、那些过度夸张意在表演的茶艺多少有些乏味，茶是俗物，不在价格，不在表演，而在乎生活，在乎真实。

记得那晚带着茶味离开茶楼时，店主问我哪里人？我说湖北天门。店主说，巧了，我这陆羽茶楼，陆羽不是你老乡吗？我说我左眼总跳呢，原来茶神光临了。说完转身取些铁观音塞到我手中。陆羽是天门竟陵人，老家辟有他的纪念馆，小时总弄不明白，家乡不产茶，怎么还出了个茶圣呢？再者，老家人把喝白开水唤作喝茶，是否与老乡茶圣有关呢？

有些事情就是如此——说不清楚。不说了，喝茶去吧。

时间光影里的耕读旧事

一

古人云：开门两件事，耕田与读书。

古人是谁？大约是我祖父辈以上的人吧。而我祖父活着时也爱说"古人云"。古人的古人都在"古人云"——清人张履祥云："读而废耕，饥寒交至；耕而废读，礼仪遂亡。"晋人陶渊明云："既耕亦已种，时还读我书。"

把耕田与读书看得如此之重的，是中国漫长的耕读时代。这一时代的真正终结是在20世纪初叶，也就是我祖父生活的那个时期，所以能说出"开门两件事，耕田与读书"话的古人，约莫就是我祖父辈以上的人吧。

耕田，侍弄庄稼，获得物质，养活自己也养活家人；读书，读圣贤的书，不为入仕做官，为知书达理，为懂得礼义廉耻忠孝信。耕田喂养身体，读书滋养精神，一个饱满的人便塑造出来。如此看来，耕田与读书不仅是人生两件大事，也是人生之境界了。

采菊东篱下，悠然见南山。既耕亦已种，时还读我书。当然，隔着时间长河的层层纱幔，借着一些精致的诗句，遥想那个久远的耕读时代，我们的想象多少有些罗曼蒂克了，记忆总是如此"势利"，滤掉苦难，留下美好。生产力落后的耕读时代，生存之多艰，命运之多舛，又有几人能忆？

耕读时代的终结不过百余年，承载着耕读记忆的那些老的、旧的、古的、粗糙的、日常的东西正在朽败，正在被丢弃，正在被遗忘，正在消失，正在被现代而光鲜的东西所吞噬，正在从有归于无。物的消逝终将带走所有的记忆，而记忆的消逝意味着一个时代魂灵的消逝。今天的我们，对于耕读时代的文化记忆会消逝吗？

法国小说大师普鲁斯特说："往事也一样。我们想方设法去追忆，总是枉费心机，绞尽脑汁都无济于事。它藏在脑海之外，非智力所能及；它隐蔽在某件我们意想不到的物体之中，而那件东西我们在死亡之前能否遇到，则全凭偶然。"

的确，往事藏在物件之中，而我——一个蛰居城市的"乡村人"，在偶然中遇到了那些物件——那些万幸被保留下来的每一寸地方都写满农耕记忆的物件：小到一只豆油灯盏，大到整套手工榨油床；普通到一个洗脚桶，珍稀到皇帝圣旨；近到民国时期的旧脸盆架，远到宋代的朱熹真迹匾额……一万多件，按类分展，吃喝拉撒、婚丧嫁娶、刀耕火种、映雪读书等，无所不包。它们将我带入如黑白照片一般斑驳和古远的耕读世界，往事与记忆在这些物件中一一复活，让我为之惊奇与感叹。

二

屏南耕读文化博物馆，"藏"在一个有着1100多年历史的名叫漈头的古村里。漈头村距闽东小县城屏南不过五公里，出入便利，出则是一个簇新现代的世界，入则是一个古意盎然的老村落。时间仿佛遗忘了这里。一条清澈的鲤鱼溪穿村而过，溪岸两边各具特色的清代古民居成片相连，古人石刻"溪山秀水"来美誉自己的村庄。漈头村名声很大，被评选为"中国历史文化名村"和"中国传统古村落"。

离开奔流的鲤鱼溪，转折进一条巷子，前行不远，便到"屏南耕读文化博物馆"。博物馆由并排独立的好几栋清代古宅组成，不同古宅分辟为不同专题的展览馆、博物馆、陈列馆、体验馆……这样的展馆居然有十一个，一万多件古物、文物分藏于此。它的丰富、多样让很多远道而来、见多识广的参观者惊叹不已，当然也包括我了。有人称谓这里是"民间故宫"，我想这个偏居"深闺"的博物馆是消受得起的。

要好好看完这个博物馆，没有一个星期不行，我们时间所限，只得走马观花了。带我们"观花"的是博物馆馆长张书岩老先生。张老先生今年68岁，年轻精神，谁能想到这个庞大的"民间故宫"是他在退休后的八年间一砖一瓦、一物一件

"构筑"起来的。

张老先生笑称自己是没有上岗证的最佳导游，向我们讲述时，他眼里闪动着动人的光芒，他滔滔不绝，他如数家珍，他挚爱每一件物品，他清楚每一件物品到达这里的故事。如果可能，他乐意向每一个参观者讲述这部耕读文化的百科全书，乐意去还原古老中国那段晴耕雨读的耕读场景。

跟随张老先生脚步，从一个馆移到另一个馆，从楼下到楼上，眼观耳听，触摸玩赏，历史文物博览馆和农耕文化博物馆给我留下了深刻印象。

在南洋路4号的历史文物博览馆，分上下两层，展出种类古物文物两千多件。藏有华夏第一斗、牛皮双面雕屏风、皇帝圣旨（原件）、嘉庆年间贺寿屏风、朱熹真迹匾额、"文房五宝"、古代宫灯、浮雕陶制鱼缸、光绪末年米粿印、历代钱币、票证、中外邮票、明清瓷器、"文革"遗物、三寸金莲等清代布艺、古人吃喝玩乐嫖赌饮用具……张老先生说："本馆最显赫的展品是皇帝圣旨和钦赐匾额"，"最斤斤计较的是展品是华夏第一斗——树龄逾千年整段花梨木镂空雕"，"最摧残女性肢体的是三寸金莲"，"最体现古人孝心的展品是二十四孝浮雕铜钱"……我抄下了厢房门楣上的几副老木雕对联："得好友来如对月，有奇书读胜看花""一帘花影月明初，四壁书声人静后"。对仗工整，文气氤氲，读书之乐，跃然眼前。

在南洋路3号的农耕文化博物馆展出古物文物一千多件。最显眼的是的中外斗笠长廊，数百顶多个国家的斗笠在墙壁上次第排开，五花八门，颇具气势。分布在各厅的，有福建第一木犁、大型手摇水车、特大斗笠、特大蓑衣、古老制砖瓦模、土烟丝制作模、耕渔樵工具、石砻、土砻、石磨、脚踏碓和各种传统工匠老行当……张老先生说："本馆最动听的展品是土垄碾谷的歌谣"，"最温暖人心的展品是斗笠墙"，"最能反映人定胜天的展品是大型手摇水车——站在水车前，古人与天斗、地斗的抗旱场景历历在目"，"最笨拙的展品是原始榨油床，长5.2米，直径0.83米，重2000多斤"，"最罕见的展品是石砻，砻一般为竹编土筑而成，用三石制作实为罕见"……

还有木雕精品展览馆、农耕文化体验馆、课读杂艺陈列馆等等，宝贝多多，不再一一罗列，留待下次再来细细品味吧。

三

离开漈头村，离开屏南耕读文化博物馆有些时日了，短暂的造访经历刻于我脑海中，久久不忘。人的一生会行走很多地方，遇到很多人，大多如萍水相逢，烟消云散，留不下记忆。而当某些偶然相遇的人、事让你弥久不忘时，我想那些人、事一定在某一时刻走进了你的内心，与你的精神有过对话，它要么触动了你，要么架起了与往事记忆间的一座桥，让你得以跨桥而过，回到过去，回到记忆里。追忆似水年华总是让人生倍感丰富的。

对我来说，屏南耕读文化博物馆就是通往我记忆深处的那座桥。我是乡村的孩子，犁田耕种、收割入仓、端午重阳、家长里短、婚丧嫁娶等丰富的乡村日子是融化在我的成长岁月里的，虽然我只是个幼小的旁观者，但它们是我父辈、祖父辈的日日月月，岁岁年年。当耕读博物馆里的木犁、水车、斗笠、石磨、工匠老行当、豆油灯、米糕印、花雕床……出现在我眼前时，所有的往事、记忆在一激灵间被激活，一切那么熟悉，一切那么亲切，乡村的气味、乡村的声音、乡村的颜色、乡村的日子仿佛又回来，如电影画面一般，一帧一帧滑过。往事里的亲人多已离去，晴耕雨读的时代如书页一般翻过，我也早已远离故土，我终将明白每个人的梦里都有一个乡村，只是自己的乡村再也回不去。呜呼！往事可忆不可达，多少怅然物事中。

勾起往事记忆，是屏南耕读文化博物馆让人难忘的原因之一，或许还有更深层原因，它让每个走近它的到访者无不深感惊讶和深受触动。

我以为还有三个原因。一是"接地气"。"接地气"是当下的流行词，是一个好词，承接大地的气息，顺乎人理，接其自然。屏南耕读文化博物馆就承接着山地之气、生活之气。一座古村，几栋古居，一座耕读博物馆，山水相倚，炊烟狗吠，春种秋收，一切如此自然，一切天经地义，最美好的耕读博物馆永远没有离开耕读现场。与城里那些"高大上"的、讲究的博物馆相比，我更喜欢漈头村里这个朴素、亲切的耕读博物馆，因为它与我的往事相通，与我的内心相通。再者，它的展物"接地气"。东家的梳妆台，西家的犁铧；张家的织布机，李家的文武魁匾；近处的榨油床，远处的三寸金莲……经张老先生的手一件一件汇集起来，那鞋还留有主人的味道，那榨油床还可以榨出油来，那梳妆台还映有姑娘的影子，那豆油灯还可以点燃……馆里展品有的虽说不是那么精致，不是那么价值连城，但每一件无不散发出浓郁的生活气息。

二是数量大。一万余件藏品，说多也多，说不多也不多，但是当我之知道这些藏品靠一己之力，靠一双年过六旬的手收集起来时，我感到了巨大的惊叹，我觉得这个僻居山村的博物馆的藏品太多太丰富了。每个展馆既有重要收藏价值的镇馆之宝，也有重要文化价值的普通之物。在向我们讲解的间隙，张老先生推开后厅的一扇门，屋里凌乱地堆满了收集来的古物、旧物，张老先生说："这样的屋子还有好几间，来不及整理。"年复一年沉浸于一件事，终其一生只为做好一件事的人最令我敬佩，张老先生是这样的人。

三是屏南耕读文化博物馆有一个让人感动的馆长。他就是集征集员、讲解员、布展员、维修员、财会员等于一身的博物馆馆长张书岩老先生，他可能是全国博物馆中馆内兼职最多的馆长。他一个人撑起了这个馆的"天"。对于这座庞大的博物馆而言，他身上有着谜一样的魅力：他是一位年过花甲的退休老人，他不富有，甚至家庭还有些困难，但是他从退休的那一天开始，靠一个小邮包和一辆电动车，做成了这件大事。他搭上全部身家，全心地投入，尽管有不理解和闲言碎语，但他从未想过放弃，他热情不减，认真得像个年轻人。我试图解开他身上的"谜"，问他什么要做这件事，他只是笑答："走火入魔了，没办法。"张老先生带我们在村里走过时，很多村民问候他，我才知道，漈下村是他的家乡，是他成长的地方，在自己的村庄为后人建一座耕读博物馆，我想到四个字或许可以来解释张老先生的作为，这四个字是：此处心安。

无论怎样，那个给人想象空间的耕读时代已经消逝在时间深处了，但时间摇曳的斑驳光影中，仍留有那个时代的背影，这背影就是张书岩老先生倾其后半生建立起来的耕读文化博物馆，博物馆里每一件旧物都在讲述那个时代的故事，而且还将永远讲述下去。就如同大海远去了，沙滩上的那枚海螺仍留有海的一切讯息。从这个意义上来说，张老先生和他的屏南耕读文化博物馆拥有了无限的价值。

兄弟和梦

一　兄弟

一个叫北美崔哥的人讲了个故事，故事刻在了我心里。很长时间了，我都还回味那故事，于是忍不住把它记了下来。

上世纪90年代，出国潮兴起，一些中国人爱往美国跑，尤其年轻人。在街上碰到你，打招呼都这么问：还没出去啊。你一个有力气、有样子的大小伙不出去都不好意思。北京人北美崔哥北大毕业，新婚不久，即携妻子一同赴美。闯荡之初，在美国过得很艰难，生了三个孩子，做过洗盘子、搬运等杂活儿，但日子还是很难。

北美崔哥有一天在街上闲逛，看到一个印第安人在街角擀面、炸油饼卖，美国佬喜欢吃，排着一溜长队买，一美元一个。崔哥买了一个，两三口吃完，好吃，就是北京街头每天早晨跑多远都要吃的那种油饼——可是乡愁的滋味。

时刻都在想着钱的崔哥灵光一动，觉得这是条改善生活的道儿，我也来卖炸油饼。但不会，学呗。等到天黑下来，印第安人收摊了，北美崔哥找到他，满脸堆笑，说想跟他学炸油饼。印第安人说可以。崔哥问，要钱吗？印第安人说，不要。崔哥问，有什么条件吗？印第安人说，有。

印第安人把崔哥拉到摊车后，掏出一支烟点燃，吸了两口递给崔哥，崔哥也吸两口。印第安人说，跟我学可以，条件是我们先得成为兄弟。崔哥惊了一下，说，嘿，这个可以。印第安人从口袋摸出一个完整的鸡骨架，举到头前，口中念念有词。念完后，印第安人说，我们成为兄弟了。

跟着印第安人，崔哥很快学会炸油饼了。崔哥离开时，印第安人提出了个条件，说你不能在这座城市卖油饼。崔哥答应了。

但崔哥忍不住，学会了这门手艺，总得练练手，心想这城市这么大，怎么会这么巧碰到印第安兄弟呢？崔哥在城市的另一角摆摊开卖，生意不错，第一天卖了一百美元。

不知怎么地，印第安兄弟知道了此事，一天很早来敲崔哥的家门，问崔哥答应了的事，怎么还在这里卖啊。崔哥解释，说学会了只是想练练手，也没赚什么钱儿，钱都搭到成本里了。

印第安兄弟把崔哥拉到门外，从口袋掏出鸡骨架，念叨一番后，折断了鸡骨，扔到地上。印第安人转身走时说了一句话，说你可以在这里卖，从这一刻开始我们不是兄弟了。

崔哥羞臊得满脸通红。他决定搬家，离开这座城市，到另一个城市去卖炸油饼去。老婆抱怨说，孩子一大堆，刚在这里立足就要搬走。崔哥态度坚决。崔哥在搬家那天，太阳很大，阳光照在他的后背，崔哥说有一种芒刺在背的感觉。

北美崔哥一直在另一座城市卖炸油饼，请了人，开了连锁店，发了点儿小财，过上了不错的生活。十几年后的一天，崔哥决定去原来的城市找那个印第安人。还真找到了，印第安人还在那个街角卖炸油饼，崔哥早用上了机械擀面，印第安人还如当初一样手工擀面。见到崔哥，印第安人很高兴。崔哥拿出一张十万美元的现金支票给印第安人，印第安人很吃惊。印第安人说，这些年，自己过得并不好，房子被抵押了，住在车上，老婆离婚了，养五六个孩子，还有一个有残疾。他说他很需要这笔钱，感激地注视着崔哥，眼泪都快掉出来。崔哥说，这些钱应该是你的，没有你就没有我的今天，我们中国有句话叫：滴水之恩，涌泉相报。

崔哥对印第安人说，你拿这些钱，我有个条件。

崔哥把印第安人拉到车后，掏出两支烟点燃，一支递给印第安人，一支留给自己。崔哥从包里拿出一小瓶二锅头，倒到两个酒杯里，然后，崔哥伸出中指头，用针扎破，挤出两滴血，一杯滴一滴。之后，崔哥再拿过印第安人的中指头，也扎出两滴血，一杯一滴。崔哥端起酒杯，印第安人也端起酒杯，碰杯之后两人一饮而尽。崔哥说，喝过这杯酒，咱就是兄弟了，这是我们中国人的方式。印第安人直点头。

崔哥回到家，对老婆说，今天是他到美国十多年来过得最
开心的一天。

二　梦

一天晚上，太太做了个梦。梦醒后，她气鼓鼓地讲给我
听，我听后也气鼓鼓的。

太太的梦是：我陪太太去逛商场，在一家我们以前常去的
店，她试穿衣服，穿好后转身问我：好——？话没问完，咽下
了后两个字和一个问号："看吗？"眼前的一切让她脸上的笑
容瞬间冰冻——我正在和一个年轻姑娘接吻。

她怒了，怒不可遏，但是她没发作，忍着——太太为她当
时的表现很满意，没发疯般地号啕大叫，一是为了在公共场合
表明自己的修养，二是为了在年轻姑娘面前不乱了阵脚——她
"平静地"走到姑娘面前，问：你们这样很久了吧？姑娘仰着
脸，也是平静的，那种挑战式的平静，姑娘答：是很久了。太
太又问：你们发展到哪一步了？姑娘答：你想到哪一步就哪
一步。

太太边转身边脱下试穿在身上的外衣，丢下衣服的同时，
太太硬邦邦地丢下一句话，像一块石头砸在另一块石头上：成
全你们！一阵风，太太快速出了服装店。

太太给我讲这个梦的时候说，其实她当时肺都要气炸了，
她最不能接受的是那姑娘一脸的平静样儿，那是挑衅，不过太
太也特意强调她当时的"平静"，除了讲面子外，更多的是气
得忘了发作。

太太走出服装店，那姑娘处之泰然地坐在原地，我呢？像做了错事的小狗一样，哈巴着追着太太，一直解释：不是那回事儿！不是那回事儿！

太太的梦并没结束，梦里，太太和我摊牌：离婚。我先不答应，但事已至此，过错方在我，勉强答应了。太太拿走了儿子、房子、车子、大部分票子，给了我20万元——不知道为什么是这个数。太太说我同意离婚的那一刻，一个男的出现了，跟她说：你把这些拿走跟我走吧，反正福州这地方留下来也没什么意思了。看到男的出现，我不干了，我说：是不是一场阴谋，凭什么只给我20万……梦做到这儿，太太醒了，梦结束了。

太太说她醒后还在生梦中的气。我听后问太太：那年轻姑娘长得怎样啊？太太说没看清。为这事儿，我也气鼓鼓的，你梦中折腾了半天，也该为我付出的惨重代价找到一个合理的理由啊，比如那姑娘年轻、貌美，如一朵花啊。太太说：想得美！

没想到，太太做梦的第二天晚上，我也做了个梦。梦里说，我身陷北京，像陷在一个泥潭里，怎么挣扎也爬不出来。央求太太给我订张机票，我要从北京回到福州来。我上了飞机，飞机并没降落到福州，而是飞到非洲去了。那是一个恐惧的地方，到处是泥沼和陷在泥沼中的大象。

好不容易还是回来了，我问太太：怎么给我订了去非洲的机票。太太说：我把福州听成了非洲。梦醒了，而梦中的奔波劳累,让我累了一个晚上。

天亮后,我起床记下了这两个梦,两个有些关联的梦——太太的梦中我背叛了她,我的梦中太太惩罚了我。

与儿子有关的三篇讲话

在儿子幼儿园毕业典礼上的讲话

尊敬的园长、各位老师，亲爱的家长、小朋友们：

大家好！

我六岁的儿子今天要从这里毕业了。这样一个时刻，我想起三十年前也就是我六岁的时候，那时我正在乡村的田埂上奔跑、追逐，享受童年生活，美丽但不富足的乡村没有幼儿园，我也就没有幼儿园可上，更谈不上幼儿园毕业典礼了。在我生命中有毕业典礼的记忆，已经是五年之后我小学毕业的时候了，我们当时也有一个小型而简陋的毕业典礼，但我的父亲没有参加，一是他必须在田里劳作，二是学校并没有邀请家长参加的习惯。

此刻，我站在这里，情感复杂，心怀忐忑，如一句老话所说，心如十五只吊桶打水，七上八下——请相信，这不是外交辞令，也不是矫情，而是真实的内心。我这样说，是因为两个原因，一个原因是，我出席的是一个庄重而又活泼的典礼。说它庄重，是它和哈佛大学的毕业典礼没什么两样，神圣、庄严和重要；说它活泼，是它的主角是一群不谙世事、天真活泼的孩子，他们现在还无法意识到，这是他们一生中诸多重要时刻里，第一个值得记忆的重要时刻，这份记忆只有由我们父母先替他们珍藏。

另一个原因是，我在这里发言，我脑子里突然产生了孩子般梦幻一样的不真实的感觉，我对自身的身份有些把握不准了，用文一点的话说叫身份模糊带来的"身份焦虑"。大家看，下面坐着园长、老师、家长和孩子，在园长和老师面前，我是家长；在家长面前，我是朋友；在孩子面前，我是父亲，所以，我在发言时，我不知道我该说什么，也不知道该对谁说，况且，这些可爱的孩子们，或许他们根本不知道也不在乎我在喋喋不休地说什么，或许他们的愿望是，我的发言尽快结束，他们有更重要的游戏要玩。

所以说，此刻我的情感是复杂的，我的心情是忐忑的。为了不至于我的发言变成长妈妈的裹脚布又臭又长，也为了不至于我的发言变成射向没有靶子的箭镞，所以，请允许我分别对园长、老师和孩子们各说一句话。因为我是代表家长们发言，所以我就不能对家长们说了。

第一句话我要对园长说。尊敬的园长，如果把金山幼儿园

看作一艘正在海面上乘风犁浪的巨轮的话，那么您就是这艘
巨轮的船长。这艘船上搭载着是一群特殊的小乘客，他们顽
皮、天真甚至胆小，他们搭乘这艘船开始人生的第一个美丽旅
程，如今几年过去了，小乘客们也变成了小大乘客，活泼、大
方，他们即将上岸开始另一段旅程，而船长您也将迎来新的小
乘客。正是因为您出色的指挥，航船内欢声笑语，航船外风光
无限，一路平稳、快乐前行。是船长您，用您的眼光、您的品
位、您的爱心成就了这艘船，这艘船的每个角落都留下了您的
身影，您能叫出五百多名小乘客中很多人的名字，您喜欢与他
们平等交流，他们也喜欢您，是您成就了您的小乘客。这些让
我们敬佩。我代表家长向船长致敬！

　　第二句话我要对老师说。尊敬的老师，您辛苦了！我知道
有无数华丽的颂词可以献给您，但只有这句朴实真挚的问候，
才能包含我们对您所有的情感和所有的感激。您是我们孩子真
正意义上的第一任老师，您的言传身教，您的爱心、事业心，
让我们的孩子感受到了"老师"二字的分量，他们心灵升腾起
的最初的一抹"崇敬"之情，便是从您这里生根发芽，这将会
影响他一辈子。俗话说，"一日为师终身为父"。在我们父母
不在孩子身边的时刻，饿了，您要给他吃；冷了，您要给他穿；
热了，您要给他擦汗；您用无边的母爱，做了这么多孩子的母亲，
您的孩子将遍布天下，但他们的心将永远在您这里。老师，您辛
苦了！

　　第三句话我要对孩子说。亲爱的孩子，在你生命中这样一
个庄严时刻，我要对你说，祝贺你！此刻，我相信你是快乐

的，所以作为父亲我也是快乐的。你应该知道，你的快乐成长，除了父母外，更多的是这所美丽的幼儿园给予你的，这里是为你插上翅膀的第一个地方，无论将来你飞得多高多远，你都不可忘记。孩子，这里不仅是你的乐园，也是我们父母的学校，你在这里学会快乐成长，我们在这里学习如何让你快乐成长，园长、老师以及每一个工作人员，都是幼教的专家，你的父母也不会忘记他们。孩子，你是父母一生中最美妙的事业，所以，我也要感谢你，你不仅自己快乐，也给我们带来了无限的快乐。

如果把上面有点长的三句话变成四个字，那就是：感谢，祝福——感谢幼儿园！祝福孩子们！

最后我想说的是，出席儿子的幼儿园毕业典礼，更像是在圆我的梦，我没有上过幼儿园，今天就和孩子一起幼儿园毕业吧；我父亲没有一次参加过我的毕业典礼，我作为父亲，今天参加的是第一次。等我儿子长大了，我要对他说，你一定要出席你儿子的幼儿园毕业典礼，因为这是一种荣幸，也是一种幸福。

谢谢大家！

2009 年 6 月 26 日上午福建金山幼儿园

在儿子中考百日誓师会上的讲话

尊敬的各位领导、老师，亲爱的同学：

大家下午好！

我很高兴，也很荣幸站在这里，代表460多位学生家长发言（当然，我代表家长也没有征得家长们的同意）。在这样一个凝心聚力的时刻，我知道，学校领导准备了热情洋溢、为同学们鼓劲加油的励志讲话；老师们每日谆谆教导并多次讲过面对一百天的冲刺秘籍；各班同学已经准备好了自信响亮的百日誓师口号，此刻，我该说点儿什么呢？

我真的有些犯难——我的发言没有学校领导站得高看得远，没有学校领导谋划中考时运筹帷幄决胜千里的那种气魄；没有久经沙场的老师们那样丰富的考前秘籍传授；也没有同学们誓师口号的声音那般响亮。既然站在了这里，那我就以一个28年前曾参加过中考百日誓师的过来人，给同学们说三句话。

第一句话：你可以比想象中走得更远。

同学们，人都有一个思维局限，这个局限就是习惯用过去的经验来推断我们未来的可能。比如你平常成绩中等，你就会在心里暗示自己我只能考个中等高中；比如我不爱说话，见了女生脸会红，我就暗示我自己肯定成不了演说家和外交家，我记得在初二之前我都是这么认为的，但是在初二暑假中经历了一件事之后，我的观念来了个180度改变，我认为不是这样的，每一个人都可以比想象中走得更远。

是一件什么事呢？初二放暑假了，我回到我的村子里，家里不富裕，母亲也有些"小气"，很久没买鱼肉给我们吃了，

208

用《水浒传》里鲁智深的一句粗话说"嘴里淡出个鸟来",那就自己动手嘛。我就和我的发小顶着烈日,去稻田埂子边钓鳝鱼,铁钩上串上蚯蚓,在鳝鱼洞口轻轻晃动,鳝鱼听到响声和闻到腥味,来咬钩,迅速拉钩,一条金黄肥美的鳝鱼便钓上来了。那次我们收获不错,准备再钓一条鳝鱼就回家。我发现了一个漂亮的鳝鱼洞,将钩伸进去,很快就咬钩了,我拉出来,结果一看,不是鳝鱼,是一条花蛇。我很怕蛇,我的心一惊,瞬时之间,我的身体爆发出了吃奶的劲儿,连同鳝鱼钩一起甩了出去。然后去找到鳝鱼钩时,发现甩出去了二三十米,我以后尝试过多次,再也没有甩过那么远的距离。

所以这件事告诉我,我们永远不要低估自己,只要有一个刺激点,我们可以比想象中走得更远。比如中考前的百日誓师,就是一个刺激点,就是鳝鱼钩上钩的那条蛇,只要我们启动百日倒计时,开始冲刺,我相信,不管是谁,你可以比想象中走得更远。同学们,你们相信这句话吗?

第二句话:那些年轻而美好的奋斗,令一切可以回忆。

28年前,我们学校在中考前也举办了一场这样的百日誓师大会,我们是一个小镇上的中学,条件一般,没有咱们金山中学这么现代而高级的报告厅,我记得很清楚,我们的会场设在一个大饭堂里,饭堂是一个工厂厂房那样的人字脊的青瓦房,很大,很空旷。那次誓师会,有两点给我深刻印象,一是那天阳光很好,阳光透过瓦房的窟窿照射下来,一道道光柱弥漫着整个会场,很魔幻的,很漂亮;二是那天会开了很久,会还没结束,食堂开始炒菜了,所以整个会场弥漫着饭菜香,校长的讲话伴着饭菜的味道,所以校长的讲话不仅鼓舞着我们的心,也诱惑着我们的胃。

现在回想起来，校长、老师当时讲了什么我已经记不起来了，但那天的光柱和饭菜香一直留在我的记忆里。百日誓师会之后，我们所有的同学都开始用功，冲刺，晚上下晚自习了，我们还不走，几个好友互相提问，互相考试。我记得那个时候乡镇上的月亮很亮很美，我们读书读到很晚，踏着月光回宿舍，追赶打闹一下，很惬意。

当我现在成了一个油腻的中年男人，重新回忆起28年前那些年轻时的奋斗，我会觉得异常美好。我想对同学们说，你们今天很年轻，很青春，也很努力，当你像我这般年龄时，你会回忆起今天的每时每刻，回忆起这次会场的一个灯光、一个口号，以及回忆起这次誓师会后的百日苦读，你会觉得，那些年轻而美好的奋斗，异常美好。

在这回忆之余，我还想爆点儿小料，我们当时的百日誓师会场中还坐着一位勤奋的女同学，12年后一次偶然的相遇，她成了我的妻子，也就有了此刻坐着会场之中的我们的孩子。这个孩子叫什么名字，为了保护他的隐私，我就不说出来了。

第三句话：成就感和尊严会给你快乐。

我发现我的讲话超时了，所以我对我讲的第三句话作简要解释。"成就感和尊严会给你快乐"，这句话是台湾著名作家龙应台对她的孩子讲的，说出了我的心里话，我便将这句话复制过来。龙应台说："孩子，我要求你读书用功，不是因为我要你跟别人比成绩，而是因为，我希望你将来会拥有选择的权利，选择有意义、有时间的工作，而不是被迫谋生。当你的工

的好玩儿的成人标志。

比如：墨西哥海滨地区，有个部落的成人仪式是，少男们须每人携带一块沉重的大石头游过一条海峡，方为成人。波利尼西亚的提冠皮恩人，会在接受成人礼的男孩身上涂满像血一样的姜黄和椰子油的混合液，以象征男童"已死"。第二天，男孩的亲属开始服丧，在这期间，他们会为"死去的"孩子不断地哭喊。再比如：非洲以游牧为生的库族年轻人，必须分别杀死一只雄性和雌性的大型动物才获得认可，成为真正的男子汉。在塞拉利昂的门德族，当年轻男子获准参加神秘的坡罗会时，一位女性官员会用一根绳子拉拽他，象征着将他从孩提时代笼罩在他四周的坡罗精灵那里解脱出来。

我们中国，自汉代起就有成人礼仪，男孩子的叫作冠礼，就是由受礼者在宗庙中将男孩头发盘起来，戴上礼帽，穿上成人服。女孩子的叫作笄礼，家长替女孩把头发盘结起来，插上一根簪子。当男孩带上帽子，女孩盘起发插上簪子，他们就是成人了。

但是此刻，我们没有帽子，没有簪子，更不可能让你们背上沉重的大石头去游海峡，那怎么办呢？这就说到我的想法了，我以为所谓的"成人礼"，简单说就是你们要成人了，我们做父母的要送你们一件礼物。那送你们什么礼物呢？如果让我选择，我就选以下三本书作为成人礼物送给你们。

第一本书是中国作家路遥的《平凡的世界》。这本书讲述一个农村少年奋斗成长的故事。这本书会告诉你，你总要面对这个世界，这个平凡的世界，在平凡的世界，平凡的生活中，你艰难而努力地前行，你有可能会成为一个不平凡的人，你也有可能仍旧是一个平凡的人，热闹或孤独地面对这平凡的世界。

第二本书是美国作家斯蒂芬·金的《肖申克的救赎》。对，就是改编成经典电影的《肖申克的救赎》，小说比电影更精彩。这本书是关于自我的救赎和希望的，作者告诉我们，每个人都是自己的上帝，如果你自己都放弃自己了，还有谁会救你？每个人都在忙，有的忙着生，有的忙着死。主人公说："希望是美好的事物，也许是世上最美好的事物，美好的事物从不消逝。"

第三本书是英国作家王尔德的《道林·格雷的画像》。一个俊美的少年为了保留自己的外在美而捐出自己的灵魂，开始放纵欲望，人生堕落，而另一位画家却对美近乎完美的追求导致了这一切的发生。这是一部关于欲望与美的小说，它启示我们该如何懂得去追求生活的美而节制我们的欲望。

我的叙述很简单，三部小说很丰富很复杂，当你们真正读懂了它们时，你们就真的成人了。

那么，我为什么要送三本书给你们呢？我有自己的理由，你们发现没有，前面提到的那些部落的成人礼，要么背石头，要么杀死野兽，因为生存环境恶劣，为了生存，身体的成人便意味着真正的成人；我们古代的冠礼、笄礼，是基于礼仪和仁义的，懂得了"礼"和"仁"便是真正的成人。而在今天，我们以为，精神上的成人才意味着真正的成人，所以我送了三本书给你们，阅读和思考会促成你们精神上成人。

我的讲话就到这里。祝福各位小大人：成人快乐！

谢谢大家！

2021 年 5 月 18 日

明代吏部尚书裴应章

在清流县城关热闹的水南街上，有一座古老的牌坊站立在那里。这一站，便站了四百多年，它默默地见证了这座闽中小城的沧海桑田与日新月异。与周围那些贴着白瓷砖的现代楼房相比，它显得矮小、灰旧，但走近它可以看到，这座由条石青砖砌成、顶部砖雕细刻如意斗拱的牌坊，依然留有昔日的高贵与荣光。

这座被称为三明境内最古老的牌坊，是明代吏部尚书裴应章府第的门楼，建于明万历年间（1573—1620 年），人们习惯称之为"尚书门楼"。门楼还在，门楼之后的府第建筑早已片瓦不见，仅留存的恢宏门楼，给人们想象尚书府第的当年境况留下了巨大空间。

尚书门楼的大门横额上并排镌刻有两行字：上为"宫保尚

书"，下为"隆庆戊辰科进士裴应章"。"宫保尚书"是裴应章一生的最高官阶，"隆庆戊辰科进士"既是指他的最高学历——进士，也是指他入仕的时间。如此两行字，算是一个人最简洁也是最荣光的传记了。

茫茫大山包围之中的边远小县城清流，出了个官至吏部尚书的二品大官，可以想象，在当时这是一件多么轰动的大事儿，它一定也是人们茶余饭后最津津乐道的事儿。如今，尚书裴应章去世已经400余年，除了那座日渐凋敝的门楼还在执着地讲述当年以外，关于裴尚书的一切都已进入了尘封的历史册页之中，成为一种记忆，成为一种传奇，或者成为一个县城文风悠远、文化积淀深厚的注脚。

有时，我们也会在报刊的"历史钩沉"栏目中，与裴尚书的故事不期而遇，那多是地方文史学者的功劳——他们擦拭掉文史资料上的尘埃，同时也擦拭掉裴尚书身上的尘埃，让我们得以重新走近历史，重新走近一个鲜活的生命。

我在清流县城的街上随机发问："知道裴应章吗？"

"裴应章是谁？"

"裴应章？一个大官吧？"

毕竟，四百多年了，围绕那么久远的一个人，当然有太多的问号和反问，因为这就是残酷的时间、无情的历史。

一 一生经历：顺风顺水

裴应章从一名偏远县城少年，挤过科举考试的独木桥，40岁进士及第为官，远宦京城三十五年，成为一名"正部长级别"的高官，之后告老回乡、荣归故里，以 73 岁高龄寿终正寝，死后获朝廷哀荣。可以说，裴应章的一生是顺风顺水、圆圆满满的一生。

裴应章一生历经明代三朝——苦读于嘉靖，成长于隆庆，成就于万历。在尔虞我诈、沉浮瞬息、生死不定的京城官场中，能"平安着陆"地为官一辈子，还获好名声好口碑，实在是难能可贵，所以说，裴应章身居高位而一生顺风顺水，实在是人生之大幸矣。

裴应章，明嘉靖十六年（1537 年）生于清流县城关。祖籍山西运城一带，祖上入闽为官，后避乱从福州到清流。他的父亲名镒，字厚卿，排行第三，中过举人。"厚卿倦游家居，颇有蓄积，尤笃孝友，注意培养后代，深得邑人尊重。"裴应章在四兄弟中为长。"应章少年时代，即为群季之冠，秉资奇颖，敦笃友孝。经其父督促就学，举一反三，聪敏过人。"

少年裴应章到温郊黄家矶上阳山拜博学多才的赖仁敷为师，投学七年，博览经、史、子、集，熟读诗、词、歌、赋，赴汀州应试获得头名秀才。隆庆元年（1567 年）赴福州省试又中举人。隆庆二年（1568 年），裴应章赴京参加科考，高中进士。

隆庆三年（1569 年），裴应章被任命为行人司行人，负责传旨和朝廷礼仪等工作，开始踏入京城政坛。隆庆六年（1572 年）二月，明穆宗病死。同年六月一日，由刚满 10 岁的皇子朱翊钧继承皇位，改元万历，以第二年为万历元年。君王年幼，朝中权臣争斗不已，皇帝生母在紧要关头斥逐了当时的首辅高拱，启用精明能干的大学士张居正为首辅，朝中实权掌握于张手中。张居正是变法改革派，在他的操持下，全国掀起一股饰吏治、整边备、清土地、均赋役、治黄河的变革风暴。在此过程中，张居正罢去反对改革者，启用拥护改革者。裴应章这位长于南方山区并有一定革新意识的政坛新人由此进入张居正的视野。这年十月，裴应章被提升为"吏科给事中"，"给事中"是负责监察的言官，对政令提出意见，对官员提出弹劾。裴应章作风正派、刚正不阿，工作干得很成功，升迁迅速，在张居正掌权的万历初年的十年时间里，先后任户部右给事中、兵科都给事中和太仆寺少卿等职，升迁至正四品官职。

明万历十年（1582年），张居正去世。这年，神宗皇帝已20岁，开始亲理朝政。为了使自己的朝廷摆脱张居正的影响，皇帝开始清理张居正的朝廷余威，亲张的一批官员因此倒台。而此刻，任太仆寺少卿的裴应章因母亲去世，告假回籍丁忧三年，朝廷风雨得以暂避。万历十三年（1585年），裴应章重新回到朝中，在此后的20多年中，他先后任太常寺少卿、太仆寺卿、户部右侍郎、左侍郎、吏部左侍郎等职，为四品或三品官衔。

万历三十四年（1606年），已经70岁的裴应章任命为南京吏部尚书，"吏部尚书"前加"南京"二字，因为南京曾经是旧都，迁都北京后，把旧都南京改为"行在"，内设六部，负责管理南京周围14个府、97个县的事务。各部官吏按"官高职低"的原则配备，头衔前都加"南京"二字，以示与北京相应官员的区别。所以，裴应章仍属三品官职。

明万历三十七年（1609 年），裴应章去世，享年 73 岁。神宗皇帝位纪念有功大臣，辍朝一日，以示哀悼。追赠他为"太子少保"，也称"宫保"，属二品官员。加封谥号"恭靖"。派遣官员为他营葬，还用皇帝名义派大员祭奠他，给裴应章以极大哀荣。

二　其人其事：泾清渭浊，挚爱故土

400 多年过去了，在清流，裴应章的乡人仍不时在讲述他、传颂他。这是为何呢？是因为他高中进士、官至二品之高位吗？也许是，因为在偏远小县城，奋斗到如此地步，实属不易，他是人们乐生进取的榜样和镜子。但也不全是，因为有史可查，清流先后出过 38 名进士，有的官职也不低，但是那些人大多被遗忘了，唯独裴应章一直被后人记起。

也许真正的原因，在于裴应章身上拥有着中国传统士大夫的某种出色品性和高蹈风骨，纵观裴应章一生的为人处世，这品性和风骨可以概括为：家国为重、忠厚仁义；尚文执礼、赤子情怀。如此品性和风骨，不仅将裴应章推入"国家栋梁、乡人楷模"的"贤士"行列，同时它们也是构成中华文化的精髓之一，世界上唯一未曾中断的古老的中华文化承袭至今，其强盛的生命力正是来自这些优秀的、健康的、向上的文化，以及身上携带这些文化基因的古代"贤士"们——比如从清流走出去的吏部尚书裴应章。

先说家国为重、忠厚仁义。裴应章为官 40 多年，有 30 多年在明神宗的万历年间度过，他为官内容大多与朝廷礼仪和宗庙祭祀、组织人事以及监察弹劾官吏有关，可见他有良好的协调能力和正直忠厚的品德，要不在明神宗后期派系争斗、腐化堕落的政治环境中是难以生存的。裴应章以家国为重，忠厚仁义，泾清渭浊，在国家遭遇棘手之事时，皇帝总会想到他，信任地让他去处理。最典型的事例，是他成功平息"郧阳叛乱"。

万历十五年（1587年），郧阳巡抚李材在腐败的事风中驱使士兵为自己去搜刮钱财，参将米万春反对他的做法，发动士兵进行兵谏。由于郧阳是川陕鄂交界的一块荒凉之地，流民多，恶事多，这次兵谏的消息传到京城时，变成了"兵变"或"作乱"。朝廷官员们爱惜自己羽毛都怕这类事，皇帝最后让裴应章去办理郧阳的案子。裴应章受命后，不按传闻作结论，不从派系斗争中打击某些人，诬告某些人，而是查清事件原委，"戮其渠魁"，罢了李材的官，对一般人员予以"宥恕"，对有功人员予以奖励。然后向民众发出檄文，很快平息了事件。

再说尚文执礼、赤子情怀。裴应章一生在外奔走繁忙，为官40多年，但他始终深深地眷恋着生养自己的故土。从"裴应章大事简表"中看出，他40岁入京为官之后，真正告假回籍省亲、丁忧、养病共有三次。在家时间不长，但裴应章用自己的勤勉和影响力，为清流家乡笃重文化、重视教育、讲究礼仪的风尚尽了心、出了力。

他为家乡的一些人和事写记、序、赞，极力宣扬尚文执礼之教化。在《重修东岳庙记》中，他说重修本县东岳庙是为了"正人心，厚风俗"，而与"惑世诬民者，不大相径庭哉！"在

《裴氏族谱序》表达他的仁孝思想："是故阅世系则思亲，阅世恩则思尊，阅世德则思贤，入庙思敬，过墓思哀，绎思思飨，仁孝之道备矣。"他为家乡重修凤翔桥和龙津桥奔走募款，造福桑梓。裴应章告老回乡后，寄情于田园山水之间，赋诗抒怀。南极山、金莲寺、大丰山等故乡胜景让他兴致勃勃，流连忘返，对故乡的赤子挚爱，溢于言表。他动情地自问自答："蓬壶何处是？天际一声钟。"仙人居住的美丽的蓬莱在哪里呢？你听那钟声，就在我的家乡。

三　皇帝圣旨：珍贵文物

时间未能摧毁的与裴应章有关的两件实物——门楼和圣旨，至今仍是清流的"文化骄傲"。与条石砖瓦搭建的尚书门楼的沉重相比，那道书写在丝绸上的圣旨实在是太轻飘，但是它的意义和价值并不轻飘。

明隆庆六年（1572 年）十二月二十七日，皇帝为褒奖裴应章的德行才智，特意颁发了一份手谕。手谕也叫谕旨，即圣旨。如今，这道圣旨珍藏在清流县历史档案中，成为清流的"文化宝贝"之一。圣旨用丝绸书写，颜色淡黄，背面绣有金龙图案，长约 160 厘米，宽约 50 厘米，字迹和四方官印仍十分清晰。圣旨距今 400 余年，至于是如何保存完好至今的，已经是一个难解的谜了。

圣旨第一部分，在授予裴应章官职的同时，对其才智和品行作了评价，认为他"志行纯恪，才识敏明"，赞赏他的革新胆略与政绩，"就列之始"就革新庆典章法，希望他勤勉工作，以报答恩泽。第二部分，赞扬裴应章之妻曾氏和顺端庄，是辅佐丈夫的贤内助，并对其颁礼加封。

值得说明的是，这份圣旨颁发时间虽落款"隆庆六年十二月二十七日"，但它并不是隆庆皇帝颁发，是谁颁发的呢？我认同清流文史学者张文安的说法，"它应该是在尚未改变元号的'隆庆'末年年终，首辅张居正以年仅十岁的神宗皇帝的名义，颁发给裴应章的一道具有嘉奖和鼓励性的贺岁手谕"。因为隆庆皇帝在隆庆六年（1572年）二月已经去世，年仅十岁的神宗继位，而"万历"的元号要在第二年才启用，所以落款仍沿用"隆庆"年号。另外，辅佐幼皇的是革新派人物张居正，这份圣旨的政治倾向是鼓励革新，主张整肃官场，年幼的皇帝尚无能力亲理朝政，所以这份圣旨只能是首辅张居正以皇帝名义颁发的。

"讵非植之嘉者种之难，流之大者源之远乎，为子孙者可以深长思矣！"这是裴应章的句子，意思是说，难道不是上佳的植物种起来难，阔大的水流源头深深远吗？作为子孙后代，对此要深思啊！裴尚书这句话仿佛是在告诫自己，但又何尝不是在告诫四百多年之后的我们呢——的确，对我们来说，裴应章就是那种之难植的嘉木、源之远乎的阔大水流。

北宋名臣吴执中：不恤身家爱庙堂

什么人会名留青史，被后人不断提及和谈论？

影响和改变历史进程的政治家、科学家；思想艺术领域的巨匠、大家；战争中的卓越将领、英雄……这些大人物自不必说，他们会名留青史，还有一类人物，他们的名声并不算大，但他们鲜明突出的个性和特立独行的行为让他们在自己的时代"卓尔不群"，成为道德高人或者"叛逆"奇人或者造福一方的好人。

北宋时期的吴执中便是这样一位名留青史的人。

大型官修史书《宋史》、民国《福建通志》、新编《福建省志》等重要志书均为吴执中立传，成为"列传"之人物。史学家司马迁说："列传者，谓列叙人臣事迹，令可传于后世。"意思是说入"列传"的人，都有值得叙述的事迹，可以传诸后世而名垂千古。吴执中担任的最高官职是礼部尚书，相当于今天的中央宣传部部长兼外交、教育、文化部长，是很高的官阶了，但历朝历代下来，"部长级"官员很多，大多"泯然众人矣"，被历史烟尘淹没，能入"列传"的并不多，吴执中入"列传"有官阶因素，但更重要的是他卓尔不群的为官品性：刚正耿直、廉明清正、不畏强权、独善其身。即使粉身碎骨也要遵从内心的法则，他是一代名臣，为自己时代的热闹官场留下了一帧寂寞孤独的背影。

理学家朱熹在松溪湛卢山讲学时，访问过吴执中故居，题下一首诗《尚书执中公显谟阁侍制像赞》："平生矢志自刚方，不恤身家爱庙堂。谏奉能耸九重悟，追封侍制姓名香。"我以为，这是对吴执中最中肯、最到位的评价。吴先生一辈子刚正方直，不恤搭上身家性命也要忠君也要爱国也要尊崇自己的内心，他规谏进奉的决心和能力震悟天地，震悟朝廷，尽管生前几经沉浮，但死后也得到朝廷认可，追复官职，名留青史。

朝廷官场之复杂、之丑陋尽人皆知，攀附结党，玩弄权术，徇私舞弊，欺下瞒上，但吴执中恰恰是那个官场中的另类，是个"傻人"，是个"刺头"，他是这些词汇的反义词，《宋史列传·吴执中传》和《福建通志·列传·吴执中》等志书对他的故事有过极为精彩的叙述。

首先，吴执中堪称官场"傻人"。吴执中一直在州县做地方官，做了30多年，从中年做到了老年。其实他是有条件入朝廷为官的，他的同门婿吕惠卿一直在朝中任要职，只要吴执中攀附一下同门婿即可解决，但吴执中就是不肯靠攀附，不肯趋炎附势，这在外人看来够傻的。直到 60 多岁时，才凭自己的资历和实绩入朝为官，结束了半辈子河南、安徽、广东等地的辗转迁徙。入朝后先后任兵部库部司、吏部右司郎中、兵部侍郎。

其次，吴执中堪称官场"刺头"。大观二年（1108 年），74 岁的吴执中任御史中丞，相当于现在的监察部部长，主要工作是纠察邪官，肃正纲纪，审查官员，弹劾官员。照理说，人到古稀，许多事情都看淡了，不会再较真了，但吴御史的本性不改，这一职权成就了他敢于弹劾权贵、刚正不阿的一代名臣。

吴执中在地方及各部司任职多年，熟知官场种种腐败现象，初任御史，便上疏弹劾内侍省、大理寺、开封府等部司官员贪赃枉法、冒功领赏等行为。反对当时推行的用钱粮换官位的"入粟补官法"以及"轻赐予以蠹邦用，捐爵禄以市私恩"的弊政。吴执中敢于提出反对意见，既是一种为官视野开阔，看问题深刻的表现，也是一种做事有胆略、敢于直言的品行的显露。

吴执中担任重要职务御史中丞，是福建老乡、时任宰相的蔡京推荐的，可以说蔡京对吴执中有知遇之恩，蔡京也算是他的"恩人"。有句话叫"打狗也要看主人"，但吴执中不，蔡京的姻亲宋乔年父子和门客刘炳兄弟等人有违法行为，吴执中并不给蔡京面子，秉公直言奏请罢黜宋氏等人官职。不仅如此，吴执中连"恩人"蔡京也不放过，只要有不法行为就弹劾。蔡京弄权篡改新法，怕三省台谏阻难，请皇帝直下诏令，各部司无人敢言，但吴执中却上书弹劾蔡京违制动用国库、卖官鬻爵、结党营私等不法行为。

吴执中为自己的"刺头"行为也付出代价。他的忠直言行，不仅结怨蔡京，也触怒了其他权臣。任御史仅一年，便被攻讦，贬为滁州知州，后转越州（今绍兴市），再贬为洞霄宫提举。不久升为集资殿修撰、扬州知州，后加显谟阁待制改任河南府令。

再者，吴执中是十足的另类。他不断给皇帝提意见，搞得皇帝都顾忌他、"怕"他。

宋大观四年（1110年）五月，彗星划过天际，皇帝宋徽宗以为"天示灾异"而忧虑，恰逢吴执中入朝，宋徽宗询问星变原因。吴执中奏道："推寻厥咎之由实自蔡京始。"列举蔡京为政期间"命令不信、刑罚失中、财政空虚、民力困匮、农桑失业、货财不通、征讨穷荒及兴建无已"等罪状，宋徽宗也以为是这样，于是贬蔡京为太子少保，复任吴执中为御史中丞。

吴执中再任御史中丞后，针对当时任命官员，多靠私交推荐的弊端，奏请对这些官员严格甄别核验，按德才以定去留。吴执中所提建议均被宋徽宗采纳，并被提升为礼部尚书。

吴执中胆子不小，不但弹劾权贵，抨击弊政，而且对徽宗皇帝的奢侈扰民行为也敢直言谏阻。宋徽宗爱好园林和奇花异石，命朱勔到江南搜罗奇珍异玩，用漕船运送到东京（今开封），称"花石纲"。官吏乘机大肆勒索，弄得江南一带民不聊生，怨声载道，吴执中上疏极力谏阻，促使宋徽宗下诏停征。

另外，宋徽宗违反祖制任用外戚郑居中为同知枢密院事，吴执中上疏谏阻并陈述其弊，宋徽宗退还奏章，不予理会，吴执中不罢休，仍据理力争，要求皇帝收回成命，以正纲纪。宋徽宗对吴执中的谏言也有所顾忌，以后每有需索，必先告诫身边左右人："毋令吴某知。"

物以类聚，人以群分。吴执中与那些官场败类水火不容，但对那些学问渊博、志行高洁的文人名士极为推崇，与他们一起讲学论道，结为知交。他与理学家游酢、"湖湘学派"创始人胡安国、大诗人黄庭坚等名儒交好。苏轼的学生并与苏轼齐名的大诗人黄庭坚，与吴执中同殿为臣，关系很好。黄庭坚写过一首诗戏赠吴执中，诗为《吴执中有两鹅为余烹之戏赠》："学书池上一双鹅，宛颈相追笔意多。皆为涪翁赴汤鼎，主人言汝不能歌。"学书池上有两只可爱的鹅，相互追逐，意趣很多，它们都因为我奔赴了汤锅，主人对我说你不能歌咏它们。黄庭坚到吴执中家里来，吴执中烧了两只鹅，对黄庭坚说你吃了它们但不能歌咏它们。黄庭坚很幽默，喜欢戏谑，吴执中刚正不阿，一本正经，二者倒是相辅相成，相映成趣。

政和元年（1111 年），蔡京复任宰相，吴执中再遭弹劾，贬任越州知州。政和二年（1112 年），复调黄州（今湖北省黄冈）知州。在赴任途中病逝于高邮，终年 79 岁。死后追复显谟

耿直敢言的吴执中去世了，他的儿子吴岩夫受父亲言传身教的影响，成了另一个"吴执中"。吴岩夫，进士出身，字明瞻，他的父亲去世后，他被赐荫太庙斋郎，后升迁为考功员外郎。后到州里任职，无不秉公心治理，政绩突出。宋钦宗即位，吴岩夫被召回，升左司郎中。他对当时互相攀附抱团升迁、官吏庸碌无能、空占职位白吃饭等官场腐败现象深恶痛

绝，多次愤然谏言。宋钦宗对吴岩夫耿直敢言，很是惊讶，对左右说："诚吴执中子也。"

时间静静流淌，历史的烟尘总在落定与飞扬之间循环往复。

今天，松溪县渭田乡吴村，一条溪流之上，横卧着一座古石桥，这座石桥叫官门桥，建于明代，桥门两侧置有石马磴，以便骑马人上下马，俗称马磴桥，因"磴"与"登"同音，又名马登桥。两端桥门上悬挂嵌名"官门""马登"的对联，东端为"官箴整肃簪缨三代，门第光耀冠盖九州"，西端为"马跃鸾峰鹏程万里，登临吴水德泽千秋"。

对联中的"官家之门""簪缨三代"指的就是宋代吴村的一门三进士，吴执中，其父吴概，其子吴岩夫，三代先后在朝廷为官。仕宦之家，美名留存，建桥撰联以记之。

这座官门桥还在使用，是渭田吴村一带的人们出入的通道，石桥已经很古旧了，古旧成了一道风景。人们每每走过这座石桥，看一眼石桥上的对联，就会想起宋代吴门三代簪缨的故事，想起那位刚正清廉、不恤身家爱庙堂的一代名臣——吴执中。

庄西言：站在陈嘉庚身边的侨领

顺德堂故居

2015年正值中国人民抗日战争暨世界反法西斯战争胜利七十周年，在这样一个特别的年份，总能勾起中华儿女铭记历史、追念抗日英雄的民族情怀。七十年并不遥远，但岁月的尘埃总会掩盖历史的鲜亮，不断地拂去尘埃，一些抗日英雄以及与抗日英雄有关的往事便会重新进入我们的视野，逐渐清晰起来。比如从漳州南靖县走出去的南洋侨领庄西言先生，其可歌咏可悲戚的抗日爱国故事在此时再一次被讲述、传播——中央电视台《华人世界》和《福建日报》《闽南日报》等媒体均有回顾视频和回忆文字——让几乎被历史烟尘所淹没的庄西言先生重新被今人记住、缅怀。

正是因此，传播影响的涟漪甚至波及了南靖县西北角、层层山峦之中的一个小山村——奎洋镇霞峰村。霞峰村一个叫顶楼地方有座顺德堂，这里是庄西言的故居。庄先生是南靖籍印尼华侨，抗日时期曾任南侨总会副主席，他与南侨总会主席陈嘉庚先生一起，为中华民族的抗日事业费尽心血。一段时间以来，顺德堂迎来了诸多来访者，平素冷清的顺德堂有几分热闹起来，庄西言的侄孙庄众火80多岁了，精神矍铄，他常年守护庄西言故居，看到人们大老远专程赶来，他很高兴，带人参观、讲解，忙前忙后不亦乐乎。他总是略带自豪地对来人说："叔公的抗日爱国壮举，族亲一直引以为荣。"

顺德堂不起眼地坐落在几座高大土楼边上，是一座三间式土坯墙平房，厅堂开设一个大门，左右厢房分别隔有前后室，设有前后窗。"这右房后室就是我二叔公庄西言出生时的住房。"庄众火老人介绍，他的祖父有五兄弟，庄西言排第二。庄西言最后一次回故乡是1948年。毗邻顺德堂的升德堂是庄众火的住房，庄众火向我们展示一张庄西言照片，他介绍说："这张照片是日寇无条件投降后，庄西言61岁时与大夫人李惠娘的合影。"那张火柴盒大小的黑白照片中，庄先生有些清瘦，但温文儒雅。那时他刚从日本人的监狱里出来不久。

庄众火升德堂楼上厅堂上方悬挂着一块牌匾，牌匾上书四个金色大字：正大光明。这个牌匾是抗战胜利后，当时国民政府中央监察院长于右任颁给庄西言的，表彰他为中华民族生存独立而斗争的铮铮铁骨，庄西言的抗日壮举赢得了广大国人的敬仰。庄众火老人说，睹物思亲，每当看到这块牌匾，他就想到叔公，以及叔公抗日爱国的壮举，一直引以为荣。

海外发家救国

庄西言，1885 年出生于南靖县奎洋镇霞峰村。童年家境贫寒，3 岁丧父，6 岁时母亲因生活所迫改嫁，由叔父抚养成人。1904 年，19 岁的庄西言下南洋到达荷属东印度巴达维亚（华人称巴城，今印尼首都雅加达），在族亲庄宗泽店中当店员。他工作勤恳努力，6 年后的 1910 年，庄西言拿出所有积蓄与他人合资创办"三美公司"，经营土特产。1917 年，32 岁的庄西言独资创办"全美有限公司"专营进口布匹，发展为大批发商号，至 1932 年，因经营有方，业务进展极快，成为巨富。

庄西言富不忘国，热心华人公益活动。上世纪 30 年代的华夏大地总是多灾多难，远在他国的华侨们的心总与祖国维系在一起，当时一首侨歌唱道：在海外更了解到家乡的可贵，在海外更感到弱者的悲伤。庄西言是华侨们的领头人，凡是有益于国家、社会事业，他无不竭力而为，为之奔走，他曾任巴城慈善委员会主席、荷印华侨输入商总会第一届主席、巴城中国红十字会会长、华侨智育会主席、巴城福建学校学务委员长、巴城中华学校副总理、巴城福建会馆会长、中华女校委员、养生院董事、闽侨救乡会会长等公益职务。

1931 年，庄西言出任巴城中华总商会会长，就做出初步计划，倡议组织"南洋荷属华侨商业考察团"，考察祖国工商业，以华侨集团的力量谋求中荷工商业相互发展。这一倡议高瞻远瞩，立即得到华侨的响应。庄西言被推为团长，到祖国考察，为华侨事业辟出新纪元。国民政府委任他为中央侨务委员会委员。回巴城后，正逢祖国水灾，遍及七省。庄西言发起成立赈灾委员会，筹款10万余元、衣服百余箱，寄回祖国救济灾民。同年祖国发生"九一八"事变，第二年又发生上海"一·二八"战事。他再次组织巴达维亚中国红十字会筹款68万余元，赈济难民。国难当头，民不聊生，庄西言领导侨胞组织巴达维亚慈善事业委员会，从事筹款赈灾工作，全力开展捐助活动，不到一个月，汇回祖国捐款150万盾。1937年"九一八"事变后，国民政府发行第一期救国公债5亿元，他带头认购10万元。1934年，庄西言出任巴城南靖公会总理时，鉴于巴城南靖庙年久失修，损毁严重，就倡议重修。历三年大修竣工，特立碑石纪念。碑文曰：南靖公会立碑记：本会创始于1824年，考诸本庙历史，与夫基业之由来乃甲必丹戴亮辉先生所建，以垂吾靖邑在巴城永久纪念。盖此基业无论何人不能改移……今倡议维修以保遗迹……立碑记之，以崇纪念。"

1937年，抗日战争全面爆发。为抵御外辱，支持祖国抗日，庄西言以巴城中华总商会会长的身份，发动侨商抵制日货，积极劝募献金救国。他还规定，巴城经营布匹的侨商，每售出一码布就捐一毫作为爱国钱。为适应抗日救亡的新形势，更广泛地发动华侨投身于祖国救亡运动，1938年夏天，庄西言和菲律宾的李清泉，联名写信给陈嘉庚，倡议组织东南亚抗日侨团的最高机构，统一领导东南亚华侨的抗日救国运动。陈嘉庚表示赞同，各地侨团纷纷响应。同年 10 月 10 日，南洋华侨筹赈祖国难民委员会（简称南侨总会）在新加坡华侨中学大礼堂成立，来自南洋各埠的华侨代表 168 人参加了会议。大会推举陈嘉庚为主席，庄西言、李清泉为副主席。南侨总会号召全体侨胞团结抗日的口号是："有钱出钱，有力出力，抗敌爱国"。庄西言虽客居海外，却有着对祖国最深沉的牵挂，当时他的处境虽困难，却义无反顾地与同胞共担国难。自南侨总会成立后，庄西言领导荷印华侨捐献救国运动进入了一个新阶段。

据统计，自 1938 年 10 月至 1940 年 12 月，荷印华侨每月原认捐 54.4 万元，26 个月共认捐 1415 万元，但实际汇出捐款达 3105 万元，比原认捐的款额增加一倍以上，约占南洋华侨捐款总数的四分之一。

1940 年 3 月 26 日，以陈嘉庚为团长、庄西言为副团长的南洋华侨回国慰劳视察团从仰光直飞重庆。庄西言在机场欢迎会上慷慨发言，谴责日寇和汉奸汪精卫在南京蛊惑侨胞，动摇侨胞抗战信心的阴谋，代表侨胞表示决心坚决抗日，争取最后胜利。后来因当时荷印局势紧张，庄西言另有任务，提前南返。他还在新加坡等地组织南洋华侨战地服务团，动员数以千计具有一定技术的侨生回国服务。1941 年庄西言组织巴城慈善事业委员会一次捐赠给祖国足够 130 多万人服用的荷印特产、专治疟疾的金鸡纳霜丸 2895 万粒。1941 年 4 月，南洋各地福建华侨代表 300 余人聚集在新加坡开会，会议决定组织南洋闽侨总会，推举陈嘉庚为主席、庄西言为副主席。

掩护陈嘉庚

南侨总会是海外华侨抗日救国团体中，影响、规模和贡献最大的华侨民间组织，南侨总会领导下的基层救国组织达702个。提到南侨总会就要提到陈嘉庚，而站在陈嘉庚身边的另一位侨领正是庄西言。

正是因为南侨总会和陈嘉庚对抗战影响巨大，日本人恨透了南洋华侨，称他们是"敌性华侨"，尤其对侨领怀恨在心，日本人早就开始酝酿对陈嘉庚等人的迫害、追杀。1941年12月，太平洋战争爆发，日本大举入侵东南亚，几个月内马来亚、新加坡、荷属东印度先后沦陷，形势紧张险恶，侨领们的人身安全受到威胁。1942年2月3日，陈嘉庚等人乘汽船离开新加坡，4日抵达苏门答腊岛的淡耶。2月19日晚又乘汽船往己东，电告巴城庄西言："待有船即往。"庄西言即回电应承，并告知他的公子陈济民、陈厥祥已安达加里吉打。2月28日午后，陈嘉庚一行到达巴城，寓居庄西言宅，会见侨领多人，得知爪哇岛昨夜沦陷。随后庄西言安排陈嘉庚一行和自己家属迁往展玉陈泽海橡胶园内，该处僻静适于避匿。陈泽海热情应承，连同橡胶园经理赵全福一家，共住40余人。庄西言为陈嘉庚一行前来居住做了极其周密的安排。

混乱的形势不断恶化，当地部分土番趁机危害华侨的事件屡屡发生。一次夜间，百余名土番破门而入一华侨家里，男女七人，五人被杀，家产洗劫一空。庄西言闻讯，立即驱车前往芝巴蓉视察、慰问。

1942年3月3日，日军进逼巴达维亚，荷兰军队望风而逃，市内一片混乱，当地歹徒趁机打劫华侨财产，死伤数百人。4日，日军未遇抵抗长驱直入巴达维亚。8日，庄西言在芝巴蓉的别墅被洗劫一空，损失价值30多万盾的布匹。日军大肆逮捕"敌性华侨"，尤其是侨领。10日，日军送来一封信，由家人带给庄西言，信里说"请庄西言速见一面，有事待商"，另加口头交代：如不来就枪杀其全家，必自食其果。目的是要胁迫庄西言交出陈嘉庚等侨领及爱国侨胞，以图一网打尽。陈嘉庚和庄西言在潜匿地商议，预感情况不妙，陈嘉庚说："我不能连累你，你不必顾我，你回家去吧。""有我庄西言，就有嘉庚兄！"庄西言坚定地说。

庄西言多次被日本宪兵传讯。为了打听陈嘉庚的下落，日寇狡诈之极，对庄西言施以"欲擒故纵，纵而又擒"的诡计，抓了又放，放了又抓。但庄西言总是一句话："丝厘不知。"日寇阴谋不得逞，最后以鞭打捶击逼供，打掉庄西言四颗牙齿，但他坚忍不拔，视死如归，还是简单刚毅的一句话："丝厘不知！"庄西言始终没向日寇泄露其他侨领的踪迹，掩护了陈嘉庚等爱国侨领。1942年4月上旬，庄西言被日军逮捕，投进监狱三年四个月。

直到1945年8月，日本无条件投降，庄西言才得以重见天日。但因受尽折磨，庄西言已是骨瘦如柴、白发斑斑的老人了。10月，形势稍稳定，陈嘉庚重返巴城，庄西言组织数千侨胞热烈欢迎，两位老人拥抱在一起，涕泪交流。陈嘉庚哽咽地说："西言兄，我让你受苦了，不知如何报答是好。"庄西言说："是嘉庚兄的爱国赤忱支撑着我，感召着南洋同胞。"出狱后不久，庄西言与大夫人李惠娘合影一张——这张纪念照至今在前文提到的庄西言的侄孙庄众火手中，那一年庄西言 61 岁。

心系桑梓南靖

南靖霞峰村是庄西言的家乡，虽然无法经常返回故里，但海外游子无时无刻不挂念着。庄西言多次汇款回乡改善教育环境、扶困济贫。1926 年捐资 2000 银圆兴建家乡霞峰小学校舍，后因地方匪乱未尽其愿。1948 年再次捐赠 1800 银圆，始将霞峰小学校舍建成。他还乐助千圆兴建奎洋中心小学校舍。

1964 年，庄西言致信其堂侄庄顺茂说："老夫身体尚健，家乡建设事业自当考虑……"但令人难以料到的是，这位心系桑梓的爱国侨领于第二年突然因病医治无效在香港逝世，享年80 岁。

庄西言先生海外救国的浩然正气和爱国爱乡的赤胆忠心将被国人永远铭记。

在南丰识曾巩先生

一

我将世上的地方分为两种：我去过的和我没有去过的。

生有涯，而地无边，普通如我者，既非徐霞客又非行脚僧，一生能去多少地方呢？去某地，不过随性巧遇而已，世界上没去的地方终究无可计数，去过的地方屈指可数。正因为此，去过的地方才会倍显珍贵倍加珍惜。

尽管我们的脚步踏不遍万水千山走不完海角天涯，尽管有人说所谓旅行就是从自己待腻的地方去到别人待腻的地方，但我还是想说，所有没去过的地方都值得你去一次。因为对我而言，所有没去过的地方都有一种没去过的诱惑——一段陌生的文史、几样异样的小吃、三两故交新友、几处奇崛或平淡的山水，抑或空气中不一样的气息，无不都是诱惑。英伦才子王尔德说除了诱惑我什么都能抵挡。我们去到一地，不是想要得到什么，相反是为了失去好奇而去到一地。

我还有一个另类的看法，觉得只有到一地走过之后，那个地方的历史人文、风情风物才会真正从沉睡的经史典籍、流言传说中苏醒，活生生地走到我眼前来，一切过往方才跨过时光栅栏与现在融为一体，变得触手可及、生动鲜活起来。去一地，方可思一地；去一地，方可感知一地。一地的文化密码藏在一地的天、地、人之中，你只有去到那里，脚踩在那里的土地上，呼吸那里的空气，见识那里的人，你才可能破译那些密码。这或许只是我的个人偏见，但这确是我背起行囊前往一地的最大乐趣和最大理由。

前段时日，我去了江西南丰。我是借纪念南丰名人曾巩诞辰 1000 周年活动的偶然机会去的南丰。

南丰我并不陌生，从我谋职的福州回到我的湖北老家，坐动车或者自驾车，南丰都是必经之地，一年中途经好几次，但之前我一直未曾真正去过。南丰与福建建宁比邻，两县城只隔 50 多公里，我在建宁时建宁的朋友要带我到南丰"品尝千年贡橘和欣赏千年傩舞"，我也没去。

曾巩我也不陌生，著名的唐宋八大家之一，他在福州任过行政军事长官，写过诗文名篇《道山亭记》《城南二首》《西楼》。福州乌山上的道山亭边就刻有曾巩的《道山亭记》，我多次登临驻足欣赏过。他当年在福州的办公之地离我单位不过几站路。

曾巩是南丰人。这是我偶然到过南丰之后才发现的，自以为不陌生的南丰加上自以为不陌生的曾巩，其实等于甚为陌生和不熟悉的南丰与曾巩。

我未曾想到南丰是一个如此宁静古朴的千年小城，山不高而悠远，橘林绿而连绵；我未曾想到南丰对曾巩的哺育和曾巩对南丰的意义如此重大；我也未曾想到文章大家曾巩经历了如此内心跌宕、声名起伏的一生。

行走于南丰古城内，随时会与曾氏家族的印迹相遇。城内里巷间，纪念曾巩的"文定巷"穿插其间。老城西边一栋古建筑，是曾氏先祖住宅，辟为曾氏祠堂，门楣上挂"秋雨名家"的牌匾，这块牌匾与曾巩祖父有关。曾巩是否出生在这里呢？

出古城，经曾巩大道，过曾巩大桥，便可到曾巩文化园，曾巩文化园是新建的大型现代公园，园内建有曾巩纪念馆，介绍曾巩的一生以及功名成就。距离县城10多公里的洽湾镇渣坑村的盱江边，建有曾氏祠堂暨曾巩特祠，讲述南丰曾氏的文化源流和曾巩的功业，是南丰曾氏祭祖之处。我们到达时一场盛大的祭祖仪式刚刚结束，条案上的供品和香炉里的香灰还冒着热气。

南丰之行虽短暂，但千年前的曾巩形象在我心中越来越清晰、越来越真实。那位清瘦精敏，眼含忧思，一辈子都对南丰挂念于心的老人，从历史的山峦之间向我走来。

二

对于曾巩先生，他最大的声名标签是"唐宋散文八大家之一"。

要知道，这是极大的声名，就是说唐宋 600 多年，散文写得最好的八人席位中有曾巩一席，很难得，当属于百年一遇的文才。

韩愈、柳宗元、欧阳修、苏洵、苏轼、苏辙、王安石、曾巩。八大家的名字读下来，"曾巩"二字的光亮与那七位比起来好像暗淡了一些，在现代人眼中曾巩的名气不大，存在感不足，流传不广。提到前几位，人们张口而出他们的名篇警句，提到曾巩，想半天也想不出能替换他名字的名句来，八家中曾巩似乎要被忽略了。

其实不是这样的。曾巩曾经很红很牛的。少年成名，中年日盛，后世尊奉，他曾走过了一条文学家梦寐以求的文学之路。当然，与之成功的文学之路并行的是他困顿的求学之路和不甚如意的为官漂泊。

他生前很红。曾巩 12 岁时试写《六论》，提笔而成，文辞颇有气魄。20 多岁时他的文章惊艳到了当时的文坛领袖欧阳修，说他文章有不可掩饰的灼人光焰，赞扬曾巩是众鸟中的雄鹰，并收他为学生。欧阳修明确表示，他的学生上百人，他最喜欢曾巩。可见曾巩的文章魅力。曾巩中进士之前，虽偏居南丰，生活困顿，但他写的文章传播很远，人们"得其文手抄口诵，惟恐不及"，是文坛上的当红才俊。后来进士及第，辗转各处为官以及到京城为修史官之余，他的文章越发儒雅峻洁，好友兼一代文章大家王安石称赞曾巩的文章"曾子文章众无有，水之江汉星之斗"，意思是说曾巩的文章大家都写不出来，像长江一样博大，像北斗星一样耀眼。语虽夸张但推崇之心昭然可见。

他身后也很红，而且红了八九百年。有些作家人一死，名气和作品也随之而死，但曾巩是个例外，他死后更红，声望一日高于一日。这里边有三个原因：一是"唐宋八大家"之称呼是明清的文选家提出来的，形成了一个"八大家"选本的系统，曾巩的文章选的比欧阳修、王安石、苏轼还多，流传性很广；二是理学大师朱熹很推崇曾巩，称他为"千古醇儒"，曾巩文章于是成为儒家理学的正宗典范，契合了当时的时代精神，很多人参加科举考试多要读曾巩文章；三是关于曾巩是否会作诗的笔墨官司一直打了几百年，有一派比如曾巩的名学生秦观和陈师道都说曾巩不会作诗，但另有一派诗人学者比如刘克庄等却大加赞赏曾巩的诗，曾巩一直都是文坛舆论的话题人物。

有了选本，契合时代精神，处于话题中心，所以曾巩的走红完全符合现代传播学规则，他这一红便红了八九百年。

但是，这份超越时空而远播的声名在现代中国却戛然而止，个中原因复杂且耐人寻味，找倒不是太难，无外乎这样几点：很少入选全国通用课本教材——失去了普及传播的途径；与时代精神不太契合——醇儒之说已显沉寂；话题的争议也尘埃落定——笔墨官司裁定曾巩的诗也是很不错的。所以，千年文章大家曾巩在今天被冷落被忽略了，偶尔有人提起曾巩，大家觉得很是陌生，被老师要求背诵唐宋八大家名字的学生总难说出曾巩的名字。

不过世间的事总是戏剧感十足。曾巩去世 933 年后的 2016 年，他老人家突然又火了起来，他唯一存世的墨迹《局事帖》，在拍卖行里拍出了 2.07 亿元的天价。很多人惊愕地张大了嘴，问：曾巩是谁？一封普通的信凭什么那么值钱？在好奇的追问之下，人们才发现，曾巩也非等闲之辈，早就是载入史册的著名的唐宋八大家之一，于是兴致勃勃地去找他的文章来读。

这是大好事，因话题受关注进而亲近他的人亲近他的文，曾巩意外地在千年之后为自己获取了关注度和知名度，不过这想起来颇有一丝反讽之意，本以文名天下的却靠了墨迹，就如同本以实力赢江湖的却靠了颜值。另外，《局事帖》2.07 亿贵吗？一点儿都不贵，这是千年遗珍，人间孤品。有人说用 2 个多亿买了中国一千年的历史和文明，其实是捡了一个便宜。尽然矣！曾巩的一封信价值 2 亿多，我们惊愕，其实我们更该惊愕的，是曾巩价值连城的千年文章。

三

那么，抛开一切外在因素——时代、传播、话题等——回到文学本身，曾巩的文章究竟怎样呢？

我以为是很不错的，他的文章平实典雅、清爽刚健，千年文章，自成一家，继续传诸后世没什么问题。曾巩文章最大的特点是：实。平实，朴实，实得清澈，实得刚健。文章的"敌人"是虚和假，一虚便空，一假便泻，八大家之外，虚和假盛行，文采过分，内容空洞，形式做作，曾巩的实，在当时是一种开创，在现在是一种大道。

曾巩文章不是那种一读就会惊艳得你从椅子上弹跳起来的那种，欧阳修初读曾巩时被惊艳了，欧惊艳的是曾巩文章的"新"，完全脱离了当时盛行的"西昆体"的雕琢、险怪、奇涩、空洞的文风，初露一种新文风的苗头：平实自然又有气势。

曾巩文章不似锦簇的繁花而似岩溪边的菖蒲，有山野气息，有峻洁之美；不似呛人的新酒而似陈年的老茶，平顺自然，味正香远；不似湖面飘荡的浮萍而似出污泥不染的莲荷，深沉静息，雅致博厚。

曾巩文章没有李白的仙气飘逸，没有杜甫的沉郁顿挫，没有陶渊明的通透澄明，没有苏轼的豪放洒脱，没有欧阳修的宽阔博雅，没有王安石的风姿绰约，但他有自己独有的一份朴实本真，典雅刚健。这是他的真正价值。

由此而观之，在历代对曾巩文章连篇累牍的评价中，我喜欢《宋史》对他的评价，说他的文章"纡徐而不烦，简奥而不晦"，就是说他的文章张弛有度，深入浅出；我还喜欢清初编辑著名的《唐宋八大家文钞》的张伯行的评价，张说曾巩文章"峻而不庸，洁而不秽"，点出了曾巩文章有峻洁之气，清爽刚健。这两个评价，从外在做法到内在气势，全面揭示了曾巩文章的卓越之处。

所以，曾巩文章不是少年青年读者的"菜"，而是中年老年读者的"菜"，人生由绚烂的梦想和激情的奋斗过渡到平实沉稳的日常之后，我们才能体味到曾巩文章平实典雅、纡徐不烦的魅力。此时再读曾巩，我们会越读越懂越喜欢他。

举一例，比如他的散文《道山亭记》。曾巩在福州任过知州，前他好多任也在福州任过知州的程师孟在福州乌山上建了一座名道山亭的亭子，曾巩应程师孟之请写《道山亭记》。《道山亭记》花大笔墨写闽地山高水长路难行，写福州府城内的三山，小河遍城，连通大海，景色很美，花小笔墨写了程师孟治理福州的功绩。

《道山亭记》写得很妙，一妙妙在小说笔法写散文，写得实、细、活。"其途或逆坂如缘组，或垂崖如一发，或侧径钩出于不测之溪上：皆石芒峭发，择然后可投步。负戴者虽其土人，犹侧足然后能进。"写道路的样子，用了两个比喻，如迎坡攀援的粗绳和垂挂山崖的头发丝，写行走的样子，要小心下脚，即使本地人也要侧脚前行。句句写实，写得有现场感，是小说笔法。二妙妙在结构布局层次多变，由远及近，由近及远，由局促到开阔，移步换景，一路写来，文章有一股韵律感。三妙妙在"寓主意于客位"，本来是写道山亭，却大量写闽地、闽山、闽城，点墨来写亭写程师孟的福州功业。另外，其实一想，曾巩为什么这么写？他赞颂程师孟其实也在暗中赞赏自己，因为他们两位都在福州这个僻远难行的地方任过职。

曾巩的很多文章都如《道山亭记》，写得实，不花哨，写得讲究，不繁琐晦涩，读起来如沐春风，是一种享受。

曾巩的诗得李白、杜甫、王安石、欧阳修之精粹，洒脱、自然、开朗。读读他的《城南》："雨过横塘水满堤，乱山高下路东西。一番桃李花开尽，惟有青青草色齐。"这样的诗如果选入中小学教材，我想也会被称颂的。

曾巩文章的主调是平实、峻洁，其实他的人生哲学也是以平实、峻洁为其主基调的。

他为官以"实"，是实干派，从实际出发，到一地，整治社会治安，建设基础工程、发展文教，做事稳重精敏，一心为国为民。曾巩在京城做了十年修史官员，校勘、编定了多种史书，后来主动提出外调，辗转七州为官，广受民众尊敬。也正因为实，总是得不到重用，时常被政治中心排挤，有些不得志，于多个地方辗转。

他为人也很"实"。对朋友真心实意真性情，曾巩的朋友圈很强大，他的老师是文坛宗师欧阳修，苏轼与他是同年进士，王安石与他是布衣至交，最要好的朋友。王安石位高于他，他对王安石的变法也提出真心的劝告，劝告王安石要求得社会舆论和各派政治势力的最大支持，要提升教化官员素质，但王安石有些固执，不曾听进去，后来变法失败。曾巩后来和王安石有些隔阂，但晚年彼此还是深情依旧。

最后不得不提到曾巩在南丰的一段艰难生活。

曾巩虽少年成名，但18岁参加科举考试落第，返回南丰后，父亲因被诬告丢官，养家的重任落在曾巩和异母兄曾晔瘦弱的肩上，上有九十岁的祖母、六十多岁的父亲、四个弟弟、九个妹妹，要为全家口粮操心。后来父亲去世，自己贫病交加，在好心人的帮助下，曾巩带着弟妹在南丰城东耕种一点儿田地，勉强把日子过下去。曾家兄弟一边耕种一边苦读的日子长达十年。这期间，曾巩和兄长曾晔参加了两次科考，均双双落榜。从 18 岁到 39 岁考中进士，整整 21 年，曾巩经历了人生的至暗时刻。面对屡屡落榜的失意和接踵而至的磨难，曾巩没有消沉颓废，反而以一种坚韧退守的人生态度、平实奋进的为学之道，成就了一段"身在乡野，名闻天下"的传奇。

北宋元丰六年（1083 年）四月，曾巩病逝于江宁府（今江苏南京），终年 65 岁。后归葬故乡南丰源头崇觉寺右。世称"南丰先生"。

回望几千年中国文坛，我感觉，有了曾巩不算多，但没有了曾巩，一定会少了什么。

寻找金翼

何为金翼？何为金翼之家？

当你向朋友说起你有过一次宁德古田县金翼之家之行，接下来，你得接受以上类似的询问。尽管你耐性十足地细致解释，对方眯缝着眼儿似听非听，或许明了或许没明，但末了多半来一句：那有什么好玩的？

就司空见惯的乡村风物来说，确实没什么太好玩的；但就时光深处一个家族弥足珍贵的记忆来说，实在好玩至极。好玩，是时尚的评价尺度，带有一点洒脱和不恭的味道。好玩与否？关键还得看你的好玩点在哪里，有人觉得风景好玩，有人觉得文化好玩——涉及人的审美与品性之差别。

金翼之家，简言之，指位于闽江中游的古田县黄田镇凤亭村的林耀华故居。林耀华何许人也？林先生是享誉世界的大学者，他是我国民族学、人类学、社会学的一代宗师，泰斗级人物。

林先生 1901 年生于古田县岭尾村（今凤亭村）。1928 年入燕京大学攻读社会学，师从著名学者吴文藻先生（著名作家冰心的丈夫），获硕士学位。1937 年赴美国哈佛大学攻读人类学，获博士学位。1941 年回国先后任教于云南大学、燕京大学、北京大学、中央民族大学等院校。2000 年逝世于北京。

在美国期间，39 岁的林耀华用英文写成《金翼——一个中国家族的史记》一书，一部小说体的人类学经典著作，畅销世界半个多世纪。《金翼》是林先生的家族记忆，讲述发生在乡村豪宅"金翼之家"寻常和不寻常的故事，再现黄、张两个家族及其时代的变迁史。

所谓"金翼"，指金鸡的翅膀。在《金翼》中，林先生解释了"金翼之家"的来历——

"这就是'风水'啊，兄弟们！这山的形状很像鸡，头和脸偏向一边，但一只金色的翅膀却伸向你们的房子。那必定是你们家兴旺发达的原因。我们就叫它'金翼之家'吧！"

黄家三哥的同学、一位来自福州的有学识的年轻人在后山游玩时，发现并说出了这一秘密，它的分量胜过普通乡村的风水师，这种吉祥神秘的说法如一阵风，吹遍黄家，吹遍村里，吹到镇上，黄家的这栋豪宅成了众所周知的"金翼之家"。

一个夏日午后，阳光灿烂，我造访了金翼之家——这座建于 1915 年、已经有百余年历史的乡村地主家的豪宅。

　　这座华屋大宅称得上"豪"：依平缓的坡地而建，三个平台依次增高。为六扇两弄三进式建筑，厅堂、主房、书房、客房、储藏室等一应俱全，错落交织。与村里其他房子不同的是，房子的左前和右后边各有两个三层高的塔楼，用来防御土匪，墙上有瞭望窗口和枪眼。整座房屋规模宏大，木雕精美，占地面积 800 多平方米。

　　因年久失修，金翼之家曾一度濒临倒塌，不久前县里斥重资重新修缮，恢复了金翼之家百年前的风采：白墙灰瓦，雕梁画栋，屋顶层叠起伏，阳光下宛如一座白色宫殿。

　　大屋最后面的四进处新修建一个两层结构的多功能厅，这里是金翼之家的最高点，可以俯瞰整座大屋以及远处的景物。我迫不及待登上多功能厅的走廊，寻找护佑黄家的"风水"：金翼——那只著名的金鸡的翅膀。向右侧脸望去，金鸡山的一片山脉与大屋相连，也许是角度不对，翅膀的样子并没有那么形象。

　　但是有意外发现，视线越过金翼之家的层层屋顶，往正前方望去——山峰如龙，在山脚的河流拐弯处陡然变缓，如龙头，河流环绕的中间是一片圆形稻田，如龙嘴里吐出的一粒珍珠，这就是《金翼》中提到的另一块风水地：龙吐珠。

　　"龙吐珠"这块风水地本来是黄家找风水先生勘测到准备盖新房用的，没想到黄东林的姻亲张家张芬洲也特别中意，瞒着黄家，先人一步在龙嘴正前方建造了自己的大屋。黄家只得另觅风水地盖房。如今，在我眼前，张家大屋早已随衰败的张家消失无踪，而"龙吐珠"的样子依稀可辨。

　　后来黄家发达，成为镇上首富，张家衰败，人去楼空。对于这种结局，人们均归咎于这两块地的风水：一条穿山而过的公路的修建，等于斩断了"龙吐珠"的龙脉，张家从此衰败；而"金翼之家"的那只金色翅膀一直护佑着黄家，一代一代兴亡发达。

用风水来解释两个家族此兴彼衰的理由，是中国传统的认知方法之一，"风水"成为《金翼》一书的关键词，它是一股神秘的力量，如幽灵一样盘旋在乡村家族的上空，并无形地主宰着一些事情。林耀华先生认为，风水是"一种偶然的不受控制的力量，正是它决定了一个人生活的沉浮"。

但是，当风水控制着一些事情带来严重危机时，另一种关系便出现了——林先生提出了一个现代意味十足的词：调适。林先生在《金翼》中说，"命运就是人际关系和人的再调适"，"人类生活中有一种弹性是其无法控制的。当生活之网中的某些联结被危机肢解失效时，另一些联结会全力发挥作用"。

这种调适在黄家的诸多困境和发展机遇中发挥了作用，比如黄家与欧家的木材争夺官司中，在福州任职的三哥的调适为赢得官司起了决定作用；比如小哥从省城回镇上时被土匪绑架勒索，黄家与地方官员、军队的关系救了小哥的命；比如黄家生意由镇上扩展到福州的航运、木材、鱼米等生意，各种关系的调适让黄家人在转折性事件上进入人生和事业的最高境地，而张家则相反，各种关系调适失败，导致家族落败。

黄家的渐趋发达、张家迅速衰败、活生生的人物沉浮，林先生用"风水"和"调适"来解释和论证这一切。

　　《金翼》之妙，妙在看似在讲述1901—1941年闽江边一个乡村家族的故事，实则在探求一个大的社会话题，乡土中国靠什么力量来维系它的运转？林先生给出了自己的答案：古老传统的风水信仰和现代意义上的关系调适，构成了乡村家族以及乡土中国运转的秘密之一。

　　《金翼》之妙，还妙在它以小说生动传神之笔法来写作一部社会学著作，我更愿意将它当一部吸引人的小说来读，它所写的事和人让人念念不忘，从细节到叙述到分析，全然小说的春秋笔法，却又如此真实。我不得不佩服林先生的笔力，他深刻的洞察力和这轻逸优美的叙述里饱含了他对故土深深的眷念之情。

　　从金翼之家回到福州很长一段时间，只要经过闽江，我忍不住会多停留一会儿，尽管闽江两岸高楼林立，车水马龙，江中不时有现代游轮货轮驶过，早已不是80年前的闽江，但我眼前仍固执地浮现林耀华先生在《金翼》中所描述的当年情形。这条江上行100里左右，就是古田县的黄村，黄家当年的红火生意和后代求学外出走天下，总是乘坐人工木船、机动木船往返于这段江面。江水流淌，奔流不息，昨天与今天的故事，本质上来说又有什么差别呢？无非奋斗，沉浮，功业，或者了无踪迹，或者留下印痕。

　　如果金翼之家只是地主家的一栋豪宅，如果这栋豪宅没有诞生林耀华先生，如果林耀华先生没有写出一部《金翼》，那金翼之家还会留存至今吗？那我会造访金翼之家吗？那一切还有什么好玩的呢？

爱与痛：与两本书有关的故事

美国作家索尔·贝娄说，一个人的一生可以用几个笑话来概括。

对着这句话，我想了想，还真有这么个意思。人生几次关键转折或变故时期，总会留下几次引人发笑的丑态或窘境，回头打量，发现很多东西都忘了，而这几个见证人生变化的笑话却镌刻在记忆里，有场景、有人物、有情态，如在眼前，活灵活现。云淡风轻时还不时拿出来重温，讲者听者无不哈哈大笑。说人生如几个笑话，既是一种自我揶揄，也是一种自我旷达。一个人一辈子真如几个笑话，一下就过去了。

是否也可换一种思维和说法：一个人的一生可以用几部书来概括？

多数书，给予我们知识、见识和思想，如卡夫卡说的"一本书必须是一把冰镐，砍碎我们内心的冰海"，它们参与了我们的人生建构，长成我们身上的肉和骨头，做了我们人生观、价值观形成的底色。多数书如吃下去的食物被我们的胃消化了，与我们的身体和精神融为一体，不可寻见，只有少数的那几本，在我们身上留下印记或者伤疤，成为我们情感苦痛和精神蜕变的一支"安慰剂"和"催化剂"。而以伤疤形式留存于身体的这样几本书，足以来概括我们的人生。

于我而言，人到中年，似乎也有了一点儿回首往昔的谈资，驻足回眸，有那么两本书成了我半世人生的"安慰剂"和"催化剂"。

一本书是《少年维特之烦恼》。1995 年，我 20 岁，在一个小县城的师专里毕业后，留校做了"阅读与写作"的教师。我深知，教授我的同龄人我不够资格，知识、阅历、思想均不够，唯有海绵吸水似的去学习，去阅读，去思考。那一两年是我文学阅读的饥饿期，教课之余就是泡图书馆，几乎囫囵吞下了学校小半个图书馆，与马尔克斯、博尔赫斯、卡夫卡、福克纳、海明威等大师初识。那时阅读也赶时髦，这些现代派大师正热，读他们很有面子，而瞧不上托尔斯泰、歌德等古典主义大师，认为他们迂腐古旧了，哪有现代派"带劲儿"——今日想来真让人汗颜。

那两年学校一下子进了 20 多位年轻教师，集中住在一排平房里。从学校到学校，身份变了，身上的学生味还未褪尽，一种天然的黏合力连接着老师和学生，这一排平房里学生进进出出，热闹如集市。1997 年秋天的一个黄昏，我在隔壁汪老师房间聊天，门开着，突然进来三四个女学生，汪老师介绍说约好了的，是他的咸宁老乡，今年文科班新生。我起身要告辞被汪老师挽留，挽留的理由难以拒绝：她们也想认识新的"帅锅"老师。初次见面的聊天总让我尴尬，不知说什么，还好他们是老乡，有说不完的话。其中一位女生，白面孔，短头发，长相活脱脱一个小赫本，纯净雅致中有一股子韧劲儿。这位超凡脱俗的女生惊艳到了我这个"乡下佬"，我们说了几句话，看她时我心怦怦跳得厉害。老实说我喜欢上了这位女生。这种突然而至的喜欢来势凶猛，几天来眼前晃荡着的都是这位女生。我向汪老师求救，能否再邀那位女生来他房间坐坐？来了，我装着碰巧进去找汪老师。聊天，聊了很久，说说笑笑，感觉女生对我也有点儿"意思"。

时间在情感的煎熬中过得并不快，到冬天了，我想向她表达我的"意思"，我生性懦弱，直接表白不可能，找汪老师转达吧不好意思，于是想到借歌德的《少年维特之烦恼》一书来表白。外国文学史上讲过这本书，但我没有真正读过。没想到，我那时瞧不上的歌德先生的名著派上了情爱表白的用场。忐忐忑忑将书送出去了。

三天后，我收到了那位女生回送的一本书：《牡丹的拒绝》，当代作家张抗抗女士的散文集。国色天香的牡丹它在拒绝什么？读《牡丹的拒绝》一文，才发现写的是洛阳城的牡丹，在冷寂的四月没有像往常那般富贵开放，它"拒绝本该属于它的荣誉和赞颂"。在文中牡丹并没有拒绝爱情，只是这个书名被女生拿来应景，发出了一个拒绝接受的信号。

收到这本表示拒绝的书，我很失落和怅惘，用俄罗斯诗人阿赫玛托娃的诗句来说，是"受尽煎熬的灵魂被洗劫一空"，但内心的胆小和虚无的师道尊严让我停止了继续去追逐这一段情感。我重新到小镇上的书店再买了一本《少年维特之烦恼》，开始阅读。

书的开篇写道：至于你，善良的人哪，你正在感受着这样的压抑，现在总可以从他的烦恼中汲取安慰了。如果你因为命运不好或自己的过错而找不到一个更亲近的知己，那就让这本小书做你的朋友吧。

这本书一下子击中了我，我沉浸于少年维特与绿蒂烈焰四射、粉身碎骨的爱情中不可自拔，我同情可怜的维特，也憎恨懦弱的维特——难道需要用死亡去证明自己坚定的爱情吗？这本书也拯救了我，一方面，我与那位女生没有开始便速朽的情感，在维特的故事中得到了续演或再现，我变成了维特，绿蒂变成了那位女生，我的情感故事在小说中得以完成；另一方面，维特的开枪自杀惊醒了现实中的我，歌德在小说中说，"凡是使人幸福的事，又会成为不幸的源泉"，这种"不幸"的忠告似乎很快驱逐走了我的失落和怅惘。

从《少年维特之烦恼》开始，我开始重新认识和崇拜古典主义大师们，也开始我漫长的对他们未曾完结的阅读。

一年后，我离开那所学校，考入武汉的一所教育部直属的重点师范大学深造，从教师再度回归学生。此后我没再见到那位女生。值得一提的是，十多年后我在一次文学会议上见到了《牡丹的拒绝》的作者张抗抗女士，听我说完这个故事后，她笑着说："要是知道这本书还有拒绝爱情的作用，就不用这个书名了。"

后来我成为一名文学编辑，从江汉平原迁居到南方，我简单的行囊里总少不了这两本书：《少年维特之烦恼》和《牡丹的拒绝》。

另一本是《文章学与语文教育》。一部小众的学术著作，属于文章学与语文教育交叉学科的研究，主编是河南师大曾祥芹教授，上海教育出版社 1995 年 4 月出版。书的扉页右下角有我的笔迹：1999 年 5 月购于洪山书城。洪山书城在我就读的师大北门的斜对面，是当年我常常光顾的地方。

学生囊中羞涩，买一本书不亚于找一个女朋友，反复掂量价格、权衡用处后才出手。我记得很清楚，当时买《文章学与语文教育》出于两种考虑：一是近需，一位朋友托我写一篇语文教育方面的文章，需要阅读相关书籍，而这本书出现得正是时候；二是远虑，为毕业后可能从事的语文教学做些资料储备。

书快速翻看完毕，受之启发，写成一篇《语文教学与人文精神重构》的文章，三个月后，刊发于一本关于语文教学与研究的刊物上。这本刊物系我们师大文学院主办，在中学语文教育界拥有巨大影响力，我一个在校生能亮相此刊与有荣焉。拿到刊物我异常开心，不仅重读了一遍我的文章，而且从头至尾读了他人的文章，没想到的是，教授我们"语文教育学"的老师也在这期上刊发了一篇谈文章学与语文教育的文章。与自己老师的文章同期，又为一荣，我迫不及待读完，读完后觉得有些段落似曾相识，翻开《文章学与语文教育》对照，发现老师四五千字的文章里有两千字与书中内容雷同，许多地方一字不改。

一个令人不安的词跳进我的脑海：老师抄袭。

实话说，"语文教育学"这门课并不受中文系我们这帮眼睛生在脑门上的学生的待见，认为没啥学术含金量，上课时多是混日子或看其他书，恰巧教授这门课的老师又不受我们待见。这位老师"草根学术"出生，从中学教师岗位调至师大文学院任"语文教育学"副教授，这一点倒不重要，英雄不问出生嘛，主要是他身上有两个毛病让人生厌：一是每次上课没讲几句，就会来一句"这个问题请参阅我的某一篇文章，见《某某某》杂志，哪一年哪一期"，总是这样说，说多了不就成了一种炫耀吧？且多是一些中学语文教学杂志，我们哪儿找去呢？一种没啥学术含金量的炫耀令人生厌。二是总喜欢拿期末考试不及格来"威胁"我们。谁翘课了，点名没来，他板着脸孔便说，再缺几次课期末就不及格了啊。那年这位老师出了一本"语文教学论"方面的新书，他几次在课堂上以不容商量的口吻对我们说，我的书每个人都要买啊，不买期末不及格。唉，这话儿说得太没风度、太让人不舒服了。我们很多老师出了书，也会在课堂上"推销"：我出了部什么书，与我们专业相关，如果哪些同学想要，可找课代表登记购买，我会打折哦。看，这话儿听起来多舒服。

我兴奋地将这位老师涉嫌抄袭的事说与了同寝室的兄弟们听，我询问大家：要举报吗？不容置疑，大伙儿异口同声：举报。我知道这种不容置疑的口气里包含了对这位让人生厌老师的报复性的"回敬"。

由此，我写下了平生第一封也是最后一封举报信，举报我的老师论文抄袭，涉嫌学术不端。举报信的落款，我没有写下自己的真实姓名，署名"一个读者"。信写好后，交与寝室兄弟们传阅，他们纷纷为我竖起大拇指，我沉浸在一种英雄义举的气概里自我陶醉。吾爱吾师，吾更爱真理，况且吾不爱吾师。——我用这句话来为我的行为寻找理论依据。

举报信发出去，宛如一颗小炸弹扔出去，爆炸的冲击波辐射到杂志社和师大文学院。

证据确凿，事实清楚，我的老师迅速且绝望地承认抄袭事实，接受批评并在文学院全体教师大会上检讨。据与会老师后来说，检讨时那位老师流下了真诚的悔恨的并乞求全院教师谅解的泪水。

我的那位老师为此付出了沉重代价：被调离教师岗位，到文学院资料室管理资料，乏味且无趣的资料室工作几年后，他申请援疆，到新疆一所师专任教，几年援疆结束后回到师大文学院，一直没有再安排具体工作，没几年就黯然退休了。

我的留在师大的同学不时会碰到那位老师，告诉我那位老师整个人垮下去了，目光空洞呆滞，穿着草率，身形虽然高大，但也如孔乙己一般萎靡落魄了。同学在电话里对我说，我的那封举报信几乎毁掉了那位老师后半生。——这句话让我内心一震。我问同学那位老师知道是我举报的吗？同学说具体不知道是谁，但知道是自己学生举报的。

如今二十年过去了，每每想起同学对那位老师落魄样子的描述，我便深深自责和悔恨：他的一次学术不端，就该承受如此残酷和绝望的后半段人生吗？我的回答是否定的。我一次次想，如果我没有买下那本少有人问津的《文章学与语文教育》，如果我没有同那位老师在同一期刊物上发表文章，如果那位老师没有那么令我们生厌……

如果在今天，在告别了意气用事的青年时代的今天，在经历了诸多人生风雨的今天，如果再一次让我遭遇此事，我敢肯定，我不会写下那封对自己老师的举报信，我会私下里写一封信给那位老师，提醒他他的论文可能抄袭了别人的文字。然后一切到此为止。

举报事件大半年之后，我毕业离校，离校时清理书籍，我将《文章学与语文教育》和我购买的那位老师的著作留给学弟，没有带走它们，我想彻底忘记这件事，但这一奢侈的愿望没有达成，相反在往后的日子里它时不时跳腾在我心间，让我不得安宁。

写下此文，但愿一切都随风而去吧。我要对那位老师说：对不起！

两本书，人生旅程的两次深深刻痕，一曰失落情感的"安慰剂"——《少年维特之烦恼》；一曰精神成长的"催化剂"——《文章学与语文教育》。与这两部书有关的故事构成了我人生道路上的两道深坑，这两道深坑虽然被时间填平了，但我内心的隐痛永远被埋在里边。

亭江人的美国故事

一　从英语培训班到"国际"幼儿园

　　十五年前我曾去过一次亭江。当时在亭江开办英语培训班的朋友邀我，我问亭江有什么好玩的？朋友说镇上人花的都是美金，家家户户都有人在美国。这种奇异的说法着实让我这个外地人吓了一跳：一个近在咫尺的小镇怎么与遥远的美国有如此紧密的瓜葛？好奇心是最好的前往理由，我甚至把亭江想象成美国小镇的样子。

　　当然，这种想象夸张而可笑。福州马尾的亭江镇，如中国千万个小镇那般普通，不宽的街道，商铺相连，来往着背土货的乡人，车辆穿梭扬起灰尘，热闹而烟火气十足。"镇上人花的都是美金"的说法固然是玩笑，但"家家户户都有人在美国"是一句实话。朋友告诉我，亭江常住人口只有两万多，有五万多人是海外侨胞和港澳台同胞，大多数旅居美国。

朋友的英语培训班在镇上的中心地带，用他的话说"生意很好"，学费收的都是孩子家长寄回的美元。很多十五六岁的亭江孩子，初中一毕业，来他这里培训三五个月，学会基本会话，掌握"盘子""餐馆""外卖"等专业用语后，就到美国去了。朋友夸张地说，很多孩子都是国际视野，中国只知道两个地方，一个是福州，一个是北京，然后就是美国了。去美国投奔父母或亲戚的初中生很多，朋友挣了不少美元，当初他辞去"铁饭碗"的犹豫神情已经被成功的笑容所代替。

十五年后，我又一次来到亭江，在镇上找朋友的英语培训班，那所房子还在，培训班没了，变成了一所"国际双语"幼儿园。在小朋友们叽叽喳喳的欢快声中，隔着铁门栏杆，我问一个年轻老师，英语培训班哪里去了？年轻老师一脸茫然，她说她来的时候就已经是幼儿园了，可能倒闭了吧。应该是倒闭了，整个街上已见不着当年随处可见的英语培训广告，倒是一些幼儿托管的横幅广告随风飘荡。

时过境迁。十五年并不长，但它足以让一些事情兴衰生灭。从过去英语培训班的火热到眼下多家幼儿园的兴起，这种看似普通实则意味深长的变化，其实从一个侧面例证了亭江这座侨乡小镇移民的某些新特性。陪同的镇上干部告诉我，幼儿园兴起，是因为从美国送回寄养的亭江"小美国人"多了，这些孩子就是当年十五六岁出去的那一拨人在美国生的小孩。而英语培训班的衰落，说明最火热的移民潮时代已经过去，20世

262

纪八九十年代该出去的都出去了，而今天，新一代有美国国籍的"小亭江人"又寄养回来了。

亭江位于闽江入海口北岸，靠山面江临海，与毗邻的连江琯头、长乐潭头等地一样，自古就有视海商水手为主业、向外移民谋生的传统。20世纪40年代以前，亭江人主要是到东南亚、新加坡、香港地区等地谋生、做海员。二战以后，因东南亚地区经济发展不景气，亭江人迁移的目标变成了大洋彼岸的美国，20世纪40年代，美国已有了亭江人。之后一段时间，在新加坡、我国香港当海员的亭江人主要以"跳船"的方式移民美国，慢慢地形成一个亭江人的移民群体。20世纪80年代起，亭江人大量移民美国，在90年代形成一个高峰，今天在美国的绝大部分亭江人都是那个时期移民的。最近一些年，亭江人主要通过亲属合法移民，移民和处理移民事宜成为亭江镇稀松平常的事情。

镇里负责侨务的干部说，亭江百分之九十九的家庭都有人在美国，就是说亭江的每一个家庭都与大洋彼岸的美国有骨肉牵挂。毫无疑问，这种独特的移民小镇，不仅在福建就是在全国都是少见的。

二 去美国打拼

尼克和我走在亭江盛美村的村街上，不断有人和尼克打招呼。"回来啦？""回来了。""啥时走啊？""过一段时间。"尼克跟我说，以前村里人见面打招呼是"吃了吗？"，现在是"回来啦？"。尼克带我去找一家茶馆，准备坐下来慢慢聊，我请他给我讲他在美国打拼的故事。

尼克本名郑峰，盛美村人，尼克是他在美国的名字，他习惯了人们叫他尼克，他说这是他在美国二十多年唯一随身携带的"美国印迹"，除此以外每一样都是地道的亭江人。

午后的茶馆很是清静，我们点了一壶岩茶。

"在美国干得还可以吧？"我问。

"过得去，这几年，"尼克说，"最艰难的日子熬过去了。我混得一般，亭江人在那里干得好的不少，有的已经是成功人士，还有一些人不如我，正在煎熬。"

尼克告诉我，到了美国才知道美国不是天堂，不是在家想象的那样好，只有吃得下大苦的人，在美国才能生存下来。尼克到美国的第一站是纽约的唐人街，在亲戚的中餐馆洗碗，每天工作 14 个小时，长时间站立，腿站到失去知觉。生活单调，除了餐馆工作就是睡觉，每天最想念的事情就是睡觉，那时候永远缺觉。尼克头脑灵活，英语学得也快，一段时间后尼克开始送外卖，与外面的世界——包括老乡包括美国人——的联系多了，世面广了，机会也多了。几年后尼克自己在唐人街开了一间自己的中餐馆，经济收入大增，日子走上了正轨。

"最初很艰难的几年，有没有想放弃？"我问。

"难是很难，但没有放弃的心思，因为去美国是一条没有回头的路，家里借了大笔钱等着还，自己的日子要过下去，没办法放弃，只得撑着，想办法改变，融入那个世界。"尼克说，"一些人吃不了苦的，就去偷去抢，被警察抓住了，一辈子再也进不了美国，就完蛋了。"

能吃苦，脑瓜灵活，尼克成了许多在美国的亭江人中普通且幸运的一个。

镇上负责侨务的干部去过纽约的亭江同乡会，他说纽约的东百老汇简直就是"福州街"，那里不但满街可以遇见福州人，举目可见中文书写的"福建同乡会""福州会馆""亭江同乡会"等牌子，甚至连商店也多取跟福州有关的名字，如："榕城地产公司""福州大花店""闽江小吃""福州鱼丸"等等。不言而喻，冠有"福州""榕城""亭江"之类店名的老板必定是来自福州的移民。而且福州话已经成了纽约唐人街的第二母语——满街随时可以听到福州话。

都是亭江出去的，在美国的亭江人很团结，互相扶持，宗亲关系密切，从事的行业也相互关联，大多集中在餐饮业、装修业、杂货，也有建筑、地产等行业，客运业也一度兴盛。开餐馆，就要进杂货，就要装修。而客运巴士业的兴起，则是因为在美几十万华人往来的需要。福州人、亭江人经营的巴士客运业，以纽约市为中心，向波士顿、费城、华府和芝加哥等城市辐射发展。

我问尼克："当初十五六岁，那么小，大伙儿为什么拼了命往美国跑？"

"完全是跟风、攀比，我们这里的人有一种根深蒂固的观念，是男人就要有勇气出国，只有没本事的人才在家里吃苦受穷。这附近所有的村子都是以是否有家人去海外来衡量一户家庭的身份和地位的。"尼克说，"当然，美国比我们富有，美国干一个月（收入）是我们的好多倍，很多人在那里发了，回来很风光，让人羡慕。这样，你带我，我带你，大家就都去那里了。"

尼克是 20 世纪 90 年代出去的，那是亭江最火爆的移民时期。尼克出去三年后，他的弟弟也来美国投奔他，尼克后来与一个福州女子结婚，共同经营两家中餐馆。他们的儿子在美国出生，是美国人了，前两年送回亭江寄养。尼克的父母年纪大了，住在村子里，帮他照看"小尼克"。"小尼克"今年 3 岁，尼克 36 岁。

尼克是个能说的人，我们聊了很久，握手告别时，太阳快落山了。

三　回馈家乡造福桑梓

亭江归国华侨联合会主任杨享齐先生，不到 70 岁，身材魁梧，梳着大背头，拿着时兴的苹果手机，精气神十足。他是美国归侨，熟悉海内海外的亭江华侨社团。我想采访几位热心家乡公益事业的成功华侨代表。在亭江侨联的大楼里，当我向杨老先生提出能否推介几位时，杨老先生视线移向窗外，沉思片刻后转向我，敦厚一笑对我说："成功的华侨很多，热心公益的也很多，推介谁呢？好像谁都不好推荐，因为人实在太多了……"看到杨老先生有些为难，我忙说："理解，理解。"

杨老先生送给我一本 2007 年 12 月出版的《侨涌亭江——亭江侨联成立五十周年纪念画册》，序言里有一段话或许解释了杨先生的难处："树高千尺不忘根，到哪不忘故乡土。即使身隔家乡万里，赤子热忱不减。海外华侨身在异乡，情系故里，慷慨解囊，捐资引智，热心家乡公益事业。截至 2006 年，海外侨胞为家乡公益事业捐资达 3.8 亿元人民币。"

的确，3.8 亿元对一个乡镇来说不是小数目，它是几代侨胞、几万颗爱心汇聚到一起凝结起来的，是爱乡之情托起的回馈家乡、造福桑梓的梦想，又哪能分得出几个谁成功谁不成功的侨胞呢？

旅居美国的五六万亭江人，以村为单位，在海外先后成立了十多个社团及联谊会组织，在此基础上，于 2013 年 8 月在纽约成立了美国福州亭江联合总会，当选的郑廷勇主席介绍说，美国福州亭江联合总会成立的目的，在于团结旅居美国地区的亭江人，凝聚乡情，服务乡亲，合群兴业，繁荣家乡，造福桑梓。

繁荣家乡，造福桑梓，不仅是海外亭江人的心声，也是从海外归来的华侨们的心声。比如归侨李永敬先生在美国创业成功后，回到家乡，将财富和精力投身到马尾新城的建设中，他在接受记者采访时说："我是美国华侨，从我 19 岁出国谋生时，就一直怀着一个为国造福、为民谋利的美好梦想：以后回国创业，报答养育我的祖国、家乡和我深爱的故乡人民。26 年后的今天，我把积累的财富和智慧献给家乡马尾新城建设，实践我最初的梦想。"

我在亭江采访的时间并不长，但我发现每个村庄都留下了华侨爱心捐建、捐资的痕迹，无论是学校、幼儿园、敬老院，还是文化活动中心、图书馆、道路、桥梁……它们好像是一座座华侨爱乡丰碑一样，静静地矗立在亭江的土地上。

尽管这座爱乡丰碑的名单很长，但我还是愿意将它们以村落的方式"镌刻"在这里，以致感怀——

长安村。高达 16 层的长安感天大厦，永远是长安人的骄傲。本世纪初，美国华侨杨金星，发动广大海外华侨，集资兴建了长安感天大厦。很难想象，在一个乡镇的一个村里，能看到如此宏伟的建设。天坛公园、感天公园、干净整洁的水泥路……无不闪耀着长安海外华侨的爱心光芒。

英屿村。对英屿村人来说，最难忘的莫过于方便地喝上干净清甜的自来水，英屿村引水工程 2001 年竣工并投入使用。该工程由侨胞郭振彩先生 1998 年发起，他捐资 13.5 万元，并发动海外华侨的力量共同捐资 485 万元兴建。英屿村的怡乐园公园、村头至桥头前的水泥路、村口门亭，都是由爱国侨胞郭振彩先生捐资兴建。

闽安村。海外华侨捐资 500 多万元，捐资人数达 700 多人，建设了老人活动中心、幼儿园、颐福楼、步行街、公园、道路等。闽安村人姓虽杂，但人心齐。

长柄村。长柄村号称"小美国"。这里是亭江出国人较早较多的村。长柄村所能见到的小学、影剧院、幼儿园、公园、敬老院、村口改造、新村建设，都是侨心侨资的见证。海外华侨捐资近千万元用于各项公益事业建设。

东街村。东街村有一个不逊于城里的公园叫金牛山公园。海外华侨、美国福建东街联谊会会长李振香，捐资 50 万元建设。他还捐资 3 万元兴建东街小学电脑室，还与美国郑美根一起，为东街幼儿园购买了一台价值 1 万元的钢琴。东街海外华侨共捐资 200 多万元用于家乡的公益事业和教育事业。

亭头村。亭头村的海外华侨们捐资了 2000 多万元用于道路、文化事业、村容村貌建设等项目。康庄路、五限山路、图书馆、文体场、礼堂、敬老院、街坊门亭、长廊公园等，都是他们赤诚之心的杰作。

西边村。从早期的敬老院、幼儿园、村内和环村水泥路、礼堂影剧院，到现在的象山公园、风景区环山水泥路的建设，华侨们共捐资达 700 多万元。王孔修、杨英其、张秀林捐资 150 万元修建拥有现代化设施的西边幼儿园。

东岐村。在海外华侨黄邦响独资兴建小学的带动下，东岐华侨纷纷捐资出力，幼儿园、公园、敬老院、古文化的保护修缮……华侨们共捐资达 600 多万元。

洪塘村。上世纪 90 年代，旅美华侨林建先捐资 17 万元，捐建洪塘幼儿园。洪塘公园、村口道路建设……洪塘的海外华侨为家乡建设共捐资 230 万元左右。

笏山村。笏山村海外华侨们捐资 230 万元修建笏山影剧院。

白眉村。白眉敬老院、白眉公园、俱乐部……白眉村海外华侨共捐资达 200 多万元。

象洋村。象洋村华侨为家乡娱乐中心、敬老院、公园、乡村门楼、水泥道路等献资 800 余万元。

……

四 在亭江的"小美国人"

前文提到的亭江盛美村的尼克，此次就是因为儿子"小尼克"的一个文件需要他亲自办理而返乡的。小尼克是典型的亭江"小美国人",小尼克1岁多时被从美国送回,交由爷爷奶奶照看,如今在镇上一家幼儿园上小班。据闽江学院学者陈日升在2004年的统计数据,当地寄养的"小美国人"已超过1100人,到2014年,已增长为2000人左右。

从20世纪90年代起,一批批亭江新移民在美国生育了自己的小孩,因为美国国籍是出生地原则,所以这些小孩出生即是美国公民。因各种原因,这些小孩出生后不久,带着美国护照、赴华签证、寄养儿童申请书和委托书,被送回亭江老家抚养。这样,一个跨国寄养的"小美国人"群体慢慢在小镇亭江形成,成为今天的一个规模现象。

亭江"小美国人"抱回寄养时,最小年龄只有一个月,最大的两周岁,多数在3个月到8个月之间。有些父母不能亲自将孩子送回国,在美国的亭江人聚集区出现了专门的"抱孩人",彼此都是亭江人,父母只需要负担孩子的飞机票,另付1000美元的"抱孩费"即可。这些小美国人在亭江一般长到5岁到6岁时,再返回远在美国的父母身边。

父母们选择这两个往返时间点是有一定根据的。婴儿出生3个月后,耳膜的生长已经基本健全,不会因为越洋航班的气压对他们造成身体伤害,而从心理上来说,婴儿待在母亲的身边越久,对母亲的依赖也会越严重。选择让孩子在5岁左右回到美国,首先是因为这个年龄段的孩子刚开始学着与外界接触,这个时候学习英语很容易,而且美国公立学校不收费,还有专门的校车接送,相比于孩子在国内接受教育,父母能省下很大的一笔费用。

寄养孩子5岁到6岁返美还有一个现实原因，关于外国人在中国境内寄养居留公安部有一个规定，外籍儿童申请赴华的最长居留期限为5年，5年期满前必须返回国籍所在国。如16岁。

学者陈日升分析，"小美国人"被送回寄养的原因是多方面的，大致有四个方面：一是新移民的生存状态，大部分新移民在美国为生计打拼，过得并不宽裕，夫妻两人如有一人不工作来照看小孩的话，收入会大幅减少，夫妻两人都要工作，无暇顾及小孩，只得送回国内；二是养育小孩中美两国费用差别大，中国便宜许多；三是中国父母习惯爷爷奶奶或外公外婆带小孩，这也是传统之一；四是中国政府也简化外籍儿童在中国境内寄养手续，办起来很方便。

尼克对我说，其实吃苦不算什么，远在美国的父母最苦的是对孩子的思念之苦。每天晚上一下班，尼克的妻子一洗完澡就迫不及待地打开电脑，与远在亭江的儿子视频通话，短暂的视频通话成为夫妻两人一天中最快乐的时刻。尼克说："女人比男人脆弱，在美国有时一提到儿子，我妻子的眼泪就在眼眶里打转儿，我知道没有一个母亲愿意自己的儿子与自己隔着万水千山。其实我们是有条件把孩子留在身边的，人嘛，总是想赚更多一些钱，为他以后创造更好些的条件，只得先这样了。"

"小美国人"多了，幼儿园、托管所也就相应地多了起来。"亭江的大小幼儿园至少也有二三十家，有的幼儿园孩子多，一两百人，有的孩子少，几十个人。"镇上的干部说，"每个幼儿园都有外籍孩子，教学内容、方式上倒没什么区别，无非是活动、游戏、简单的内容。"村里一家幼儿园的老师告诉我，因为自己父母没有在身边，这些孩子一般会跟老师比较亲近一点，这些"洋娃娃"吃着从美国邮寄回来的奶粉和零食，却十分缺少与父母的亲密接触与交流，常常对幼儿园的老师极为依恋，有些孩子甚至拉着老师的衣服，叫她们"妈妈"。老师还说，远在美国的父母为了弥补对孩子的亏欠，在物质上无条件地满足，加上孩子都是老人带，容易溺爱，有时候孩子们回到美国后与父母之间又存在着隔阂，很容易导致各种教育问题和家庭问题的出现。

其实，这些暂时生活在亭江的"小美国人"是一个有着双重身份的特殊群体，一方面传统上他们是亭江人的子孙，潜移默化受老辈人的教养、熏陶；一方面法律上他们是有美国籍的外国人。在血缘的亲情和异国的法理之间有时是矛盾的，需要调和的。他们在亭江的生活受到美国驻华使领馆的关注：2003年非典期间，美驻华使领馆的官员曾致电福州市侨务部门，要求对寄养的"小美国人"予以关照。对当地政府来说，如何善待这两千人的"小美国人"群体，成为可能涉及中美两国关系的问题。

这些"小美国人"在亭江的成长时间虽然只有短短五六年，但它承载的却是家乡之根和家族之脉的启蒙和传承，这里的模糊记忆与现实都会留在孩子们的血脉里，提醒他：你是中国亭江人，你的根在这里。

他们是新移民的第二代，或许将是完全不同于他们父辈一代的在美国的亭江人。

"天下世家"上官氏

　　"我祖上比你阔多了。"这是鲁迅先生笔下著名小说人物阿Q的一句名言，意思是我祖上曾经阔过——这句话何尝不是许多人内心的期盼。为了让这份期盼坐实，人们乐此不疲地寻找蛛丝马迹或者牵强附会的证据，来满足一己的家族荣耀感。

　　与个人期盼不同，在邵武和平，有一个家族属于"别人家的祖上"，得到大家无可辩驳的公认：那家的祖上曾经太阔了。这个家族叫上官家族。所谓阔，在这里不仅指世代簪缨、家财万贯之阔，还指德行之阔：忠勇献国，刚正不阿，廉孝传家。这二者之阔，或许正是和平上官家族盛极几代的秘密之一。

　　和平上官家族在宋代被称为"天下世家"，这是一个相当高的称谓，只有那些门第高贵，世代为官，名人辈出，代代相沿的大姓氏大家族方可称之。既然和平上官家族享用如此称谓，自有其缘由。

首先，上官家族门第高贵。

上官家族从哪里来？何时、为何选择了和平古镇这一世外桃源般的地方？

这些谜一样的发问吸引我的脚步走进一个家族的过往。家庙、祠堂往往是一个家族记忆的存储中心。上官家庙，无疑是解谜上官家族的最佳处所。

深秋，阳光明媚，天地阔远，一切那么美好。我们前往上官家庙。上官家庙在和平镇坎下村，离古城二十多分钟车程。入村，首见牌坊式砖石构门楼，气势宏大，砖雕精美，门面上雕"上官家庙"四字。穿拱门，进大门，到家庙里。两进殿结构，进门处是前殿，有一个可拆装的戏台，后殿供奉上官先祖。在家庙里朝向大门望去，大门前的照壁上四个描金字"焄蒿凄怆"很醒目。我不懂其意，百度后才知道，"焄"同"熏"，指在祭祀先祖燃起的香气中，人们感到悲伤。这座家庙建于明末清初，距今300多年了，想到先祖们的荣辱，后人怎能不凄怆万千呢？

照顾家庙的是一位老伯，上官族人，住在村里，他拎出一包族谱，翻阅着讲给我们听，族谱新旧版本都有，最早的为1930年修的谱，纸页破损发脆，不敢翻开。

族谱上记载清晰。和平上官家族的第一世为上官仪，唐朝宰相，初唐著名诗人，他的诗"绮错婉媚"，史称上官体。上官仪有个著名的孙女叫上官婉儿，为唐代女官、诗人，上官婉儿是中国历史上一位传奇女性，其人生众说纷纭，其故事演绎不绝。第六世上官偕，元和四年（809年）进士及第，到福州为官，被朝廷任命为福州户曹参军，从这一年开始，上官家族的脚步始由河南开封府踏上八闽之地，新的一支脉开始新的生长。上官偕逝世后，其幼子上官丁遒（第七世）携家属溯闽江而上，之后便定居邵武。上官丁遒的长子上官岳（第八世）勒封孝廉方正，即作为备用官员，从邵武到和平等候分派，从此上官家族在和平落脚。

由此可知，和平上官家族是晚唐上官岳定居和平后开枝散叶、繁衍发展起来的一望族。上官家族的血脉与皇家相连，门第可谓高贵，因异地做官而来到美丽的和平——一个宁静、富庶、繁华的入闽古镇。

其次，上官家族世代为官，科第极盛。

虽然和平古镇自古是邵武南片的政治、经济、文化中心，但古镇面积并不太大，晚唐方迁入古镇的上官家族，在两宋时期的科第之盛简直令人惊讶。

明嘉靖《邵武府志》载："于宋则言天下科第之盛，必曰：邵阳矣夫！"意思是，说起宋代科举及第的盛况，必要说到邵武。其实后面还有半句话：说起邵武科第之盛，又当首推和平，和平科第之盛，又首推上官家族。

两宋时期，和平上官家族蝉联相继，历代官宦，据《福建省志人物志》2003年社科版统计，邵武宋代进士数共计一百五十六人，上官氏占其中六十二人，其中榜眼一人即上官均。关于榜眼上官均还有一段逸事。主考官苏轼、吕大临本拟定上官均为状元，但因其策论反对王安石变法，触怒王安石，于是被降为榜眼，将原本榜眼的泰宁人叶祖洽为状元。历史有时总会捉弄人。

有关上官家族及第之事，总有一些佳话在坊巷间流传至今，成为人们惊叹的对象和教育子女的样板，比如："一门儿进士一榜眼"，指的是上官凝家祖孙三代进士九人。"一姓三房二十二进士"，指的是上官曾、上官凝、上官陶三房，济济一堂的父子、兄弟、叔侄相继登科进士二十二人，同时在朝廷为官的有七十二人。有一副对联这样写：宴罢宫花满壁，朝回牙笏盈床。有人开玩笑说，他们家下班回来，上朝所执的象牙手板满桌子都是，勿忙时还会拿错。

自明景泰年后，和平上官家族走向衰败，景泰六年以后，不再见其有中进士或举人者。

盛极转衰，本是事物发展之规律，但上官家族盛衰转变的具体缘由是什么呢，这无疑是一个耐人寻味的大问题。

再者，上官家族名人辈出。

上管家族名人辈出，唐有忠勇将军上官泊、上官兰，宋有正直敢言、有胆有识的上官均，明有超凡脱俗的大画家上官伯达……

上官泊、上官兰，唐代将领。乾符六年（879年），上官泊为和平镇将。当年黄巢从浙东起义，掠取江西，攻破饶、吉、信等州，乘胜推进，破山开道，趋近闽地建州。君王心急如焚，上官泊与儿子上官兰挺身而出，为君王分忧，领军抗击黄巢军，出师前立下誓言：不收黄巢，九泉之下，不敢见先君。于是直趋建州阻击黄巢，奋力杀敌，最终上官父子战死沙场。朝廷闻知，追封上官父子为"忠勇将军"。多年之后，上官洎的后世孙、宋代龙图阁待制上官均奉旨出使外国，夜宿驿站时有盗贼准备劫杀他时，先祖上官洎在梦中显灵庇佑，让上官均逃此劫难。上官均回朝廷后奏表此事，朝廷立即加封上官洎为"民主王"，上官兰为"五通王"，并敕免迁葬北胜堡暖水寨，在原葬地址坎头村下城桥畔建立专祠纪念两位"忠勇将军"。因上官洎字惠安，故称"惠安祠"，宋代建筑至今保存完好，香火旺盛。

上官均，宋代名臣。他的事迹入录《宋史·列传第一百一十四》，记录精彩。上官均正直敢言、刚正不阿。比如元丰年间，福建老乡、宰相蔡确推荐他为监察御史里行。当时，相州富家子弟杀人，案件的审理受到审刑院、大理寺的怀疑，京城中谣传法官窦莘等人接受贿赂。蔡确安排猜忌阴险的官吏几十人，残酷地整治窦莘等人，没有人敢申明冤情。在事实面前，上官均不顾私情，上疏说明情况，请求下诏让大臣参与审理，但因此获罪，被贬谪为光泽县县令。不仅如此，上官均还有胆有识，为国家治理贡献过许多智慧。元祐初年（约1086年），有谏官请示兼用诗赋来考试录取士人，宰相就想废除考试经义。上官均说："经学以理为主，使人得到的是根本；诗赋以文为主，使人追逐的是末梢小节。如果不考虑本末，而要承袭考试诗赋的弊端，我看不到这么做可以得到什么。"从熙宁时期以来，京城众多官府禁止接待外人。上官均说："以诚待人，别人就会竭力尽忠；用怀疑的态度待人接物，人们就会只想苟且免于罪罚而得过且过。"希望除了开封府、大理寺之外，其他地方都取消禁令，以表明胸襟磊落，对人不疑之意。他还建议皇帝明令诏告天下，使政令宽松而不纵恶，严厉而不失恩德，以此来兴起中正和顺之风。皇帝按他的奏章之意下诏书。上官均一身清廉，去世时，家里没有多余的钱，靠朋友资助才入殓，等朝廷拨下钱物后才出葬。享年 78 岁。

上官伯达，明代著名山水人物画家。因画艺杰出，永乐年间（1403—1424 年）上官伯达被召入京城，直接进入仁智殿，作《百鸟朝凤图》，皇帝见了非常高兴，于是授官给上官伯达，他推辞不受，以年纪大为由请求归隐故乡。上官伯达善写山水，所作神佛人物，着色细致，神采兼备，能使人肃然起敬。他以一幅《百鸟朝凤图》名扬朝野，可在盛名之下，他婉拒了唾手可得的功名，拂袖投身于青山绿水间，尽展生花之笔。在邵武的宝严寺内，他那超凡脱俗的丹青，至今依然撼人心魄。

和平上官家族的名人还有很多：上官凝、上官垲、上官恂、上官怡、上官惜……

宋代大儒、著名理学家朱熹为上官氏宗谱写序，他写道："得君家谱批阅之，乃见其源流之远，人物之盛，绅笏之多，以及名公巨卿，舒记诗歌，生婚卒葬，谥行名位，皎皎如星月朗朗。"朱熹将上官家族比作清朗明亮的星月，是上佳的评价和赞美，不愧为天下世家。

我们只是如此粗线条地梳理了和平上官家族的繁衍脉络，仍不禁感慨道：这家的祖上曾经太阔了。

我把青春献给你

二十年前那个炎热的夏天，我从没有空调的绿皮火车上走下来，拖着全部家当——一口皮箱，皮箱里有半箱书和几件单衣。火车从武汉出发，越平原，穿山洞，走走停停十九个小时后，它将我"吐"出来，我一脸疲惫，满身气味。我落在了陌生的榕城的土地上。这里，远离故乡两千里，我没有一个亲戚，也没有一个熟悉的人，我宿命般地来到这里，是因为这片土地上有一个听起来便让人感觉惬意的地方接纳了我，这个地方叫福州，这个地方有一家叫《福建文学》的刊物。如今二十年已矣，我在这里落地，生根，苏轼说，"此心安处，便是吾乡"，榕城成为我的第二故乡，福州成为我安妥身体和灵魂的另一个家。

遇　见

　　我坐车来到凤凰池，凤凰池，一个美丽的名字，这是省文联所在地。院子里那棵葱郁的百年老榕迎接了我，然后迎接我的是《福建文学》的主编黄文山老师、副主编施晓宇老师、编辑部主任吕纯晖大姐，榕荫的清凉和各位老师的笑脸，一下子扫去了我的炎热和疲惫。我们寒暄之际，老郭——我总是这样称呼他——郭志杰拿着一张写有我名字的纸牌走进了主编办公室，也给我满脸笑容，原来老郭骑着摩托去火车站接我了，我没想到有人接站所以没在意便错过了。黄主编说，没办法通知你，还是让人去接你了。我有些感动，我在心里对自己说来对地方了。

　　我在办公室一张米把宽的铁制行军床上"将就"了几周——白天打开门办公，晚上关上门擦澡睡觉，睡觉前在办公桌上看看书，办公室里甚至还挂着未干的衣服，那段时间我成为文联大楼办公室的蹲守者，生活的日常和工作的严肃，在一间不大的房间里"合二为一"，这很有意思，让人感觉生活不像生活工作不像工作的，这段经历成为我日后永久的独特的记忆——之后的一天上午，黄主编亲自带着我，到文联背后的城中村去寻出租房。往村子里去有一段上坡路，黄主编身形高大，弓着走，我在他身后跟着，那一刻我想起我的父亲。出租屋有很多家，黄主编带着我一家一家看过去，耐心十足，这家卫生不好，那家太嘈杂，等等，最后终于找到一间价格和各方面条件都蛮合适的房子，我住了下来，心也仿佛安顿了下来。我进文联时，文联住房紧张，合同上有一条"住房原则上自己解决"，但是在外租住一年之后，《福建文学》为我争取，文联还是给了我一个带卫生间的单间，我很满足，也很感激，文联人没有因为所谓的合同条款将自己框死，给人一间房就等于给了人一个家，在搬入文联之前，我精心打扮了我的那个家——买来床，铺上地塑，摆上我的那些相依为命的书。后来，有更年轻的朋友要租房，黄主编就让我带他们去，我带他们去我曾经租住的地方，他们跟在我身后，我便想起黄主编弓身上坡带我去租房的情形，很温暖。

安居而乐业。居虽不大，但有一个放置自我的空间，够了。我的"业"呢，就是做了《福建文学》的一名见习编辑，跟着吕纯晖大姐学编小说。吕大姐自己写小说，是懂小说的人，再来编小说是很有功力的，我跟着她学编小说，是我的幸运。开始我跟她不在一个办公室，有事没事爱往她那儿跑，看她编过的小说，有删减，有添加，空白处写满她秀丽的字，我得琢磨这里为什么做减法，那里为什么做加法，慢慢地，算是摸着了编小说的一点门道儿。吕大姐漂亮、热心、会穿着，对我关照有加，饭局捎上我，活动带上我，好事想着我，把我当亲弟弟一样看待，那段时间我情场失败很是孤寂，感觉一无所有了，心绪不宁，离开此地的念头都有了，是她的热心，让我不再孤寂，留了下来。很多年过去，这份热心一直让我惦念。去年，吕大姐被病魔夺去了生命，我悲痛不已。

对我业务教导良多的还有黄主编和施老师，怎么约稿，怎么看稿，怎么退稿，都在每一天友善而开心的工作中"灌输"给我。黄主编宽容大度，古文家底殷实，有时他会到我办公室来，听他说"文学上登堂入室多难""增强古文功底"等话题，总有启示。我一度很害怕施老师叫唤我的声音传来，不是我的校对出了差错，就是他冷不丁地写出一个似是而非的字词来考我，我十有八九答不上来，臊得脸通红，末了，施老师总不忘仁厚地取笑我，"还大学生呢！"我不敢偷懒，一个字一个词也不敢马虎放过。尤其他们对于文学的热爱、见识，和对一本刊物的挚爱，都潜移默化地影响我，成为我在人生经历和工作中的一笔财富。

当时在凤凰池的文联离福州大学很近，那里有好几家书店，夏天的晚上还有一个卖旧书的夜市，一溜过去，什么书都有，下班之余，那里成为我打发单身时光的好去处，淘书，读书，乐此不疲。做小说编辑的，就是诊断小说的医生，这小说写得怎样？好还是坏？就像找出杆秤的准星才能称出重量一样，得找到一个标准，好小说的标准是什么呢？只有从传世的经典中去建立标准了。唯一一条路是去读。我开始一次沉溺，读卡尔维诺读陀思妥耶夫斯基读福克纳读海明威读曹雪芹……读到一定时候，我从这些经典中仿佛找到了一些好小说的标准，因为我开始对来稿不自觉地指手画脚起来，我开始谈到小说的人称、小说的叙述速度、小说的结构等问题了，而且我开始发现了那些来稿与经典之间的差异和距离，我也慢慢地能从字里行间判断一个作者是刚开始写小说还是已经有几年的写龄了，在与作者的交流中我开始能说服他们，他们偶尔也会说我是一个"懂行"的人了。

年轻最是好读书。那段时日，是我阅读量最大、思考最多、收获也最大的日子，如果没有那段恶补阅读的日子，或许我真正懂得小说的时间还将往后延迟，慢慢地，我也开始独立发稿，脱去了"见习编辑"的帽子。如今有家室了，不期而来的家务事儿总是将书桌前的阅读时间切割得零零碎碎，像当初那般昏天黑地的读书的日子也不可能回来了，想来很是怀念。我记得当时还专门搞了一个"文联青年干部读书班"，二三十号人，拉到郊区住下来，请老诗人蔡其矫先生、福建师大孙绍振教授、《福建文学》黄文山主编讲授如何读书，如何鉴赏文学艺术，专题性很浓，少空洞少说教少政治，很纯粹的读书班，大家感觉很好，文气在我们身边这样一点一滴氤氲开来。

福州这座城市我是慢慢喜欢上的。刚来时，饮食上不习惯，在湖北辣、咸了二十多年，辣、咸在身体里生了根，突然吃到锅边糊，觉得腥；吃到荔枝肉，觉得太甜；吃到酸辣汤，觉得太酸……那段时日，无论是去大饭店还是小餐馆吃饭，我都自带一瓶老干妈。慢慢地，我把老干妈忘掉了，觉得锅边糊鲜，荔枝肉香，酸辣汤够味，我知道我的味觉已经喜欢上了福州。现代著名作家郁达夫说福州是"无山不秀，无水不奇；要取景致非但是十景八景，可以随手而得，就是千景万景，也不难给取出很风雅很好听的名字来"。我同意这种说法。城在山中，山在城中，满城榕树满城的绿，大江小河流经城市，著名的三坊七巷，2200年的建城历史，无处不秀，无处不是景。很显然，我的视觉和感觉，也被福州征服了。二十年前初到福州，最繁华、光鲜的地方是东街口和五一广场，后来有了元洪城步行街，今天的繁华、热闹之地太多了。我当年乘坐的绿皮火车已经换成了舒适、快速的高铁动车，它载着我在湖北天门与福州之间穿行，在两个故乡间穿行，在两种感情与回忆中穿行。我想说，慢慢喜欢上的总是持续最久的，福州于我便是如此。

我在福州工作、生活了二十多年，当年培育我的那些老师大多退休了，也有的离世了，只要想起这些人事来我就会感伤。我至今仍在为《福建文学》服务，我把青春献给了福州，献给了《福建文学》，我无悔。

艺术的敌人和朋友都是时间

我一直有读画和读画家传记的习惯，前不久读到了丰子恺编著的《梵高生活》一书，讲述梵高的生活和他的艺术故事，书里边还插有梵高的画，梵高的画和故事让我一如既往地感动，梵高已经被无数人谈过了，似乎意犹未尽——大师留给人们的总是如此——所以，我也想谈谈梵高。

一　艺术的敌人是时间，艺术的朋友也是时间

丰子恺先生编著的《梵高生活》（原名《谷诃生活》），1929年11月由上海世界书局出版，84年之后的2013年，此书重新出版。此时，距作者丰子恺先生去世38年。书的面目变了，由繁体竖排变为简体横排，插入梵高大量画作，译名改为如今通用译名，没变的是丰子恺的文字。书中所述对象——

梵高和他的那些画作，距今也已 120 多年了。

今天的我们读这本书，一是读丰子恺隽永的文字和他独到的见解，二是读梵高的生活和他的艺术世界。无论我们从这本书里读到什么，但有一份奇妙存在：这么多年过去了，一本小小的民国时代的书，穿越几十年的时空距离来到另一个时代，还有再版重新被人阅读的价值，不能不说是一种奇迹。84 年，多少文字，多少书灰飞烟灭，而这本《梵高生活》留了下来。这恐怕是所有的艺术都渴望获得的一种幸运吧。

艺术与时间，是一对摔跤手，它们是"不打不相识"的关系。如果时间把艺术打败，它们将成为敌人，艺术也将成为伪艺术，被时间抛弃；如果艺术把时间打败，艺术和时间将会成为一对亲密朋友，艺术也将成为真正的艺术，与时间一起永存下去。

没有一个艺术家或作家不愿意自己的艺术成为时间的战胜者，所以在有些场合，比如文学研讨场合，总能听到这样的声音："我的作品是写给五十、一百年之后的读者读的"，"五十、一百年之后再看吧，我的作品还活着"……说这种话的人是带有底气的，相信自己的作品可以打败时间。而拥有这种信心的有两种人：一种是天才，比如梵高，生前的价值不被人认识，他用最终打败了时间的作品来为自己获得声誉；还有一种是蠢才，自高自大者，作品不行，活着得不到重视，用时间来给自己开脱，其实百年之后，他自己也死了，在场听到这话的人也死了，谁知道是否还有人读他呢。

艺术与时间的对垒终究是残酷的，所以梵高就说："我认为这是伟大人物经历中的一幕悲剧……他们往往在作品被公众承认以前就死了；在他们活着的时候，他们遭受着为生存而斗争中的障碍与困难的不断压迫。"但梵高对自己作品的遭遇却全然不介意，丰子恺先生写道："他并不因了俗众的不理解而失望，也不因了商卖的美术界的屏斥而灰心，毕竟他是有实际的精神的根据的。"——梵高说我的内心仍然是安静的，是纯粹的和谐与音乐；我的最大的愿望是创造美的作品。

梵高相信时间。"我的艺术是献给未来的。"他说。

二 是把艺术当饭吃当命活，还是把艺术当玩意 当名片，是一种态度

每一个伟大艺术家的成功不可复制。梵高的成功也不可复制。因为伟大都是独一无二的。但是，如果你要成为一个艺术家甚至伟大的艺术家，对待艺术的态度是可以复制的。

梵高对待艺术的态度，是把艺术当饭吃当命活，他说"如果不作画我就会疯掉"，他的艺术与他的生活、生命互为等号，不分彼此，梵高是这一态度的极端的例子。丰子恺先生在序中说："梵高的全生涯没入在艺术中。他的各时代的作品完全就是各时代的生活的记录。"的确如此，他走到哪里画到哪里，遇到什么人画什么人，前提是这些物这些人均与他的生活、生命发生过交集，比如他的佳作《唐吉老爹像》的唐吉老爹就是梵高感激的人，比如他笔下的太阳、麦地、向日葵，那是他内心的激情在蓬勃燃烧的样子。

梵高在 27 岁之前尝试过多份工作：画店学徒、福音传教

士、教师。他想养活自己，但都不如意，不是别人炒他鱿鱼，就是他炒别人鱿鱼，他心在绘画上，割舍不了。27岁之后，他不再从事其他工作，专事画画，但画画并不能养活自己，他靠父亲和弟弟提奥接济，勉强维持生计。他一直在日常生活与绘画生命之间苦苦挣扎，他可以把生活过得很糟糕，但他从不放弃自己的另一半生命——绘画。到37岁自杀，十年间他留下了2000余幅杰作，如此算下来，他几乎每天都在作画。这是何种的一份热爱啊！

　　是把艺术当命活成就了梵高的伟大，还是艺术天分成就了他的伟大？这个问题，没有答案。

　　但是在今天，有一个现实是，把艺术当生命的艺术家越来越稀有了。曾经，在我们文学成为朝圣对象的20世纪80年代，有一些诗人是把诗歌当饭吃当命活的。有一个"朦胧派"的诗人是一个电厂工人，写过几首广为传抄的诗歌后，到北京参加了首届青春诗会，返原籍后工厂通知他去上班，他说："没有听说诗人还上班。"此后他一辈子以诗歌为生，与清贫潦倒相伴。

　　在这个为自己活着的时代，我们是否活得太过精明，太过看透一切，一心想着只要把自己短短的一辈子过得风不吹雨不淋、过得知足常乐，至于是否平庸乏味、是否得过且过不在思考之列。一个追逐物质与权力的时代，它的艺术家是不会轻易为艺术而活的，在这样的时代，一个艺术家要过得滋润无比、过得随波逐流，真是太容易了，谁愿意为了艺术去"苦其心志，劳其筋骨"呢？所以，那些卓越而伟大的艺术也因为艺术家的少执着、少狂热、少专注而远离他们。我们知道，伟大的艺术来自作品与艺术家全部生命的合二为一。梵高是如此，卡夫卡也是如此。

不是说艺术家就该固守清贫困苦，艺术家也可风光无限，但是对待艺术的态度，应该是专注、专一，不妥协、不满足，为了艺术，该舍弃俗世的快乐还得舍弃，该下地狱还得下地狱，像梵高那般把艺术当命活。

做艺术是要有所牺牲的，尤其是做真正的艺术，梵高为艺术做了高贵的牺牲，这或许是大师诞生的前提。

三　艺术之难，难在有生命力，难在有热情的永不熄灭的生命力

人为什么需要艺术？

因为人是有生命力的，他需要与另一种同样具有生命力的对象物对话、交流，而艺术是另一个自己，是人的对象物之一，所以人需要艺术。丰子恺说"学艺术是要恢复人的天真"，也有类似意思，是说艺术里藏着人的天真之本性，人要从艺术里找寻本真。

那么，艺术便有了高下之分：有生命力的和无生命力的。这与丰子恺先生的说法一脉相承，他认为"古来艺术家有两种类型：其一，纯粹是一个'艺术家'或'技术家'……其二，不仅是一个艺术家或技术家而是一个'人'"。所以，有生命力的艺术是事关"人"的，人的苦恼、忧愁、奔放、欢喜等情感都在艺术里呈现出来；而无生命力的艺术里也许有"人"，但人是僵硬的、固化的、无生机的。

　　比方说，同样是描绘炎阳下向日葵，梵高的向日葵勃发着热情的永不熄灭的生命火焰，但是诸多模仿者的向日葵，尽管无比形似，颜色也鲜亮，就是很难感受到那种燃烧的生命力。这是伟大艺术与庸常艺术之间的差别，这种差别造成了艺术的难度。艺术之难，难在有生命力，有那种热情似火的永不熄灭的生命力。

　　19世纪后期的欧洲艺坛被冷静、客观、僵化的现实主义笼罩，"画家似乎只有一双眼睛而没有头脑。只知照样描写眼前的形状、光线，与色彩，而没有一点热情的表现"（丰子恺语），无论自然主义还是印象派均走入了"冷冰冰的客观记录"的山穷水尽的地步了，那些与人生无关、缺乏情味、肤浅的艺术正在被世间所厌倦。此刻，一道为世人所忽视的闪电划破欧洲艺坛的沉闷天空，这道闪电就是梵高——他带来了现代意义上的有生命的艺术，它深刻、刺激、深入人的精神。尽管，那个时代的所有人冷遇他、拒绝他，但时间没有拒绝他，他不仅将生命力带入欧洲绘画，而且为伟大的艺术开辟了一条新的道路。

　　那么新问题来了：梵高的画面是如何拥有这种神奇的生命力的呢？或者说，人的内在精神是如何经由客观的外在的画面来呈现的呢？这个问题如谜一样令人费解，同样是线条、造型、色彩，为何有的艺术品可以看到生命力，而有的则看不到？如果我们纯粹将这一问题的答案归结于"感觉"，那无疑就进入审美的"虚无"境地了。事实上，在梵高充满生命感的画面中，我们发现，那些可见的线条、色彩与不可见的精神之间建立了某种独特的联系，他的线条飞舞如波浪般急速流动、色彩热烈灿烂、表现法单纯、画风粗暴，每一笔线条，每一块色彩都是一种情感的暗示。尤其当金黄的太阳和麦地成为画家的象征体时，他胸中勃发的生命力真正地与外在的形式建立了永恒的联系，这就是梵高的原创意义和不朽之处。

用恰当的线条语言和色彩语言创立自己独特的生命象征体，并毫不掩饰自己内心的情感，这也许是绘画拥有生命力的原因。所以梵高说："一个人绝不可以让自己心灵里的火熄灭掉，而要让它始终不断地燃烧……你知不知道，这是诚实的人保存在艺术中最最必要的东西！然而并不是谁都懂得，美好的作品的秘密在于有真实与诚挚的感情。"

四 艺术家从来没有病态的，只有病态的时代和病态的眼光

梵高去世一百多年了，他疯癫割耳的怪诞行径和他伟大的艺术一起，被一代一代人津津乐道，以至于人们得出可笑的结论：伟大的艺术家都是疯子，都是病态的。

如果你真正走入梵高的内心世界和艺术世界，你会发现：梵高是一个内心安静、充满爱和真诚的艺术家，而非病态的艺术家。

没错，梵高患过癫狂病，在他生命的最后三年里，他的精神崩溃过三四次，并且在1888年第一次崩溃时与自己同为画家的好友高更发生冲突，做下荒唐事情——割下自己的部分耳朵，用纸包裹送给妓女拉谢尔。但我以为，犯病是梵高作为一个"人"的遭遇，谁不害病呢？精神病院也不是为梵高一个人

所开设。犯病之后的梵高大部分时间是清醒的，他知道自己出
了问题，需要休息，在精神病院，他是安静的，他积极配合医
生的治疗，病情一旦稳定下来，他就向往画布和颜料，渴求在
绘画中寻找自己的幸福。这是一个普通精神病人的作为。

　　人有病，天无言。而作为艺术家的梵高，他的艺术是健康
明朗、热情奔放的。他画《窗边的织布工》，画《食马铃薯的
人们》表达他对劳动者悲苦命运的忧虑；他画《阿尔的吊桥和
洗衣妇》，画《拉克罗的收获景象》表达他对自然的礼赞和丰
收的宁静喜悦；他画《瓶中的十五朵向日葵》，画《圣保罗医
院后的麦田和收割者》表达他的生命热情……他的艺术里看不
见半星病态，反而绘画让他沉静，感到安全，他把精神的苦难
变成艺术的节日。

　　但是，梵高是一个性格上有缺陷的人，他固执，以自我为
中心，奔放，易激动，丰子恺先生认为"他不会处理实生活，
没有冷静的判断所致。他只信任自己的善，直道而行，不顾及
他人"。他的癫狂病与他的性格有关之外，还与他长期的孤寂、
清苦和屡屡受挫的感情生活有关，当然还与他视若生命的绘画
这一繁重的精神劳作有关。他生命中的后十年，作画 2000 多
幅，他常常从早至晚整日作画，有时夜间也继续工作，他不断
地走向精神深处，越走越深，"他的肉体本来羸弱，不能胜任
精神的驱使。其精神与肉体常常不绝地抗争，以致内外两力失
却均衡，招致了破灭的危机"。我赞同丰子恺先生的这种分析。
这是梵高精神崩溃的根本原因。

　　艺术家从来没有病态的，相反，有病态的是艺术家所在的

时代和看待艺术家的眼光。梵高所在的时代并没有理解他，接纳他，那个时代"相当普遍地存在一种怀疑、旁观、冷淡的精神，虽然一切看起来都很活跃"（梵高语），它置一个伟大的艺术家处于不利的状态。还有那些看待他的民众和画商，他们拒绝他，瞧不起他，甚至联名驱逐他离开给了他诸多创作灵感的地方，这让画家不止一次地萌生活着的恐惧和凄怆。病态的时代和病态的眼光让一个伟大的艺术家精神崩溃，1890 年，他举枪将子弹射向自己，生命定格在 37 岁。

有人说，如果梵高过得幸福些会怎样呢？我们知道，世间没有如果。无论怎么说，梵高将短暂的一生全部交给艺术，艺术毁灭他的同时也让他在艺术中永生，这就是一种幸福了。

五　一切艺术的成果都是金字塔的，艺术家与艺术家的心是相通的

人们爱把一些著名的雪山称为圣山，是因为它高耸云天，神秘莫测，因为它美。艺术也是如此，一切艺术的成果都是金字塔的，处于塔尖的艺术如这圣山一般，光芒四射，美妙无比。

对艺术的分享者来说，越是塔尖的艺术，美的震撼力越强；越是感受过塔尖的艺术，对艺术的要求越苛刻。古话说："曾经沧海难为水，除却巫山不是云。"

但对艺术家来说，处于塔尖，高处不胜寒，得到理解总不会那么容易，要历尽波折，要曾经沧海，梵高的际遇便是如此。梵高活着时，欣赏他的不超过四个人：总是给不幸的美术

家提供帮助的小画商唐吉、曾与梵高一同学画的画家贝尔纳、当时名气比梵高大的高更，以及他的弟弟提奥。梵高的画挂在商店里无人问津，除了有人找他定制过一些风景画之外，据说他生前只卖出过一幅画，那幅画被一个俄罗斯商人花400法郎买走。

梵高死去后，世界仿佛一夜间理解了他，他作品的复制品遍播各地，画价飙升。梵高经常找他的弟弟要钱，他提议他的弟弟把他寄去的画作据为己有，从而能把弟弟每月寄来的钱视作自己赚的钱，他还写信告诉他的弟弟，他所有的油画和素描都是弟弟的财产。那时当一文不名的画家这样说时，不知他的弟弟是否相信这是一批天价财产。

如今，越来越多的人被梵高征服，他的艺术如圣山一般立于人间，打动着人们，他的生命与艺术融为一体的故事，令人感慨。但是对他的深入理解并没有停止，在全世界，写梵高的传记不下十几种，关于梵高的电影、纪录片也有多种，有的洋洋洒洒，有的条分缕析，各有千秋。

就我读到的丰子恺先生的这本《梵高生活》来说，它是一本好极了的梵高传记，文笔极简传神，如素描一般勾勒出了梵高短暂而炽烈的生命与艺术。丰子恺是一位出色的艺术家，他与梵高风格迥异，如水，含蓄包容，温和动人，但梵高，如火，奔放激情，毫不掩饰，如水的风格来叙述如火的生命，正因为如此，我们才看到了一个更加接近梵高的梵高。

我相信，艺术家与艺术家的心是相通的。